LOVE LESSONS

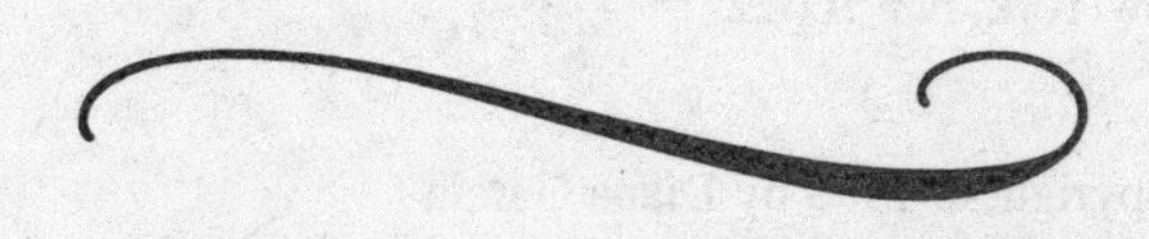

LECCIONES AMOROSAS

Diana García

Traducción por
Rafael Marcos

Pinnacle Books
Kensington Publishing Corp.
http://www.pinnaclebooks.com

PINNACLE BOOKS are published by

Kensington Publishing Corp.
850 Third Avenue
New York, NY 10022

Translated by Rafael Marcos

First Pinnacle Printing: October 1999
10 9 8 7 6 5 4 3 2 1

Printed in the United States of America

Los cuentos de Diana García han sido publicados en una antología. Vive con su esposo y sus tres hijos en Tucson, Arizona. "Lecciones Amorosas" es su primer libro.

CAPÍTULO I

—¡Dios mío! —Susana dijo entre dientes.

Estaba ya retrasada, y los semáforos la hacían retrasarse aún más. El calor de la tarde de la prolongación del verano brillaba en el pavimento y le quemaba el brazo cuando lo apoyaba en la ventanilla.

—¡Dios mío! —repitió—. ¡Katrina, me vuelves loca!

Su testaruda hija adolescente la estaba enloqueciendo.

Susana estaba tratando de criar a Katrina para que fuese una muchacha responsable y decente, pero el año pasado ella y su hija se habían convertido en extrañas. ¡Y ahora esto! Una carta del director de la escuela.

"Estimada señora Díaz," empezaba la carta. Susana pensó entonces que la carta significaba más problemas. La escuela ciertamente no enviaba cartas personales para invitar individualmente a las reuniones de la asociación de padres.

"Recientemente me he enterado de un problema con respecto a su hija Katrina, del cual creo que usted debiera tener conocimiento. Si no tiene inconveniente, me gustaría reunirme con usted el próximo jueves, veinticuatro de septiembre, a las cuatro de la tarde." La carta estaba firmada "Thomas Wattrell, Director."

Sí tenía inconveniente. El jueves a las cuatro de la tarde Susana debía estar en el trabajo, no pasando semáforos rápidamente para llegar a tiempo a una cita con el director de la escuela secundaria de Katrina.

¿Cómo se atreve Katrina a causarme una vergüenza como esta? Susana había conseguido pasar sin problemas todos los años de la escuela, como lo habían hecho todos sus hermanos y todas sus hermanas, aunque su familia era sumamente pobre. En comparación con eso, Katrina lo tenía todo.

Delante de ella, el conductor de una camioneta blanca dio un frenazo. En el instante, Susana hizo lo mismo. El chillido de las llantas del auto de Susana fue ensordecedor, al ver Susana sin poder hacer nada como se aproximaba cada vez más la parte trasera de la camioneta. Todos los músculos de Susana estaban preparados para el impacto. Su Nissan Stanza chirrió hasta detenerse apenas a unos centímetros del parachoques de la camioneta. La palabra "CHEVROLET" llenó casi todo su parabrisas.

—¿Dónde aprendiste a conducir? —Susana gritó por la ventana.

Justo lo que ella necesitaba esta tarde, un idiota en una camioneta grande. Inconsciente de lo que hacía, el hombre estaba tratando de meterse en el carril contiguo, claramente sin importarle que había obligado a todo el tráfico detrás de él a detenerse. Susana apretó la bocina con la palma de la mano, y por lo menos tuvo la satisfacción de ver al hombre saltar. Luego éste levantó las manos con un gesto de interrogación al volverse a mirarla.

Con sólo la distancia de la parte trasera de la camioneta entre ellos, Susana tuvo un buen segundo para observar los ojos azules y el rostro perfectamente cincelado antes de que reconociera la palabra que él había pronunciado: "Loca".

Él se volvió y ella tocó la bocina de nuevo. Esta vez, no había duda del gesto que recibió. Hacer pequeños círculos alrededor del oído izquierdo significa "loco" en cualquier idioma. Se abrió un espacio para él, y la camioneta arrancó con un ruido de su motor enorme. Fue entonces cuando Susana vio la camioneta azul que había salido dando marcha atrás de un estacionamiento, y directamente se le atravesó al tráfico. Fue un milagro que no hubiese un accidente. Podía haber tocado la bocina, pensó Susana dando un suspiro. Le llevó todo un cambio del semáforo para conseguir pasar delante de la camioneta.

Susana entró en el estacionamiento de la escuela, y respiró profundamente, tratando de pensar en el problema que tenía: su hija testaruda. Una vez más, Katrina mandaba en su relación, y Susana se veía obligada a salir de su rutina por ella. Saliendo de su auto, Susana alisó su falda y agarró su pequeño bolso antes de cerrar la puerta. Trató por todos los medios de organizarse y mantener el control en todo momento. En lo que respectaba a Katrina, ella siempre llevaba las de perder.

Una gran ventana enmarcaba la sala de espera de la oficina del director, y Susana frunció el ceño al mirar dentro. Seguramente la chica que estaba en la esquina no podía ser su linda hija. ¿Dónde estaba la ropa en la que Susana se gastaba la mayor parte de la paga? Los jeans sucios de su hija eran una vergüenza y ciertamente no eran lo que Katrina llevaba por la mañana cuando Susana salió de casa. Saber que su hija probablemente había estado vestida así todos los días sólo ponía de mal humor a

Susana, y abrió la puerta de la oficina de un golpe tan fuerte que hizo sonar violentamente el carillón.

—¿Qué más, mi hija? ¿Y ahora quién me llama, la policía?

Katrina estaba de pie erguida, pero miró a su madre con esa mirada extraña que parecía haber adquirido cuando cumplió los trece años.

—Es sólo un mal entendido estúpido. Nada importante.

—¿Nada?

—Sí, nada. Y por favor, ¿quieres dejar de avergonzarme? No estamos solas, sabes.

Katrina apuntó de manera teatral a una chica rubia que estaba sentada al lado de la ventana.

A Susana no le importó si había alguien escuchando o no.

—¿Por qué tienes problemas, Katrina? Quizás debieras decírmelo antes de que vaya ahí dentro.

—¡Tengo que trabajar con ella!

Susana miró a la otra adolescente. La chica sonrió tímidamente y miró para otro lado.

La puerta de la oficina se abrió de un golpe de nuevo, y un hombre alto entró, enmarcado en la luz solar de la tarde.

—¡Mala suerte! —dijo Susana para sí misma.

No podía confundir un hombre con ese aspecto. Era el hombre de la camioneta blanca. El hombre al cual ella no debía haberle tocado la bocina.

Él se sentó al lado de la chica rubia.

—¡Hola, hija! Lamento llegar tarde. Me retrasé en el trabajo. ¿Me perdí algo?

—Todavía no —le dijo ella.

—Bueno —dijo él.

Miró hacia arriba. Sus ojos eran tan intensamente azules como parecían a través de la ventanilla de atrás de su camioneta. Susana podía casi ver cómo se endurecía su mirada al reconocerla.

—Bueno, si parece ser la impulsiva del Nissan rojo.

Susana sabía que le debía disculpas, pero el sarcasmo punzante la detuvo. Las dos adolescentes estaban mirando.

—Papá, ésta es la señora Díaz —dijo su hija con un susurro, segura de que él estaba equivocado.

El padre sonrió un poco y se levantó.

—No me diga. ¿Es usted la madre de la famosa Katrina? Creo que ahora sé por qué ella tiene tantos problemas.

Cualquier idea de disculparse desapareció de la mente de Susana.

—Veo a su hija aquí también —dijo ella bruscamente—. Creo que no es sólo Katrina la que tiene problemas.

No respondió con brusquedad como lo había hecho ella. Él apretó la mandíbula, y el azul de sus ojos se hizo más oscuro.

—A Terry le encantaría trabajar con Katrina en sus tareas, pero ella tuvo que organizar esta reunión para poder hacerlo —dijo él con mucha calma— porque su hija parece tener un auténtico problema de actitud. No sé de dónde le viene.

—¿Señora Díaz?

Una secretaria joven salió del despacho y Susana contuvo una respuesta brusca y luchó por contener su impulso. Ya las chicas estaban mirando. Susana no iba a participar en una escena delante de la secretaria también.

—Sí, yo soy la señora Díaz.

La secretaria se empujó su cabello largo hacia atrás del hombro.

—El señor Wattrell va a recibirla ahora.

Luego la sonrisa y la voz de la mujer se hicieron más profundas al mirar detrás de Susana al hombre rubio.

—Y a usted también, señor Stephens.

¿Juntos? ¿Tenían que entrar juntos? Susana luchó mucho para mantener su compostura ante los demás; esto era uno de sus puntos fuertes. Pero esto con seguridad la llevaba hasta el límite. Cerró los labios para aguantar las palabras de ira que amenazaban con salir, y consiguió llegar a la puerta del despacho sin hacer ningún comentario. Pero él llegó a la puerta al mismo tiempo y automáticamente sostuvo la puerta abierta para ella. Todo lo que podía hacer Susana era entrar con calma.

Deseaba darle un portazo en la cara.

El director estaba hablando por teléfono, pero levantó la mirada y sonrió brevemente al entrar ella. Susana encontró un asiento en el rincón y se sentó rígidamente, y el señor Stephens fue hasta donde estaba ella. Simplemente muy mala suerte. Sencillamente estaría agradecida cuando la reunión se terminara y nunca tuviera que volver a ver al hombre ese de nuevo.

El director colgó el teléfono y se levantó.

—Daniel, qué gusto verte. ¿Qué tal el brazo?

—Está bien, Tom, está bien. ¿Juegas esta noche?

¿Se conocían? Katrina y la hija de él tenían algún tipo de problema y Daniel Stephens era amigo del director. Qué agradable. Cualquiera que fuera la verdad, Katrina no tenía la más mínima oportunidad.

—No me lo perdería por nada—contestó el director.

Se dirigió cortésmente a Susana, pero ésta ya estaba prevenida.

—Buenas tardes, señora Díaz. Daniel ¿conoces a la señora Díaz?

—Sólo un poco —dijo él.

Su actitud indicaba que un poco era más que suficiente. Susana se sentó derecha, deseando matar con la mirada. El director no estaba consciente de la situación.

—Entonces bien, señora Díaz, me permite que le presente a Daniel Stephens. Daniel juega en mi equipo de béisbol y suele hacerme desear que yo hubiese dejado eso hace años.

El director sonrió.

Daniel sonrió.

Susana no.

Susana ya había empleado todo el tiempo que podía soportar charloteando. Con toda seguridad no se había tomado libre horas de trabajo para hablar sobre béisbol, y no estaba interesada en nada de lo que hiciera Daniel Stephens.

—Perdone, señor Wattrell, ¿pero no me dijo usted que viniera porque mi hija tenía un problema?

El director se sentó cómodamente en la esquina de su escritorio.

—Sí —dijo él—. En realidad, señora Díaz, es bastante sencillo. A Katrina le ha tocado la hija de Daniel, Terry, como compañera de estudio. Eso significa que las notas de cada chica dependen de la otra.

Susana afirmó que comprendía con la cabeza. Había visto el anuncio del programa de compañeras de estudio del octavo grado.

—Pero según Terry —continuó diciendo el señor Wattrell— Katrina se niega rotundamente a cooperar. Y en verdad, Señora Díaz, creo que Katrina tiene la culpa. Terry parece más que deseosa de olvidar cualquier malentendido que hayan tenido ellas.

Claro que iba a decir eso, pensó Susana con sarcasmo, el padre de Terry era su compañero en el juego dc béisbol. Apartó este pensamiento de su mente, tratando de atenerse a los hechos.

—¿Katrina y Terry tienen que trabajar juntas en la escuela? —Eso no parecía tan mal —. ¿Por cuánto tiempo?

—Nuestras compañeras de estudio están juntas todo el año —contestó el señor Wattrell—. Y recomendamos que pasen por lo menos dos horas a la semana, fuera de la escuela, revisando las tareas.

¿Dos horas a la semana? ¿Todo el año?

—Creo que si ustedes, como padres, preparan el terreno, las chicas aceptarán; quizás podrían ustedes hacer que las chicas se reunieran este fin de semana. ¿Qué te parece, Daniel?

—Creo que está bien —dijo Daniel.

Evidentemente estaba tan entusiasmado con la idea como lo estaba Susana. Aclarando su garganta, dirigió su mirada punzante hacia ella.

—El sábado por la tarde podría dejar a Terry un par de horas y usted podría hacer estudiar a las dos, o usted podría llevar a Katrina a mi casa y yo sería el supervisor. Mientras hagan el trabajo, no me importa lo que decida usted.

Susana se había quedado sin habla; esto era increíble. Seguramente tenía bastante que hacer sin añadir esto a su vida. Lo que quería hacer realmente era estar de acuerdo con Katrina, para variar, e insistir que eligiera a una compañera de estudio diferente para su hija, una con un padre diferente. Susana preferiría trabajar con cualquier otro padre del mundo, y consideró seriamente decir esto. Luego apartó esa idea. Siempre le estaba diciendo a Katrina que uno no podía dejar su trabajo sencillamente porque a uno no le gustara el jefe. Si las chicas necesitaban trabajar juntas, que así se hiciera. Si esa gente podía comportarse como las personas mayores, entonces, Dios mío, ella y Katrina también podían hacerlo.

—Me gustaría muchísimo que Terry viniera a mi casa el sábado por la tarde, señor Stephens —dijo Susana mitiendo—. Quizás la señora Stephens y yo podemos llegar a algún tipo de acuerdo.

—Bueno, eso sería difícil. No hay una señora Stephens, así que creo que usted sencillamente tiene que tratar conmigo.

Magnífico, pensó Susana. Eso era todo lo que necesitaba oír.

—Estoy segura de que podremos hacer algo. Y Terry puede venir a nuestra casa el sábado por la tarde.

Susana intencionadamente no dijo que él podía ir a su casa también.

Ella casi salió del estacionamiento antes de que él la alcanzara.

—¡Señora Díaz!

Susana frenó y miró por el espejo retrovisor. Daniel Stephens. Hizo un gesto con la cara y bajó la ventanilla. ¿Qué quería él ahora?

—Sí, ¿qué desea usted?

—Necesito su dirección y su número de teléfono para que podamos acordar una hora a la que yo pueda dejar a Terry el sábado.

¿Cómo podía haber olvidado una cosa así? Probablemente porque había agarrado a su hija y se había ido tan pronto como se había terminado la reunión, pensó Susana irónicamente. Todo por mantener su compostura.

—Lo siento muchísimo, señor Stephens —dijo ella.

Sin duda que ella no quería hacer durar esto más de lo necesario. Además, francamente, él había estado casi decente durante el resto de la reunión. Ella podría tratar de ser decente también. Sacando una página en blanco de uno de los cuadernos de Katrina, Susana escribió rápidamente su número de teléfono y su dirección. Era poco común que se le olvidase a ella un detalle, pensó Susana al entregar el papel por la ventanilla abierta. La verdad era que Daniel Stephens la ponía nerviosa.

—No hay problema. Y llámeme Daniel—. Una pequeña sonrisa apareció en sus labios—. Creo que empezamos mal el día hoy —dijo él—. Pero quizás podríamos empezar de nuevo. Haré que Terry telefonee a Katrina el viernes por la noche para acordar una hora, y nos vemos el sábado.

Susana asintió con la cabeza y rápidamente apretó el botón para subir el cristal de la ventanilla. No hizo caso de la mirada extraña de Katrina desde el asiento de al lado al salir y dejar atrás la imagen del sol poniente que coronaba la cabeza de Daniel Stephens. Era muy guapo, de un tipo anglosajón, rubio, y de ojos azules, si a uno le gustan estos tipos. Pero Susana no se dejaba engañar. Como su abuela solía decir: "Te conozco bacalao aunque vengas disfrazado". Conocía a los tipos como él: insolentes y presumidos, y seguros de que ellos eran el primer artículo en la lista de Navidad de cualquier mujer. Se aseguraría de que solamente sus hijas pasarían el tiempo juntas.

En el auto camino a casa, Susana miró a su hija malhumorada sentada en el asiento de al lado y bajó el radio. Katrina no había dicho una palabra desde que Susana la sacó de la oficina del señor Wattrell. De hecho, el silencio se había convertido en una de las armas más eficaces de Katrina. Susana movió la cabeza. A veces se preguntaba cómo iba a aguantar esos años espantosos de la adolescencia.

En los seis meses transcurridos desde que se habían mudado a Colorado de su casa en Phoenix, Katrina había estado tratando de encontrar su lugar. Susana sabía que no era fácil ser aparentemente la única mexicana-americana en una ciudad llena de ciudadanos de piel blanca y cabellos rubios, pero la falta de diversidad étnica no fue algo que Susana observara en sus visitas antes de hacer la mudanza. Además, Susana sacaba fuerzas de su herencia, la apreciaba. Katrina pretendía que ésta no existía. Susana estaba tratando de hacer planes para la fiesta de quinceañera de Katrina, y también ahí se encontraba con un muro. Toda su familia estaba pensando venir en auto desde Arizona para la celebración, y hasta ahora su hija ni siquiera se había probado el vestido. Pero como Katrina no había dicho rotundamente que no lo haría, Susana no había insistido. Como en todo lo demás con su hija adolescente, Susana se conducía con extremo cuidado. Era la única forma de mantener la paz en su casa.

—Me complació ver que no estabas metida en ningún problema grande hoy, Katrina—. Susana esperó, pero no tuvo respuesta—. Sabes, como prender le fuego a la escuela, o tomar como rehén a una maestra. Me preocupé por un momento.

Katrina no sonrió.

—No creo que Terry parezca tan mala —dijo Susana con cautela—. Quizás ustedes dos se entiendan bien una vez que lleguen a conocerse.

Susana rogaba por que eso fuera verdad. De alguna forma tenía que hacer que Katrina aceptara la presencia de Terry antes del sábado por la tarde. Por mucho que Susana misma lo temiera, haría las cosas mucho peor que las dos chicas se odiaran mutuamente.

—Lo dudo.

La mirada de Katrina nunca se apartó de la vista exterior de la ventanilla.

—De cualquier forma, ¿qué es lo que no te gusta de ella?

Susana estaba tratando de no darle importancia a la cosa. Tratar de forzar a Katrina a hacer algo era como meterse en una pelea con un perro bulldog; su hija simplemente no se daba por vencida.

—Todo. Odio todo lo de ella.

Por primera vez esa tarde, Susana sonrió.

—¿Podrías explicar eso con un poco más detalle?

—Es asquerosa. Es tan pálida y rubia y delgada y perfecta, y siempre obtiene las mejores notas en nuestras clases. Es completamente repugnante.

—¡Oh!

Bueno, por lo menos tiene algún sentido, pensó Susana. Y encajaba bien con el resto de las cosas que Katrina había aprendido a odiar este año. Los celos eran una emoción poderosa.

—Bueno, quizás su vida no es tan perfecta como tú crees que es, Katrina, uno nunca sabe.

Fue una de esas cosas que uno dice cuando no tiene idea de lo que decir. Susana no esperaba realmente una respuesta.

—No tiene mamá —dijo Katrina entre dientes después de un momento.

—¿Quién? ¿Terry?

—Su mamá murió hace mucho tiempo. En su casa están solos su papá y ella.

Susana esperó mucho tiempo para ver si Katrina continuaba, pero finalmente se dio por vencida y siguió la conversación ella misma.

—Así que creo que Terry sólo tiene a su papá en quien apoyarse. Puede ser bastante difícil tener sólo a un padre... pero creo que tú sabes ya de eso.

El padre de Katrina se había ido cuando Susana insistió en conservar el trabajo que le hacía ganar para la comida. Él se negó a permitir que su mujer trabajara, cualesquiera que fueran las circunstancias, y Susana se negó a pasar hambre. No había nada que hacer con respecto a tratar de obtener apoyo económico de él— era como tratar de obtener sangre de una piedra, como dicen— así que después del divorcio, él se marchó y finalmente volvió a México. Katrina ni siquiera se acordaba de él.

—Muchos chicos crecen hoy día en familias con sólo un padre o una madre —continuó Susana—. Puede hacer que los chicos reaccionen de forma extraña. Como cambiarse de ropa todos los días después que se vaya la madre —dijo ella intencionalmente—. O estudiar todo el tiempo y obtener las mejores notas de la clase.

—Es posible.

Katrina aún miraba por la ventanilla. Luego se volvió a quedar en silencio, y Susana abandonó el tema. Había dado a Katrina suficiente para pensar por el momento. Susana decidió esperar un poco antes de abordar el tema de la compañera de estudios de Katrina: la "perfecta" Terry Stephens.

Daniel se quedó hasta tarde en la escuela esa noche, hablando con Tom. Para la hora que él y Terry salieron para casa, era ya el momento de cenar y sólo faltaba una hora para el partido de béisbol. Daniel miró su reloj y movió la cabeza con un gesto; iban a llegar tarde otra vez.

—Bien, ¿a qué restaurante de comida rápida crees que debemos ir esta noche?

Terry hizo una mueca, y su nariz pecosa se arrugó.

—Vayamos a casa y yo cocinaré. Por lo menos puedo hacer tostadas francesas.

—Es tarde, Terry. ¿Qué te parece el pollo frito? No lo hemos comido en bastante tiempo.

—Está bien —dijo Terry con un suspiro—. De cualquier forma aún tengo que hacer algunas tareas.

Daniel pasó la mano con cariño por el pelo rubio y suave de Terry. Qué hija más cariñosa tenía. Gracias a Dios.

—Bueno ¿por qué se pelearon tú y esa chica?

—No sé, papá. Sencillamente es que yo no le simpatizo a ella.

Terry suspiró y se hundió en su asiento. Daniel suspiró también. Su hija nunca hacía amigos fácilmente. Daniel podía claramente recordar cuando él estaba en el octavo grado y sentía como si no encajara bien en ese ambiente.

Como adulto, había llegado a darse cuenta de que todos sienten lo mismo. Daniel trató de comunicarle este hecho a su hija, pero Terry no estaba preparada para entender. Aunque se sentía a gusto con adultos, Terry no se sentía cómoda con la gente de su edad, un hecho que siempre la molestó.

Daniel dejó pasar el tema.

—¿Así que quieres jugar con nosotros esta noche, hija? John Callim no vendrá hoy, y necesitamos otro jugador.

Terry se encogió de hombros y luego finalmente sonrió un poco. Le encantaba jugar en los entrenamientos. Daniel vio la sonrisa y sonrió también. Luego volvió su atención de nuevo a la carretera.

El trabajo había sido terrible hoy. El director había rechazado tres de sus fotografías y Daniel apenas había podido contenerse lo suficiente para salir del despacho del jefe. Luego tardíamente recordó la cita en la escuela de Terry y corrió para llegar a tiempo. A Terry nunca la habían llamado a la oficina del director. Daniel se quedó tranquilo al oír que el desacuerdo no era culpa de *su* hija. Podía ver por qué Terry había tenido dificultades: esa Katrina parecía ser bien difícil. Y lo mismo ocurría con su madre. Daniel sonrió abiertamente.

Había estado pensando en Susana Díaz toda la tarde, desde que la había visto de nuevo en el estacionamiento. Sin su chaqueta, con las gafas de sol sobre la cabeza, y la mirada nerviosa en sus ojos, Susana Díaz había parecido mucho más atractiva que en el despacho de Tom Wattrell. No era que Daniel no se hubiera fijado en Susana inmediatamente cuando entró en la oficina de la escuela. Ella lo había hecho enojarse tanto que tardó un momento en ver lo que estaba allí frente a él; de repente, el asunto de las compañeras de estudio no parecía tan malo después de todo.

Las luces de las calles se encendían, y la iluminación pálida caía sobre el pelo rubio de Terry al mirar ésta por la ventanilla a las calles indistinguibles que se oscurecían. El sonido suave del radio y de la circulación proporcionaban un ruido de fondo, y Daniel iba conduciendo por la ruta ya conocida mientras miraba a su reloj y movía la cabeza. Definitivamente iba a llegar tarde.

Ya casi estaban en casa cuando Terry habló de nuevo.

—¿Conoces a mi compañera de estudios, Katrina? Bien, su mamá no está casada ni nada. Quiero decir que ya no está casada.

Daniel miró de reojo a su hija, preguntándose si sabía lo que él estaba pensando.

—¿Entonces?

Terry se encogió de hombros, con su cara todavía vuelta.

—No, por nada. Simplemente pensé que era interesante. Eso es todo.

Daniel no contestó. Aunque era definitivamente interesante, pedirle a Susana que saliera con él sería como encender un fuego debajo de las hijas de ambos. Pero tenía el resto del año escolar para ver todo eso. En seis meses, podía pasar cualquier cosa.

El viernes, Susana entró con su auto en su garaje, agradecida de que hubiera llegado el fin de semana. No que los días serían menos ajetreados. Había tantas cosas que hacer en la casa, que Susana sabía ya que el sábado y el domingo no serían lo suficientemente largos. Pero por lo menos podía dormir hasta eso de las siete los próximos dos días, y eso en sí mismo ya era un placer.

Algo que Susana había aprendido con respecto a ser una madre sola era que no había horas suficientes en el día para hacer todo lo que había que hacer. Simplemente tratar de poner la cena en la mesa y hacer las tareas, ducharse y empaquetar los almuerzos solían ocupar las noches, además de lavar la ropa y los trabajos de la casa y la cocina. Luego, los fines de semana, había que añadir todos los demás trabajos que nunca se terminaban y que eran parte de ser propietaria de una casa. Este fin de semana pensaba lijar el alero de su casa para tenerlo listo para pintar. Se tardaría horas, y parecía que iba a ser un trabajo difícil y aburrido. Susana no lo esperaba con entusiasmo, pero había que hacerlo.

Consiguió sostener las tres bolsas de la compra mientras abría la puerta, y simplemente las dejó encima del mostrador cuando sonó el teléfono.

—¿Aló?

—¿Señora Díaz? ¿Está Katrina, por favor?

—Deme un minuto para que la encuentre. ¿Podría decir quién la llama?

—Es Terry Stephens.

Ahora Susana recordaba. Daniel Stephens. Una cosa más que no había que esperar con satisfacción este fin de semana.

—Un minuto, Terry, voy a ver donde está.

Susana no tardó mucho. En cuanto entró en el pasillo, pudo oír el ruido de la música que salía del cuarto de su hija.

—¿Katrina? ¡Qué ruido! ¡Tranquila, por favor!

Susana llamó fuertemente a la puerta y esperó hasta que su hija bajase el sonido de la música.

—Tienes una llamada por teléfono —le dijo a su hija.

—¿En dónde la contestaste?

—En la cocina.

Katrina se dirigió derecho al teléfono de la cocina. Susana sonrió y se felicitó a sí misma al abrir la puerta de su propio cuarto. Quizás este asunto de la compañera de estudio iba a resultar bien después de todo. Quizás si Katrina tuviera otras cosas que la mantuvieran ocupada, no trataría de pasar tanto tiempo tratando de volver loca a su madre.

CAPÍTULO II

—No va usted a terminar nunca haciéndolo de esa manera.

Susana miró hacia abajo desde su precaria posición elevada para ver a Terry Stephens y a su padre mirándola desde abajo de la escalera. Entumecida, Susana estiró los dedos y dejó que el trozo de madera cubierto de papel de lija cayera abajo. Se quitó un guante de trabajo enorme, miró su reloj, y dio un suspiro. Las cuatro ya.

A pesar de sus músculos doloridos y de las horas que había pasado haciendo el trabajo, no había ni siquiera terminado de lijar la parte de atrás de la casa. Y Susana había pensado que terminaría este trabajo durante el fin de semana.

—Sabe usted, hay lijadoras eléctricas que hacen el trabajo muchísimo más rápido.

—Quizás las haya, pero yo no tengo, señor Stephens.

—Daniel —corrigió él, sosteniendo la escalera mientras ella bajaba—. Podría yo prestarle la mía.

Susana nunca tomaba prestado nada, y ciertamente que no iba a empezar ahora.

—Gracias, pero no. Sólo se trata de unos pocos fines de semana de trabajo. Lo terminaré de hacer con el tiempo.

Él le recogió la escalera.

—Todo el trabajo podría hacerse en una mañana, y usted podría dormir los próximos dos fines de semana en lugar de trabajar.

Su voz era ligera y alegre. Hasta parecía diferente hoy, más joven, más descansado, con su camisa de manga corta y sus jeans casi tan gastados como los de la hija de él. Además era tan amistoso que inmediatamente hizo que ella se volviera cautelosa. ¿En dónde estaba su hostilidad? Susana había querido estar dentro cuando viniera, enviar a Katrina a recibirlo, para evitar verlo totalmente. Ella aún se sentía bastante hostil.

Pero lo que sentía con respecto a Daniel Stephens no era realmente el problema. Susana se había prometido no tomar prestado nada. Si no podía costearlo, sencillamente no lo necesitaba. Además ya había pagado el papel de lija. No iba a cambiar de opinión.

—No, gracias, señor Stephens. Nunca tomo prestado nada; es una norma personal.

Él se encogió de hombros.

—Por lo menos llámeme Daniel. Ni siquiera tiene usted que decirme su nombre de pila, pero llámeme Daniel.

Volviéndose a Terry le desgreñó el pelo.

—Bueno, princesa, sé buena y estudia mucho. Nos vemos a las seis.

Para cuando todo se había guardado, Terry había estado dentro sola con Katrina por más de una hora. Susana dudaba que las chicas estuvieran estudiando, pero simplemente el hecho de que Terry no hubiera salido, ya fuera llorando o enojada, era una buena señal.

Susana estaba contenta de haber terminado por ese día. Se inclinó sobre la mesa y puso la cabeza en los brazos.

Todo lo que deseaba en ese momento era un baño caliente y una cama mullida. De hecho, hasta la mesa parecía bastante cómoda, y si sencillamente se quedase sentada allí por unos pocos minutos más, probablemente se quedaría dormida enseguida. La cocina estaba tan fresca y oscura y silenciosa. ¿Silenciosa? Susana se despabiló de repente. Todo estaba terriblemente silencioso en su casa.

Incluso con sólo Katrina alrededor, nunca era tan silencioso, siempre había el sonido de la televisión o el sonido estridente de la música que salía de su cuarto. ¿En dónde estaban Katrina y Terry? Susana se levantó y se dirigió al pasillo.

No fue hasta que estuvo delante de la puerta de Katrina que Susana pudo finalmente oír el murmullo bajo de las voces de las chicas que salía del cuarto de Katrina. Ni música alta, ni arrebatos estridentes, ni nadie de mal humor en el cuarto. Era realmente estupendo, pero era algo asombrosamente inesperado.

Susana escuchó un minuto y reconoció la voz de Katrina. Algo, decía, "sería la cosa más maravillosa".

La contestación de Terry fue demasiado baja para poderse oír.

—Creo que debemos hacerlo. No te rajes ahora.

Estaba claro que ésa era Katrina.

El corazón de Susana palpitó. ¿Estaba su hija metiendo en un lío a Terry?

No, Susana pensó después de un momento largo de consideración. Katrina no era realmente una chica mala. Además, pequeños trozos de conversaciones eran con frecuencia engañosos. Y, para empezar, no debía haber estado escuchando. Por lo menos las chicas parecían llevarse bien. A una buena madre le agradaría que Katrina estuviera pasando el tiempo en una conversación tranquila. Pero la seguridad real de Susana procedía del hecho de que las chicas se habían estado odiando mutuamente sólo el día anterior. Con seguridad era demasiado temprano para que se metieran en problemas juntas.

Después de cambiarse de ropa, Susana no pudo contenerse y aminoró su paso al pasar por la puerta de Katrina por segunda vez.

Le tranquilizó oír que la conversación había cambiado al tema de la música de rock. Estaba lejos aún de las tareas, pero era con seguridad más de lo que ella había esperado este primer día.

Susana casi había terminado de hacer la cena cuando las chicas finalmente salieron del cuarto de Katrina.

—Um, ¿qué está cocinando? Huele estupendamente.

Terry empujó su cabello liso rubio hacia atrás de sus hombros y miró dentro del horno.

—Enchiladas —dijo Katrina entre dientes con disgusto, mirando por encima del hombro de Terry—. ¿Por qué no comemos hamburguesas?

Susana frunció el ceño mirando a su hija.

—Vamos, Katrina, no me crees problemas con la comida cada noche. Quizás te vas a ver cocinando tú misma tu propia cena si no tienes cuidado.

—Podría preparar hamburguesas.

Susana suspiró.

—Te cansarías enormemente de comer hamburguesas todo el tiempo, Katrina.

Sorprendentemente, Terry estaba de acuerdo con ella.

—Tienes suerte de tener a alguien que cocine para ti. ¡Estoy tan cansada de las hamburguesas!

Terry volvió a mirar de nuevo a través de la puerta del horno al queso que borboteaba en la cazuela.

—Eso parece realmente estupendo —dijo ella suspirando.

Susana sintió pena por ella.

—Quizás la próxima vez podrías quedarte para cenar. Cocinaremos algunos tamales al vapor y cenaremos más temprano.

—Eso sería estupendo, señora Díaz —dijo Terry con entusiasmo—. Además cuando Katrina venga a mi casa, le prometo que saldremos y comeremos hamburguesas. Eso es lo que papá elige siempre.

Al mencionar al padre de Terry, Susana miró el reloj.

—Eh, prepárate, Terry. Tú y Katrina pueden esperar fuera a que venga tu papá.

Así Susana podría permanecer apartada de esa sonrisa.

—Mamá ¿vas a pintar mañana? —preguntó Katrina al abrir la puerta de atrás.

—Temo que no —dijo Susana con un suspiro—. Tengo que lijar todo primero.

—¿Es lo primero que vas a hacer por la mañana de nuevo?

Tanto Katrina como Terry parecían interesadas, aunque Susana no podía imaginarse por qué.

—Sí, y tú puedes venir a ayudarme.

—No, gracias.

Ante la posibilidad de trabajo, Katrina salió por la puerta con Terry y la cerró detrás de ellas. Susana pudo ver a las chicas, enmarcadas por el cuadro amarillo de la luz de la puerta de atrás, al sentarse en el césped alto, con sus cabezas juntas. Las miró durante un minuto, sin darle importancia a la expresión que vio brevemente en el rostro de su hija.

Parecían llevarse muy bien, pensó Susana. Le encantaría eso. Además la forma tranquila de hablar de Terry podría ser una buena influencia sobre su atrevida hija. La idea de Susana de que Katrina estaba tramando algo era sencillamente cosa de su imaginación.

A la mañana siguiente, Susana se despertó segundos antes de que sonara el despertador insistentemente al otro lado del cuarto, encima del tocador. Tratar de levantarse con el silencio parecía ser una de las cosas más difíciles que ella había hecho.

Susana estaba increíblemente dolorida; le dolía horriblemente cada músculo de su cuerpo, incluso los que uno hubiera jurado que no tenían nada que ver con el trabajo de lijar. Se quejó al levantarse de la cama y se sostuvo en el marco de ésta para evitar caerse, y se estaba quejando aún cuando salió de una ducha caliente media hora después. La ducha sólo la alivió un poco.

Preparó café y una tostada, y miró por la ventana mientras comía. El café estaba demasiado caliente, como de costumbre, y Susana pensó en esto, tratando de olvidar la tarea que se presentaba. Estaba segura de que si lo intentaba podría fácilmente convencerse a sí misma de aplazar el resto del trabajo de lijar. Lo último que quería hacer era volver a subir a esa escalera y usar los músculos del brazo que ahora apenas podía mover. Pero, con un suspiro, Susana hizo frente a la situación, pues si ella no lo hacía, no se haría. Además ahora que se había lijado parte de la madera, el resto parecía peor que nunca.

En su cuarto, Susana dobló la cintura y tomó su cabello castaño y largo entre los dedos. Con destreza, lo hizo girar e hizo un nudo en la parte superior de la cabeza. Luego se cubrió el pelo con un pañuelo y metió debajo los cabellos sueltos. Susana se echó a reír al verse en el espejo, pero no le importaba verdaderamente lo que pareciera, mientras la pintura no se metiera en su pelo. Finalmente encontró sus gafas de sol detrás de la silla del salón y salió afuera al sol fresco de la mañana al mismo tiempo que una camioneta blanca entraba en el camino que conducía a su casa.

Susana estaba esperando cuando él abrió la puerta.

—¿Qué hace usted aquí?

Evidentemente seguro de su bienvenida, Daniel salió y sacó una caja de herramientas pesada de color rojo de la parte trasera de su camioneta.

—He venido a echarle a usted una mano.

Los músculos de sus brazos se abultaron con el peso de la caja, y Susana se obligó a mirar de nuevo al rostro de él. Menos mal que él ocultaba sus ojos de Paul Newman tras sus gafas negras. Ese sentimiento de intranquilidad la invadía de nuevo.

—Señor Stephens, le agradezco la atención, pero como le expliqué a usted ayer, no me parecería bien tomar prestadas sus herramientas.

—Lo sé. Por eso estoy aquí con ellas. Mire, no es nada importante. Simplemente déjeme usar su escalera por unas pocas horas esta mañana, y lo dejaré todo listo para que usted pinte el próximo fin de semana.

—Lo siento, pero no podría permitirle a usted hacer eso. Si le pudiera pagar a alguien, no habría estado lijando ayer todo el día.

La sonrisa de Daniel desapareció.

—No espero que usted me pague por esto. Terry me contó lo mucho que había disfrutado ayer de estar aquí. Simplemente considere esto como un gesto de un "buen vecino". Quizás alguna vez usted tenga la oportunidad de devolverme el favor.

Luego se encogió de hombros, evidentemente sin importarle ni preocuparle que ella pudiese devolverle el favor.

—Pero, mientras tanto, llámeme Daniel. Tengo que poner manos a la obra. Le prometí a Terry que la llevaría esta tarde al centro comercial, así que mejor es que empiece a trabajar rápido.

Ni siquiera iba a discutir con ella. Daniel simplemente siguió el método más directo y subió por la única escalera que Susana tenía y se encaramó en lo alto. Susana se acobardó al recordar cómo ella le había cerrado la ventanilla del auto en la cara. Esto no debía estar pasando.

—Señora Díaz, si tuviera usted la amabilidad de darme ese taladro azul, empezaré a trabajar.

Susana se dio por vencida ante lo inevitable. Tomando el taladro pesado, se lo dio a él.

—Es usted amabilísimo...—empezó ella.

—No hable usted siquiera de eso —dijo él—. No es lógico que usted pierda todos los fines de semana haciendo lo que yo puedo hacer en una mañana.

Ella titubeó.

—Por favor, llámeme Susana.

La hendidura de la barbilla de él se hizo más profunda con el buen humor.

—Es un placer conocerla, Susana.

Era imposible no devolver la sonrisa, e imposible no sentirse acalorada por su mirada. Al volverse, Susana deseó brevemente que no llevase puestos sus Levi's más viejos y más descoloridos, y el pañuelo ridículo. Luego apartó el pensamiento y se recordó a sí misma que no le importaba. Estaba muchísimo mejor sin un hombre en su vida.

Se había prometido a sí misma, años atrás, que nunca toleraría los dolores de cabeza que formaban parte de tener una relación. Nunca, nunca más. Y hasta ahora Susana había respetado sus propias reglas. Salía a veces con hombres, pero nunca eso iba demasiado lejos. Además, había pocos hombres que desearan compartirla con el trabajo de ella y con Katrina. Su carrera de ingeniera aeroespacial y su hija estarían siempre primero. Y Susana no iba a renunciar a ninguna de las dos.

Mientras Daniel pasaba la lijadora por la madera con un ruido que estremecía, Susana encontró las tijeras grandes en el garaje y fue a trabajar en el seto que casi cubría ya la acera. Había querido hacer ese trabajo desde que se habían mudado allí, pero nunca había llegado a hacerlo. Era un trabajo duro el de cortar y arrastrar las ramas enredadas. Además las puntas largas se metían continuamente por sus guantes de trabajo y le picaban las manos. Tenía que detenerse cada pocos minutos para quitar las puntas de los guantes antes de volver a empezar de nuevo.

Daniel tenía razón con respecto a la lijadora eléctrica; era mucho más fácil. En una hora, había terminado más madera que Susana había hecho todo el día anterior. Los músculos de los brazos de él se movían con el peso del taladro y Susana observaba, mirando sin querer. Por un momento, se olvidó de todas sus resoluciones de permanecer apartada de las relaciones sentimentales.

Suspirando profundamente, Susana tomó las tijeras y se volvió.

No podía dejar de mirarla. Incluso después que pasó la lijadora por sus nudillos una o dos veces, Daniel hizo vagar su mirada más de lo que debía.

Qué bien llenaba ella un par de jeans, pensó él, tratando de volver su atención de nuevo a donde debía. Había pensado que Susana era linda cuando la vio en la escuela, pero en su traje elegante, las únicas curvas que se habían revelado eran las de sus bien formadas piernas. Susana Díaz cada vez parecía más interesante. Ayer Daniel apenas podía creerlo cuando la vio con su camisa de manga corta y sus jeans, con todo el cabello cayendo por su espalda. Demonio, habría venido hasta a sacar la basura de ella con el objeto de tener la oportunidad de pasar dos horas más mirando. Hoy, gracias a Dios, sus jeans eran aún más viejos y más ceñidos.

Estuvo a punto de caerse de la escalera cuando ella se agachó para recoger del suelo las tijeras de podar, y apuntó esas lindas nalguitas hacia él.

Después que ella se negara a tomar prestada la lijadora para los aleros, Daniel no se atrevió a ofrecerle la sierra para el seto que ella estaba cortando con determinación. Después de todo, el trabajo se hizo... con el tiempo. Además, quizás ése era el motivo por el que tenía una figura tan magnífica.

—Bien, creo que eso es todo.

Bajando, Daniel estiró su espalda. Miró con ojo experto a lo largo del alero, satisfecho de que ahora ya podía pintarse la madera. En realidad había tardado menos tiempo de lo que esperaba.

—Quedó muy bien, yo nunca lo podría haber hecho tan bien —reconoció Susana, saliendo del garaje—. No sé cómo decirle lo mucho que aprecio su ayuda.

—No tiene importancia.

Daniel pensó que la sonrisa de ella hacía que el trabajo valiera la pena. Estaba satisfecho de haber aceptado venir esa mañana. Cuando Terry lo convenció la noche anterior, Daniel pensó que le estaba haciendo un favor a Terry, consiguiendo para ella un par de buenas comidas, como había dicho Terry. Pero el trabajo había sido rápido y sin esfuerzo, y la vista no podía haber sido mejor.

Pero, Daniel se recordó a sí mismo, realmente tenía que marcharse. Terry quería pasar horas merodeando por el centro comercial.

—Dígale a Terry que le mandamos recuerdos — consiguió decir Susana, al ver los músculos de Daniel que se movían bajo el peso de la caja de herramientas.

—Hola, ¿quiere alguien un poco de limonada?

Cuando Katrina apareció por la puerta trasera, Susana miró su reloj. ¿Sólo las diez? ¿Qué cosa excepcional había hecho que su hija se despertara tan temprano un domingo?

Pero allí estaba, vestida con ropa decente, llevando una jarra de limonada helada y dos vasos para Susana y Daniel. Susana movió la cabeza de asombro. Quizás los gitanos habían venido durante la noche y la habían hechizado. Cualquiera que fuera el motivo, a ella le gustó.

—Es muy amable de tu parte, Katrina. Daniel, ¿tiene usted tiempo para tomar un vaso?

—Siempre hay tiempo para tomar una limonada.

—Voy a ponerlos en la mesa de la entrada —dijo Katrina—. ¿Desean ustedes algunas galletas o papas fritas o alguna otra cosa para tomar con esto?

Susana miró de nuevo a Katrina. Su hija definitivamente estaba tramando algo. Sin duda iba a pedirle dinero prestado cuando se terminara todo esto. No obstante, Daniel parecía no encontrar nada extraño en la oferta de Katrina. Su hija adolescente "perfecta" probablemente hacía cosas así todo el tiempo.

—No, gracias, Katrina.

Con una sonrisa amable, como si estuviese habituada a servir a los demás, Katrina volvió a casa. Susana miró con cautela hasta que la puerta se cerró tras ella, esperando descubrir el motivo.

Bueno, lo había hecho otra vez. De alguna manera su hermana había conseguido convencerle de aceptar otra cita loca. Uno pensaría que para ahora Daniel ya había aprendido. Las dos últimas citas habían sido increíbles. "Única" fue como su hermana, Krissy, había descrito a la primera mujer con la que le había conseguido una cita a Daniel. Y era verdaderamente única: era más alta que él, su pelo era más corto, y tenía un anillo de oro que le atravesaba una ceja. La segunda fue aún peor. Daniel le había dicho a Krissy enérgicamente que ya no habría más arreglos para citas. Absolutamente no más citas con mujeres que él no hubiera visto nunca.

Pero ella lo había estado persiguiendo durante semanas. Krissy juró que esta vez tenía la amiga perfecta para él. Que estaba segura de que todo iría bien. Dijo que su amiga Cathy era increíblemente linda y era sencillamente perfecta para Daniel. De alguna manera Daniel no encontró las palabras de Krissy muy tranquilizadoras. Pero ahí estaba de nuevo, dándose prisa, tratando de estar preparado para otra cita con una extraña, y, conociendo a las amigas de Krissy, "extraña" era probable y exactamente la palabra adecuada.

—No puedo creer que hagas esto.

Terry le había estado siguiendo todos los pasos desde que volvieron del centro comercial.

—Maldita sea, Terry, va a estar aquí en cualquier momento. ¿No me puedes simplemente dejar solo para que me prepare?

Daniel estaba mirando en el montón de ropa limpia, buscando calcetines negros. Cuando no pudo encontrar ninguno allí, se dio por vencido y se dirigió al cesto de la ropa sucia. Terry lo siguió con determinación.

—No veo por qué tienes que salir con ella.

—Ella estará aquí dentro de unos minutos, Terry. Simplemente trata de ser amable por unos pocos segundos, ¿está bien?

Obviamente él necesitaba salir con más frecuencia. Quizás si hubiera tenido más citas cuando Terry estaba creciendo, no tendrían esta discusión. Una sobrina de Daniel de dieciocho años iba a venir para quedarse con Terry durante la noche. Con suerte, llegaría temprano y su nueva amiga no tendría que entrar en absoluto. Era verdaderamente la mejor forma de resolver la situación.

—Pero, papá, la tía Krissy siempre te empareja con alguna infeliz. ¿Por qué no te quedas en casa conmigo y alquilamos una película? Sería mucho más divertido que ir a una cita estúpida.

Daniel pensó que su hija estaba celosa. Hasta estaba un poco orgulloso de que Terry manifestara de esa manera su descontento con respecto a sus citas. Pero cuando se lo mencionó a Terry, ella insistió que no era verdad.

—Nunca me quejé de ninguna de tus citas, pero esta vez es diferente.

Daniel se sentó para atarse los zapatos.

—¿Qué es exactamente lo que es diferente esta vez, Terry?

—Sencillamente no creo que te guste esa muchacha. ¿Por qué prepararte para tal decepción?

Daniel miró hacia arriba.

—¿Has visto alguna vez a Cathy?

Terry arrastró la punta de su bota por la alfombra.

—Bueno, no.

—¿Entonces cómo puedes estar tan segura de que no me gustará?

—Créeme, papá. Esta es una cita que debieras cancelar. Luego todos estaríamos mucho más contentos.

—Estoy contento ya, Terry. Y voy a salir con la amiga de tu tía esta noche, aunque parezca la novia de Frankenstein. Así que es mejor que te vayas haciendo a la idea.

Daniel se levantó y se dirigió al baño para peinarse. Apenas llegó a tiempo para encerrarse en él antes de que llegara su hija, pero aún podía oír las quejas de ésta claramente a través de la puerta del baño. No fue hasta que encendió la radio y abrió el agua del lavabo que pudo finalmente silenciar a Terry.

Ella no era en absoluto lo que Daniel había esperado.

—Hola. Soy Cathy.

—Hola.

Daniel observó bien a la muchacha con la que tenía la cita. Al menos su hermana había escogido a una afortunada: Cathy era muy, muy linda. Los muchachos de su equipo de béisbol se volverían locos si la llevara al partido. Evidentemente, reconoció Daniel, parecía terriblemente joven para él.

—Es un verdadero placer conocerte, Cathy.

Por la sonrisa que mostró al pasarle por delante con su minifalda, era evidente que Cathy estaba de acuerdo.

—¿Estás listo para salir?

Cathy fue directamente al aparador de los licores y se quedó observando lo que se podía elegir, con sus piernas largas y sus tacones altos brindando una vista trasera tentadora.

—Casi. Simplemente tengo que esperar a que llegue la muchacha que va a quedarse con mi hija.

—Papá, ¿has visto?...oh, es ella.

Terry se detuvo en las escaleras. Su desdén no podía haber sido más claro.

Daniel frunció el ceño.

—Cathy, te presento a mi hija. ¿Qué quieres, Terry?

Terry le devolvió la mirada con ojos inocentes.

—Sabes, papá —le dijo ella—. No creo que sea tan linda como las otras mujeres con las que sales. Ninguna de ellas.

—¡Cállate ya, Terry!

—Quizás debieras enseñarle a tu hija buenos modales —dijo Cathy maliciosamente—. No me extraña que necesites contratar a una persona para que se quede con ella.

Daniel frunció el ceño. No importaba lo que él mismo pensara del comportamiento de Terry; no le gustaba que ninguna otra persona criticara a su hija.

—Cathy...—empezó él.

—Madre mía, Cathy, la falda es muy corta. Seguramente que no lo haces para enseñar tu ropa interior.

—¡Terry! Vete a tu cuarto.

Daniel estaba asombrado. ¿Qué le había ocurrido a su angélica hija?

Terry le echó a Cathy una última mirada sumamente significativa antes de volverse y con calma subir las escaleras para ir a su cuarto. Daniel suspiró. Cathy parecía estar preparada para despellejar vivo a cualquiera, y ese cualquiera era probablemente él. Pero quizás todavía había tiempo para salvar la noche; después de todo, él ya tenía a la chica que iba a acompañar a su hija.

—Sólo déjame que tome el abrigo y salimos de aquí —le dijo Daniel a ella.

—¿A qué restaurante vamos?

Aún poniendo mala cara, pero obviamente deseando que la apaciguara, Cathy se acercó a él, y se quedó de pie lo suficiente cerca de Daniel para que éste oliera el champú que ella usaba en el pelo. El mismo tipo de champú que usaba su hija. Quizás era verdaderamente demasiado joven para él.

—La Casa de la Langosta.

—Bueno, está bien, creo —asintió Cathy de mal humor—. Vámonos entonces.

—Tan pronto como mi sobrina llegue para quedarse con Terry. Estará aquí de un momento a otro.

Cathy suspiró de forma teatral y se apartó.

Aunque su falda corta y sus piernas largas eran una combinación letal, Daniel pensó que ésta sería probablemente su única cita con ella. Ni siquiera las piernas largas podían ocultar el hecho de que él y Cathy realmente no tenían nada en común. Pero de ninguna manera iba a decirle esto a Terry.

CAPÍTULO III

—Mamá, realmente necesitamos ir a la tienda esta noche después de cenar.

Susana levantó la vista del plato de carne picada y echó rápidamente la cuenta para sí misma.

—Puede esperar hasta mañana. Me detendré en ella cuando venga a casa del trabajo.

—Pero necesito una hoja de papel de cartel para un trabajo.

Katrina tenía una apariencia de culpabilidad.

Susana frunció el ceño.

—¿Y para cuándo tienes que entregar ese trabajo, Katrina? ¿Mañana?

Katrina asintió con la cabeza.

—Como siempre —dijo Susana para sí.

—Lo siento, sé que no debería haber esperado hasta el último momento.

El hecho de pedir disculpas y la lógica que lo acompañaba eran tan poco habituales que Susana no siguió.

—Eso es, no lo debías haber hecho.

—Pero ya tengo el trabajo todo hecho. Simplemente lo tengo que pegar en la hoja —dijo Katrina—. La maestra dijo que la tienda ABCO de Broadway era la tienda mejor.

—Bueno, mejor es que compremos pegamento también.

Susana se dio por vencida ante lo inevitable. De cualquier forma, después del trabajo era la hora de más ajetreo en la tienda; lo mejor era que hiciera las compras esta noche cuanto antes.

—Iremos inmediatamente después de cenar.

—En realidad, tengo que ver las noticias como parte de mi informe —dijo Katrina rápidamente—. Después de eso, ¿está bien? Quizás a eso de las seis y media.

Susana miró a su hija, pero Katrina no parecía culpable de nada. Simplemente había algo en su voz.

—¿Katrina, hay algo que no me estás diciendo?

—No, mamá, te lo he dicho todo. Sencillamente me gustaría no tener que hacer en absoluto ese estúpido informe. ¡Cielos, tú nunca confías en mí para nada!

Allí estaba de nuevo la adolescente sarcástica, y el mundo había vuelto a su estado normal. Susana movió la cabeza y volvió su atención a la cena. Los expertos decían que dentro de otros cinco años Katrina sería de nuevo un ser humano razonable. Si Susana podía soportar todo eso durante ese tiempo.

—¿Así que eso es todo lo que necesitas comprar esta noche?

De un tirón fuerte, Daniel consiguió liberar el carrito de la fila amontonada fuera de ABCO.

—Sólo un poco de papel y cosas así —contestó Terry—. Pero compremos mucha comida también. Cosas que haya que cocinar.

Después de un minuto, ella añadió seriamente:

—Y mejor será que compremos un par de libros de cocina mientras estamos aquí.

Daniel no sabía si reír o reñirle a su hija por esta observación sincera de sus conocimientos de cocina. Era verdad que en realidad no era cocinero, pero siempre había pensado que Terry estaba contenta con las comidas de macarrones que conseguía preparar. Evidentemente no.

En lugar de ello, se dio por vencido.

—Sencillamente compremos lo que quieras, princesa. Sólo voy contigo para pagar.

Terry sonrió con una mueca y se fue.

Para Daniel la tienda era un lugar donde uno iba cuando uno necesitaba algo concreto. Como leche. Era fácil saber cuándo le faltaba a uno la leche: cuando no la había en la nevera, uno iba a la tienda. Pero, lo que nunca llegaba a saber era cómo la gente podía comprar para semanas con antelación. Demonios, ni siquiera sabía todavía lo que quería cenar esa noche, mucho menos aún el jueves próximo.

Hacía muchos años, por poco tiempo, había tenido la suerte de que le atendiera su mujer, Carla, la madre de Terry. Daniel recordaba la nevera llena, los armarios llenos, los aromas maravillosos que llenaban la cocina en la casita que compartían. Carla era una magnífica y entusiasta cocinera, y Daniel enseguida se acostumbró a las comidas deliciosas que su mujer preparaba con regularidad, y muchas veces llamaba desde el trabajo sencillamente para preguntar lo que estaba haciendo para cenar.

Y luego Carla se enfermó y Daniel estaba de nuevo por su cuenta, esta vez con una niña pequeña a quien tenía que cuidar.

Pero quizás, pensó con esperanza, Terry había heredado algunas de las destrezas culinarias de su madre. Cuando llegaron a los estantes de los libros, insistió en que su hija comprara cuatro de los libros de cocina que estaba considerando.

—Oh, hola, Katrina. Hola, señora Díaz.

La mirada de Danicl se apartó de la fila de tartas.

—Hola, Susana. Hola, Katrina —repitió él.

Demonios, Susana verdaderamente tenía buen aspecto. Había estado pensando en su cabello oscuro y sus suaves ojos castaños, pero se había olvidado de los hoyuelos en sus mejillas y su piel tersa, y el puchero suave de su labio inferior.

—¿No es verdad, papá?

La voz de Terry le hizo volver a mirar. Daniel se preguntó si todos habían observado que él estaba mirando a los labios de Susana. Sonrió con una mueca al pensarlo.

—Lo que tú digas, princesa —dijo suavemente.

El cabello largo de Susana estaba suelto, una masa brillante de rizos que caían hasta las caderas. Llevaba un jersey ajustado que resaltaba sus curvas. Éste era realmente un día de suerte.

—Es un placer verla de nuevo, Susana.

Daniel lo decía de verdad. Era verdaderamente un placer ver a Susana Díaz.

Terry y Katrina empezaron inmediatamente a charlar, dejando a Susana y Daniel que mirasen.

Susana sonrió.

—Es un placer verlo para mí también.

Con una mirada dirigida a su hija, dijo disculpándose:

—No podré arrastrar a Katrina conmigo, pero necesito hacer las compras.

—Claro.

Daniel le siguió el paso al continuar Susana moviendo su carrito a través de las filas.

—Creo que las chicas se entienden mucho mejor ahora.

Al menos las adolescentes les daban algo de que hablar.

—Eso creo —dijo Susana de manera irónica—. No habla dc otro tema que no sea Terry, y no parece que consiga quitar a Katrina del teléfono por la noche.

—¿De veras?

Daniel estaba sorprendido.

—No he observado que Terry estuviera hablando por teléfono.

—Bueno, sé que es Terry, porque suelo contestar yo. Ha sido bastante tarde, a veces después de las diez —añadió Susana, mirándolo—. Me preguntaba si usted sabía que ella estaba levantada.

Evidentemente, estaba dejando a Terry que se las arreglase sola, pensó Daniel. Le había dado un teléfono para su cuarto cuando cumplió trece años, pero hasta ahora no había observado que Terry lo usase mucho.

—Voy a empezar a poner una hora límite para telefonear —dijo él—. Lamento que haya estado llamando tan tarde.

Estuvieron en silencio por un momento mientras Susana observaba las sopas.

—Sencillamente estoy contenta de que Katrina haya encontrado una buena amiga —le dijo. Ella dejó caer las latas en su cesta estrepitosamente—. Además Terry es una muchacha tan buena.

La sonrisa de Susana hizo que se le notaran sus hoyuelos. "Me encanta que usted sea la madre de Katrina", dijo Daniel para sí mismo.

Cuando Terry y Katrina se acercaron de prisa, Daniel casi se había decidido a pedirle a Susana que saliera con él. Ella era sencillamente una cosa demasiado buena para dejar pasarla por alto. Terry probablemente nunca se lo perdonaría, pero si lo hacía con calma, quizás Terry tardaría bastante en darse cuenta. Lo último que necesitaba era que su hija adoptara una actitud hostil.

—Fue un placer verlo a usted, Daniel —le dijo Susana sinceramente.

Luego, dándose cuenta de su omisión, añadió rápidamente:

—Y a ti, también, Terry.

Katrina no dijo ni una palabra, pero se aclaró la garganta, y Susana notó que ella misma se ruborizaba.

— Verdaderamente necesitamos acabar nuestras compras e ir a casa. Katrina tiene que hacer un trabajo para la escuela mañana.

—Sí, Terry también tiene que hacer algún tipo de trabajo. Daniel asintió con la cabeza, pero aún permaneció allí, y Susana sintió de nuevo esa impresión de atracción que sentía cada vez que estaba cerca de Daniel Stephens: esa atracción peligrosa y seductora que no había sentido en mucho, mucho tiempo.

Susana se despidió rápidamente y llevó con ella a su hija que protestaba. Tomando las últimas pocas cosas que necesitaba, Susana sacó a su hija por la puerta, decidida a olvidar todo con respecto a Daniel Stephens. Pero lo vio de nuevo cuando descargaba las compras para ponerlas en su auto. Desde la otra parte del estacionamiento le envió una sonrisa tentadora e interrogativa. Cuando Susana le devolvió la sonrisa suavemente, la mirada de Daniel se hizo más segura, más prometedora, y Susana se sintió acalorada de los pies a la cabeza. Pensó en esa mirada durante todo el tiempo al regresar a casa.

Era demasiado, pensó Susana al entrar finalmente en el camino que conducía a su garaje. Daniel Stephens era un peligro para su tranquilidad de espíritu. Cada vez que él estaba al lado, su cabeza se llenaba de confusión, y lo único que podía hacer era mirar. Evidentemente, él era tan guapo que probablemente las mujeres lo mirarían todo el tiempo. Pero las miradas ardientes que él devolvía cuando la veía mirándolo, eran demasiado perturbadoras, le hacían pensar en cosas de las que ella podía prescindir muy bien.

No obstante, casi no pensó en otra cosa en los días que transcurrieron desde que él llegó con su caja de herramientas y sus músculos, y le sonrió al tomar la limonada. Susana estaba segura que la atracción desaparecería tan pronto como dejara de encontrárselo todo el tiempo. Simplemente parecía que en el poco tiempo desde que lo había conocido, Daniel Stephens surgía por todas partes.

Cuando sonó el teléfono esa noche, Susana acababa de apagar la luz. Miró el reloj y suspiró. Las diez de la noche otra vez. Obviamente, Daniel no había puesto en práctica sus normas con respecto a las llamadas de teléfono. Apagó el sonido de la televisión y tomó el teléfono del otro lado de su cama. Katrina hacía ya más de una hora que estaba en la cama. Susana tendría que hablar ella misma con Terry.

—¿Aló?

—¿Susana?

Susana frunció el ceño. Con toda seguridad no era Terry.

—Sí. ¿Quién es?

—Daniel Stephens. Lamento llamar tan tarde. Espero que no la haya despertado.

Por teléfono su voz sonaba profunda y suave e increíblemente atractiva. Incluso sin esa sonrisa lenta que la acaloraba, Susana empezó a sentir un nerviosismo en el estómago. Se sintió como una chica de escuela con su primera cita amorosa.

—No, Daniel, no me despertó usted. Simplemente estaba mirando las noticias.

—Yo nunca las veo. Demasiado deprimente.

Susana sonrió. Ella ya sabía que él trabajaba de fotógrafo en un periódico.

—Muy gracioso.

—Bueno, Susana, creo que la veré a usted el sábado.

¿Eso era todo?

—Daniel, tiene que haber alguna otra razón por la que usted llamó.

—En realidad fui a la cocina y vi a Terry cuando había empezado a marcar el número. Creo que ella y Katrina tenían planeada esta llamada. Terry parecía que estaba segura de que Katrina contestaría.

—Cualquier cosa que hubieran planeado, no lo planearon muy bien. Katrina lleva dormida ya una hora.

Daniel se echó a reír.

—Es probable. Creo que de esa forma funcionan muchos de los grandes planes cuando uno es chico.

—Sí —dijo Susana—. Yo solía tratar de permanecer despierta para la media noche del último día del año. Esperaba que ocurrieran grandes cosas cuando el reloj marcara las doce, y siempre hacía grandes planes, pero nunca me podía quedar despierta para averiguarlo.

—¿Y ahora sale usted cada año y lo celebra?

—No, ahora me quedo en casa de propósito y voy a la cama a la hora de costumbre. Mis resoluciones suelen consistir sencillamente en tratar de recordar de utilizar la nueva fecha y olvidarme de que seré un año más vieja. ¿Y usted, Daniel? ¿Consiguió usted quedarse despierto hasta media noche?

—Me crié con cinco hermanos y una hermana, y todos nos quedábamos despiertos hasta después de media noche, todos los años, el último día del año —recordó Daniel con cariño—. Nuestros padres salían, y nosotros poníamos de tan mal humor a la niñera de turno que ella se negaba a trabajar para nosotros una vez más. Era magnífico.

—¿Y la pobre mujer no se lo decía a sus padres cuando regresaban ellos a casa?

—Sí —dijo Daniel riendo—. Pero nosotros éramos tantos que la niñera no recordaba lo que había hecho cada cual. Nuestros padres se preparaban para castigarnos a todos nosotros, pero acababan olvidándolo todo. Luego, el año próximo, nos hacían prometer a todos que seríamos buenos, y todos solemnemente prometíamos serlo, y todo empezaba otra vez de nuevo.

Susana se hundió en la almohada y cerró los ojos, escuchando el cálido timbre de la voz de él. Esta llamada de teléfono accidental se estaba convirtiendo en el mejor momento de todo el día.

—Así que supongo que usted saldrá cada año.

—La mayor parte del tiempo. No parece bien dejar pasar el nuevo año sin ir a una fiesta en algún sitio. Pero Terry suele estar conmigo, así que nos vamos inmediatamente después de la medianoche.

—Eso es lo bueno de tener chicos —dijo Susana— uno siempre tiene compañero.

—Bueno, Susana, una mujer linda como usted debe tener a los hombres en fila para pedirle que salga con ellos.

La voz de Daniel era afectuosa.

—Qué cosas más lindas dice usted, Daniel. Se ve que usted tiene talento para contar cuentos.

—Sencillamente los hechos, señora. En este caso no se necesita exagerar. Sencillamente los hechos.

—Gracias, Daniel —dijo Susana suavemente.

—No voy a continuar manteniéndola despierta, Susana. Aunque reconozco que me satisface mucho haber sorprendido a Terry en el teléfono; fue un momento de mucha suerte. Espero con impaciencia verla a usted el sábado por la tarde.

Susana apenas podía hablar. Pero cuando lo hizo fue de forma sincera y sin tratar de ocultar nada.

—Yo, también, Daniel. Espero con impaciencia verlo a usted.

—Aquí es, mamá, la calle Alameda.

—¿Debo torcer a la izquierda aquí?

Katrina estudió la hoja blanca de papel.

—Sí, dobla a la izquierda y ve a Artesia.

Era una zona muy bonita. Susana estudió las casas de dos y tres pisos con sus céspedes bien cuidados y sus muros bajos. Era donde ella desearía vivir.

—Artesia. ¿Ahora qué?

—Dobla a la derecha y ahí está el 5735 del oeste de Artesia.

—Está bien.

Los números de las casas estaban pintados de manera muy práctica en el borde de la acera, de tal forma que no había problema, para encontrar el que se buscaba. Susana fue hasta la casa blanca y apagó el motor.

—Debe de ser ésta.

—¡Vaya!

Susana siguió la mirada de su hija fuera de la ventanilla.

—¡Qué maravilla!

A Daniel Stephens evidentemente le gustaba trabajar en el jardín. Susana pasó la vista por el césped perfectamente cortado, y los bordes brillantes de flores que rodeaban los pequeños pinos que salpicaban el patio. Por todas partes, un derroche de colores demostraba el talento del jardinero. Era una muestra asombrosa, digna de la primavera o del final del verano, ciertamente no de un otoño frío de Colorado, cuando para ir a la tienda se necesitaba un abrigo.

Además, no sólo las plantas reflejaban el cuidado del entusiasta dueño de la casa. Otros toques completaban la imagen, proporcionando a la escena la suavidad melancólica de una pintura de Norman Rockwell.

Una pequeña valla de estacas blancas formaba el borde del patio y ondulaba alrededor, separando los jardines y lugares de juego de forma caprichosa. De una rama fuerte del abedul elevado que dominaba el patio colgaba un columpio, y sobre el suelo había una pequeña casa de muñecas con flores espléndidas en las ventanas para completar la imagen de perfección. Susana sonrió al oír el chillido de niña de Katrina cuando ésta vio la casa de muñecas y el columpio. No había visto a Katrina tan entusiasta por nada en mucho tiempo.

—Oh, mamá, esto es perfecto. ¿No crees que el padre de Terry es absolutamente maravilloso?

Susana miró rápidamente a su hija; lo que había dicho no era nada característico de la Katrina que ella conocía y amaba. Aunque verdaderamente Susana descubrió que a ella misma le gustaba Daniel Stephens mucho más de lo que nunca hubiera esperado.

—Parece muy bueno, Katrina —contestó Susana con mucha cautela—. Con toda seguridad él ha hecho un trabajo maravilloso aquí.

Una vez fuera del automóvil, la brisa fresca las envolvió en los aromas suaves de las flores y el césped, y agitó un carillón que no veían. Susana respiró profundamente y suspiró. Era la gloria.

—Además trabaja para el periódico. ¿Sabías eso? Y lleva a Terry a jugar al béisbol, y conduce la camioneta más chula que se haya visto, y no tiene novia.

—Katrina —interrumpió Susana—. Quizás debes llamar a la puerta.

La expresión de su hija cambió inmediatamente y adoptó un tono rebelde, y Susana casi lamentaba que no había dejado a Katrina continuar. Después de todo, ¿qué importaba que Katrina pensara que Daniel Stephens era maravilloso?

—Hola, señoras.

El señor perfecto en persona abrió la puerta. Parecía que acababa de ducharse, y gotas de agua relucían en su corto pelo rubio. El cuello de su camisa blanca estaba mojado también, y así mismo lo estaba el vello rubio que ella podía ver en el cuello abierto de la camisa de él. Susana miró a su hija, y esperaba que su propia expresión no reflejara la adoración que se veía en el rostro de Katrina.

—Hola, Daniel.

—Hola, señor Stephens —dijo Katrina—. ¿Está Terry aquí?

—Claro, Katrina. Su cuarto está arriba. Así que sube.

Katrina pasó por la puerta y subió rápido las escaleras. Susana movió la cabeza, sencillamente no podía aguantarse.

—Parece entusiasmada.

Susana se encogió de hombros y sonrió abiertamente, dándose por vencida.

—Cambia de parecer cada minuto.

—Sí, sé cómo es eso—dijo él con lástima—. ¿Puede usted quedarse para tomar una Coca-Cola?

— No, verdaderamente no puedo —contestó Susana con evasivas, por muy tentador que pareciera—. Tengo que ir al trabajo a preparar algunos papeles.

—¿Es usted ingeniera en Allied Aerospace?

Susana sonrió. Obviamente, Daniel había oído tantas cosas sobre la familia de ella como ella había oído sobre la de él.

—Sí, y usted trabaja en el periódico.

La conversación le recordó a Susana lo último que le había dicho Katrina. El no tenía novia. La próxima vez que sus miradas se encontraron, Susana se dio cuenta de que ella se ruborizaba. Era asombroso, pensó Susana. Cada vez que ella estaba al lado de Daniel, se sentía tan fuera de control como su hija.

—Bueno, verdaderamente tengo que irme —repitió Susana, resuelta a irse antes de ponerse en una situación embarazosa—. Tardo casi exactamente dos horas para llegar allí y volver, así que recogeré a Katrina unos minutos antes de las seis.

Daniel se apoyó en la puerta, moviéndose varias pulgadas más cerca de Susana al hacerlo. Susana se quedó sin aliento ante la sonrisa fácil de él. Cielos, pensó ella. El día en que todos sus deseos se cumplieran…

—Bueno, cuando usted vuelva, quizás pueda usted quedarse unos pocos minutos. Tengo una botella de vino que quería abrir, y me encanta tener compañía.

No había forma. Sencillamente no podía.

—Eso parece magnífico, Daniel.

Recuperando la poca compostura que le quedaba, Susana dijo adiós y volvió a despedirse rápidamente con la mano antes de marcharse en el auto. Incluso al decir adiós con la mano, apartó la vista de la casa perfecta, y del hombre enmarcado en la luz de la entrada. No necesitaba mirar; la imagen larga y esbelta de Daniel Stephens quedó grabada a fuego en su pensamiento.

Daniel miró a Susana decir adiós con la mano y sonrió para sí mismo. Susana Díaz era diferente de cualquier mujer con que hubiera salido desde Carla, aunque probablemente no debía haberla invitado a beber vino. Había permanecido apartado de propósito de todas las maestras y las madres de las amigas de Terry. A Terry le daría un ataque, no había duda, pero qué demonios.

Susana... era diferente. Daniel se sorprendió a sí mismo deseando verdaderamente hablar con ella. Bueno, hablar y mucho más. Luego sonrió. Los muchachos del béisbol se quedarían boquiabiertos cuando vieran a Susana. Ni siquiera Cathy llegaba a la categoría de ella.

Daniel entró para recoger su cartera y decirles a las muchachas que vendría enseguida. Necesitaba ir rápido a la licorería y comprar una botella de vino.

Para cuando dieron las seis aquella tarde, Daniel estaba preparado. Compró dos buenas botellas de vino en la tienda y las metió bien adentro en el congelador para que se refrescaran. Luego fue por toda la casa, tratando de meter la ropa, tanto sucia como limpia, en los cestos en donde estarían fuera de la vista. No se atrevió a pedirle ayuda a Terry. Pensaba hacerle creer a su hija que la llegada de Susana era sólo para recoger a Katrina, y que él luego había convencido a Susana para que se quedara un momento.

Iba a ser complicado. Daniel movió la cabeza al poner los platos sucios en el lavaplatos. Llegar a conocer a Susana sin que Terry se diera cuenta iba a ser algo que necesitaba ser planeado, pero Daniel pensó que podía hacerlo. Había una "casa abierta" en la escuela el próximo martes. Quizás podría encontrar a Susana allí "accidentalmente" también; había toda clase de posibilidades. Daniel miró de nuevo al reloj. Las seis en punto. Si él tenía suerte, ella llegaría tarde.

Eran las seis y dieciocho minutos cuando sonó el carillón de la puerta. Había tenido tiempo incluso de pasar la aspiradora. Daniel se felicitó a sí mismo. Su casa estaba más limpia que lo que había estado en mucho tiempo.

Saltó los tres últimos escalones para ir a abrir la puerta, y casi se tropezó con Terry al venir ésta por las otras escaleras de la cocina.

—Oh, perdona, hija—.¡Vaya, demonios! qué mal momento para que ella estuviera por aquí—.¿Qué estás haciendo, Terry?

Terry lo miró de forma extraña.

—Sonó el timbre de la puerta. Pensé que podía contestar.

—Oh, no te molestes, Terry. Yo me ocuparé de la puerta, tú debes regresar con Katrina.

Terry se encogió de hombros y sacó la fuente de patatas fritas del aparador. Daniel esperó hasta que ella había desaparecido en el cuarto y la puerta se había cerrado tras ella. Magnífico. Las chicas estaban fuera de vista, el vino estaba en el congelador, había una mujer bella en la puerta: todo era perfecto.

—Hola, Susana, entre.

La auténtica bienvenida que se notó en su voz hizo que Susana se calmara un poco. Había pasado todo el camino de ida diciéndose a sí misma que no entraría, y el camino de regreso esperando que Daniel no hubiera cambiado de idea con respecto a la invitación. Sería bueno pasar unos pocos minutos con él. No, eso era una declaración demasiado modesta. Sería más que bueno. Había estado esperando con impaciencia verlo durante toda la semana, desde que hablaron por teléfono tarde por la noche. Dios sabía que estarían bien guardados; con las dos chicas, ella y Daniel no podrían hablar ni una palabra.

—Gracias. Siento llegar tarde.

—Me conformaré aun así.

Dijo esto de forma lo suficientemente inocente, pero su mirada la dejó acalorada.

—Usted sencillamente teme que yo deje a Katrina aquí de forma permanente —bromeó Susana, mirando para otro lado. Había demasiada tensión en el ambiente—. ¿Dónde está ella?

—Las chicas están arriba en el cuarto de Terry, haciendo Dios sabe qué. Pero por lo menos están ocupadas por un momento. Creo que si vamos abajo discretamente, quizás tengamos tiempo para tomar una copa o dos de vino antes de la invasión.

Daniel esbozó una sonrisa de complicidad y se llevó los dedos a los labios.

—Shhh.

Susana se echó a reír. Parecía tan gracioso ocultarse de las chicas; solía ser justamente lo contrario. Siguió a Daniel escaleras abajo, disfrutando de la oportunidad de estudiarlo, sin sentir a cambio el acaloramiento de esos ojos azules. La vista era perfecta.

Los hombros de Daniel eran muy amplios, casi rozaban los lados de la escalera. Los músculos de su espalda se estrechaban hasta llegar a una cintura pequeña y un trasero perfecto que dejaba seca la boca de Susana cada vez que lo miraba. Además era alto. Incluso bajando las escaleras, era más alto que Susana, y tenía que agacharse levemente para evitar el descansillo de arriba. Tenía que medir más de seis pies. Además era un hombre asombrosamente guapo.

—¿Cuánto mide usted?

Susana no podía creer que había dicho eso en voz alta. Debería comentar sobre la casa, los alrededores, en lugar de demostrar sin ninguna duda que no podía apartar la vista de él.

—Seis pies con dos.

Daniel se detuvo en el escalón de abajo y se volvió para contestarle, y Susana casi chocó con él. Casi. Excepto que él la agarró, sosteniéndola con las manos en su cintura. Y con la misma naturalidad, los brazos de ella acabaron sobre los hombros de él, rodeándole el cuello. Situados como estaban en las escaleras, ahora eran exactamente de la misma estatura.

Los ojos de él eran tan azules. Ese fue el primer pensamiento caprichoso que le pasó a ella por la cabeza. Además él tenía una boca muy bonita, una que hacía que sus labios ansiasen uno de sus besos. Él probablemente besaría maravillosamente.

Susana dirigió de nuevo su mirada a los ojos de él, y un exagerado rubor le acaloró las mejillas, que sin duda se volvieron de un rojo significativo. La sonrisita de él se reflejaba en las arrugas de los lados de los ojos, que lucían gruesas pestañas. Además también había cierta complicidad entre ellos, una complicidad que parecía estar llena de promesas.

—¿Cuánto mide usted?

Era la cosa más sensual que alguien le hubiera preguntado a ella. Susana contuvo el aliento. Estuvo callada unos cuantos segundos antes de que su mente finalmente se despertara.

—Cinco pies con seis.

La mirada de él se hizo más calurosa.

—Sencillamente perfecto, diría yo.

Ella apenas lo oyó. Él lo dijo como pensando para sí mismo. Pero ella pensaba, sabía, que debía oírlo. Y ella sabía que él sabía que ella había oído. Estaba de nuevo ahí, esa complicidad. Susana pensó que quizás ardería tan sólo de reconocerlo.

Susana no estaba segura más tarde de quien se había inclinado hacia adelante para salvar la distancia de las pulgadas que separaban sus labios, pero pensó que quizás había sido ella. Era sencillamente lo único que había podido hacer. Los labios de él la habían hipnotizado al hablar; estaban tan perfectamente a nivel de los suyos, cubiertos por la leve sugerencia de un bigote rubio suave. Pero si

Susana había iniciado el beso, Daniel había adquirido rápidamente el control.

Ejerciendo presión con su peso sobre ella, Daniel se apoyó en ella, empujando a Susana hacia la pared, rodeándola con su cuerpo, y atrapándola con los músculos duros de sus brazos. Tan suaves como la seda, las manos de él acariciaron el rostro de ella, entremezclándose entre su cabello, enredándose en él. La boca de él era suave al principio, pero buscaba con insistencia de tal forma que ella finalmente abrió su boca para él. Y la caricia ardiente de la lengua de él prendió un fuego en Susana. El gemido de ella fue inconsciente, incontrolable, y fue capturado por la boca de Daniel.

Las manos de ella pasaron por los músculos duros de la espalda y los brazos de él, músculos que había estado anhelando tocar, que soñaba con tocar. Las manos de ella se deslizaron por el pelo de él para acercarlo más, como si él fuera a apartarse. La lengua de él acarició la de ella, trazando la línea de sus labios, y luego volvió a entrar en la boca de ella para juntarse íntimamente con su lengua. Entonces los labios mágicos de él trazaron un sendero caliente por la mejilla de ella y bajaron por el lado de su cuello, mientras la mano de él alcanzaba a tocar la parte inferior de su pecho. Susana contuvo su respiración al inundar su cuerpo una cascada de sensaciones. Gimió con deseo y le pasó la mano por su amplio pecho, acariciándolo, atrayéndolo hacia ella, y haciendo que perdieran el equilibrio.

Con un grito, Susana se desplomó hacia atrás, para ir a caer contra el escalón detrás de ella. Daniel cayó casi sobre ella. Con sus manos sosteniendo su propio peso, su dureza ejercía presión donde se unían los muslos de ella.

La posición era tentadora y erótica y exigía satisfacción. Susana miró a los ojos ardientes de Daniel, sabiendo que ella lo deseaba, y él la deseaba, y el momento estaba ahí.

Luego, la sensatez regresó.

¿Cómo podía ella siquiera haberlo considerado? Sus hijas podían haber bajado en cualquier momento. Pero incluso más quc eso, el hombre era un verdadero extraño. Él, quizás, estaba acostumbrado a que las mujeres cayeran en sus brazos, aceptando sus insinuaciones amorosas, pero Susana no estaba acostumbrada a actuar como ese tipo de mujer. Seguramente un fuego no sería más caliente que la vergüenza que pasó por el rostro de Susana.

—Por favor, déjame levantarme.

Empujar los brazos musculosos que la hacían prisionera no resolvió nada. Susana se estremeció cuando Daniel pasó la lengua por su clavícula.

—Por favor —repitió con voz temblorosa—. Es increíble. Las chicas están arriba mismo. Podrían bajar de un momento a otro.

La idea pareció causar impresión porque con un gemido la cabeza de Daniel fue a descansar sobre el cuello de ella, sin moverse por un rato. Él movió las caderas una vez, y Susana se quedó sin aliento. Luego la soltó. Daniel se levantó con un movimiento suave y suspiró profundamente al mirarla a ella hacia abajo. Susana aceptó la mano que él le ofreció, sólo para caer de nuevo en los brazos de él cuando estuvo de pie.

—Daniel —empezó a decir ella en forma de advertencia, muy consciente de lo cerca que había llegado, y lo cerca que quería estar y lo imposible que esto era.

Daniel le dio un beso rápido y fuerte antes de ponerla despacio en el escalón más arriba de él.

—Tengo que acordarme de esta escalera —dijo lentamente, con una sonrisa que hubiera podido prenderle fuego al agua—. Puede ser algo muy acomodaticio.

La mano de Susana estaba temblando al apartar el pelo de los ojos. Ni siquiera podía mirarlo. Había estado besándose con él en una escalera con dos chicas justo arriba.

—Increíble —dijo ella entre dientes—. ¿Qué debes pensar de mí?

Ella no tenía la intención de decir esto en voz alta, pero Daniel la oyó. Su sonrisa desapareció y sus ojos azules se oscurecieron al contestarle bastante seriamente.

—No estoy seguro aún, pero pienso averiguarlo, Susana Díaz. Con toda seguridad pienso averiguarlo.

Luego simplemente le volvió la espalda para continuar bajando las escaleras. Susana no estaba segura si sentía decepción o alivio. Las palabras de él tenían cierta promesa, cierto interés, algo con lo que hacía una semana hubiera jurado no querer nada que ver. Ahora no estaba tan segura. Temblorosa del beso ardiente, Susana lo siguió, tratando aún de decidirse.

—Tu casa es muy bonita.

Esta vez Susana había conseguido decir lo que tenía que decir y lo decía de verdad. Al seguir a Daniel por la sala elegante al salón familiar que estaba detrás, observó todos los toques artísticos que daban armonía a la casa. Plantas altas se aprovechaban de los techos altos y se extendían en forma de bóveda en los rincones de las salas. Además, unas partes armonizaban con otras sin que hubiese ningún muro divisorio. Todo era abierto y espacioso.

—Gracias. Tuvimos suerte de comprar en esta zona cuando estaban empezando a construir hace quince años, así que tuvimos la oportunidad de ayudar a hacer el plano de nuestra propia casa.

—¿Y las fotografías son tuyas?

En la mente de ella no había duda. Las fotos enmarcadas que estaban en las paredes eran todas fotografías con el mismo tipo de belleza tranquila que había en el jardín de Daniel.

—Sí, sólo algunas cosas que he coleccionado a través de los años —dijo Daniel sin darle importancia a las obras—. Tengo un vino tinto o un chardonnay: ¿Qué prefieres?

Mientras Daniel abría la botella de vino, Susana disfrutaba estudiando la obra a la cual con tanta facilidad él le había restado importancia. Ella no le había preguntado nunca exactamente lo que hacía en el periódico, pero ahora creía que podía adivinarlo. Admiró la belleza de la fotografía que colgaba en el lugar de honor encima de la chimenea. Era una cascada enorme, tomada de tan cerca que Susana casi podía sentir la frialdad del chorro encima de ella. Daniel debía haber estado casi debajo para captar la sensación del agua de esa manera. Era magnífica.

—Hola, mamá.

El sonido del sofá de cuero anunció la llegada de su hija. Ni pensar en ocultarse de las chicas. En realidad, Susana sabía que eso nunca daba resultado. Las chicas parecían tener un radar que les decía cuándo uno quería estar realmente solo. Luego se puso rígida. Gracias a Dios, Katrina no había bajado unos minutos antes, cuando su recta madre estaba besándose en las escaleras. Susana apartó ese pensamiento y trató de comportarse como una madre.

—Hola, Katrina, ¿conseguiste hacer algo?

Aunque Susana estaba contenta de que Katrina pasara el tiempo con Terry, era un beneficio adicional no tener que gritar a causa de las tareas durante los fines de semana.

—Sí, terminamos la tarea de historia que teníamos que hacer, y Terry me ayudó a hacer la tarea de matemáticas.

—¿Así que no te ha quedado nada para hacer antes del lunes?

De todas formas, no era que Katrina dijese la verdad; Susana siempre llamaba ella misma para averiguar las tareas que había que hacer.

—No, eso es todo.

Katrina dio la respuesta esperada, y Susana tomó nota mentalmente para recordar llamar cuando llegara a casa.

—Magnífico. ¿Dónde está Terry?

—Bajará dentro de un minuto. Sólo tiene que terminar su tarea de matemáticas. Me dijo a mí que bajase porque dijo que no podía concentrarse mientras yo hablaba.

Susana sonrió abiertamente. Apostaría a que Katrina nunca optaría por las tareas en lugar de la conversación. Por lo menos una de las chicas se mantenía concentrada en el trabajo.

—Aquí vengo.

Daniel se detuvo en la puerta. En sus manos llevaba una magnífica bandeja de plata, con un cubo con hielo y dos copas de vino relucientes. El aspecto cómico de decepción que mostró su rostro cuando él vio a Katrina era demasiado para que Susana mantuviese su compostura.

Katrina miró de forma extraña a la bandeja y luego a su madre. Una sonrisa apareció lentamente en sus labios. Con un entusiasmo repentino, se levantó del sofá.

—Bueno, será mejor que regrese a hacer el trabajo.

—Creí que habías dicho que ya habías terminado.

Katrina se volvió desde el primer escalón y se encogió de hombros inocentemente.

—Creo que se me olvidó hacer la tarea de ciencias. Dios mío, incluso con la ayuda de Terry, apostaría a que voy a tardar otra hora.

Se volvió y corrió escaleras arriba sin decir otra palabra, y ellos podían oír sus pasos golpeando hasta que la puerta de Terry se cerró de golpe.

Susana suspiró.

—Nunca consigo hacer que simplemente cierre una puerta. Tiene que cerrarla de golpe.

—Bueno, eso fue muy amable de su parte —dijo Daniel, poniendo la bandeja sobre la mesita de café—. Me gustaría enseñarle a Terry ese truco de desaparecer. Normalmente, cuanto más quiero que ella se vaya, más insiste en quedarse cerca de mí. Me vuelve loco.

—Bueno —dijo Susana lentamente— Katrina, también, por lo común. Pero últimamente ha estado actuando de forma un poco extraña. Aunque sólo de una forma buena, así que no puedo quejarme, pero nunca antes la he visto preocupada porque su tarea no estuviera terminada.

—Terry se preocupa por ello muchísimo. Quizás se le ha pegado.

—Quizás.

Susana estaba dudosa, pero pensó en la vieja teoría del "caballo regalado":

no estaba segura de si debía cuestionar demasiado su buena suerte.

—Además, de cualquier forma, nos da tiempo para el vino.

Con un sonido fuerte, Daniel sacó el corcho y llenó las copas del chardonnay claro. Susana miró en silencio cómo Daniel echaba el líquido en las frágiles copas, hipnotizada por la vista de esas manos fuertes y bronceadas sujetando suavemente la copa, deslizándose por la botella, poniendo el corcho bien dentro. Susana se estremeció. Luego Daniel le entregó la copa y sus dedos rozaron los de ella.

Había un deseo entre los dos, lento y abrumador, una atracción como un choque eléctrico, un anhelo innegable. Daniel no hizo ningún movimiento hacia ella, pero Susana se sintió devorada, perforada por el ardor de su mirada llena de promesas. Él se inclinó lentamente hacia ella y Susana dejó que sus ojos se cerraran, esperando la sensación de su beso.

El carillón de la puerta repicó por toda la casa.

—¡Demonios! —dijo Daniel entre dientes contra los labios de ella—. Guárdame el sitio.

Separando sus piernas largas, se levantó completamente y se dirigió hacia las escaleras.

Pero Terry fue más rápida. Arriba, un sonido fuerte indicó que la puerta de su cuarto se había abierto de golpe, y otro sonido fuerte indicó el salto de Terry al rellano de la escalera.

—¡Dios mío, Terry, tómalo con calma! —gritó Daniel al mirar, frunciendo el ceño, desde abajo.

Susana sonrió; quizás Terry y Katrina no eran tan diferentes después de todo.

—Abro yo, papá. Tú puedes regresar a la sala.

Daniel volvió moviendo la cabeza.

—Bueno, por lo menos siempre sé que alguien abrirá la puerta y contestará el teléfono aquí. Por muy rápido que me mueva, ella siempre llega primero.

—Creo que eso tiene que ver con las hormonas. Igual que dormir hasta el mediodía.

Las voces bajaban del rellano de la escalera, sin distinguirse al principio, pero se hicieron cada vez más fuertes. Susana no les hizo caso hasta que vio a Daniel fruncir el ceño demostrando que su concentración estaba todavía en la parte de arriba. Finalmente, el tono tenso de Terry llamó la atención de los dos.

—Te dije que él no estaba en casa.

Daniel empezó a dirigirse hacia las escaleras.

—Terry, hija, ¿quién es?

—¿Daniel? ¿Eres tú?

—¡Demonios! —Susana oyó decir con un lamento a Daniel.

Arriba la puerta delantera se cerró de golpe.

Era tremendamente joven. Ése fue el primer pensamiento de Susana cuando la chica rubia entró bajando a saltitos las escaleras.

—¡Daniel!

Al ver a Daniel, una sonrisa iluminó las facciones perfectas, una sonrisa segura, provocadora y seductora, y Susana reconsideró su opinión: la chica tenía suficiente edad. La rubia cruzó el cuarto y se puso sobre las puntas de los pies para darle un beso a Daniel como saludo. En los labios.

Para Susana, ese beso lo decía todo. Pensó que se iba a enfermar. Estaba absolutamente segura de que necesitaba irse.

—Realmente te he echado de menos, Daniel. Esperaba que tuviéramos una cita esta noche.

La sonrisa de jovencita entusiasta iba perfectamente con los pantalones bien cortos y los calcetines con borlas.

Su cabello rubio ondeaba sobre sus hombros como si acabara de regresar de la peluquería. Parecía delgada y pequeña y tan joven.

Susana le ahorró a Daniel la dificultad de responder.

—Temo que me he quedado demasiado abusando de su hospitalidad. Necesito recoger a mi hija e irme a casa.

La muchacha miró intencionalmente de Susana a Daniel; luego su mirada se dirigió a la bandeja de plata, el vino, las copas.

—Tiene usted toda la razón con respecto a eso —dijo ella con una sonrisa melosa—. Parece que usted ha estado aquí demasiado tiempo.

Luego parecía que los demonios se habían soltado.

Terry saltó los últimos escalones para gritar detrás de la muchacha, y ella se volvió a Terry como un gato que da un bufido. Daniel entró en medio de la refriega, tratando de separar al par y calmarlas. Katrina apareció arriba en el rellano de la escalera, y se añadió al ruido general, pidiendo a gritos que alguien le dijera lo que estaba pasando.

Era demasiado.

Aunque estaba segura de que nadie podía oírla, Susana le dio las gracias a Daniel con calma, con una voz tranquila, antes de recoger su bolso del sofá. Luego agarró a Katrina por el brazo cuando ésta pasaba a su lado por las escaleras. Katrina siguió discutiendo y gritando, resuelta a formar parte de la escena de abajo, pero Susana no quería saber nada de eso. Era hora de irse a casa.

—Vamos, Katrina. Nos vamos ahora mismo.

Susana podía oír aún las voces que se levantaban de abajo al cerrar la puerta tras ella.

—¡No lo creo!—dijo Katrina entre dientes.

Susana miró a su hija con sorpresa.

—¿Qué es lo que tú no crees?

—Que esa mujer tenga la osadía de entrar de repente en la casa de Terry como lo hizo.

Susana dirigió su mirada de nuevo hacia la carretera y trató de mantener la calma en su voz. Había humor en alguna parte de esto, y ella estaba segura de que lo vería con el tiempo. Quizás dentro de cincuenta años o algo así.

—No "entró de repente" exactamente, Katrina. Tocó el timbre y esperó a que alguien contestara.

Katrina no estaba prestando ninguna atención.

—Además luego tuvo la osadía de ir hasta el padre de Terry y besarlo.

Katrina había conseguido averiguar con su madre la mayor parte del escándalo. Además aunque Susana, evidentemente, no había dicho nada de los momentos anteriores a cuando sonó el timbre, su hija parecía compartir el agravio de Susana. De hecho, sus palabras expresaban muy bien la antipatía que sentía hacia Cathy.

Susana sentía casi lo mismo, pero no podía decirle eso a su hija. Además, la parte racional de su cerebro le recordaba que la mujer verdaderamente no había hecho nada malo. Era culpa de Daniel. Y de ella misma: debería haber sabido que no debía fiarse de él. Eso era lo que la parte racional de su cerebro le decía. El lado irracional deseaba verlos a los dos como cebo de los tiburones.

—No es nada extraño que un hombre bese a su novia, ¿sabes?

—Él no la besó a ella, mamá; ella lo besó a él. Además, Cathy no es su novia. Él apenas ha salido con ella.

Susana le lanzó una mirada a su hija.

—¿Cómo sabes tanto sobre Cathy?

Katrina parecía incómoda.

—Terry me ha dicho algo. Ella detesta realmente a Cathy.

Susana puso los ojos en blanco.

—Bueno, lo siento por Terry, pero no es nada que nos importe a nosotros. Además, según el aspecto de las cosas, diría que ustedes dos están equivocadas. Cathy es definitivamente su novia.

Katrina continuó hablando entre dientes, pero Susana no le hizo caso. Por hoy ya tenía toda la tensión nerviosa que podía soportar. Verdaderamente estaba contenta de que la amiga de Daniel se hubiera presentado por sorpresa. Era mejor saber que preguntarse, y era con seguridad mejor que seguir haciendo el ridículo. Por lo menos eso era lo que se decía a sí misma durante el regreso a casa. Y para cuando llegó a su casa, Susana casi se lo creía. Pero eso no hacía que desapareciera su decepción.

CAPÍTULO IV

—¿Estás lista para ir?

Era la cuarta vez en quince minutos que Katrina había asomado la cabeza para hacer esa pregunta. Manteniendo su calma, Susana dio la misma respuesta que había dado las tres veces anteriores.

—Casi, Katrina.

La "casa abierta" en la escuela secundaria de Katrina era esta noche, y su hija había estado recordándoselo a Susana durante toda la semana. Hoy, todo empezó desde el momento que Susana entró en el camino que daba a la casa. Katrina salió de la casa incluso antes de que Susana se bajara del auto.

—¿Te acordaste de que la "casa abierta" es esta noche?

Cuando Susana dijo que por lo menos le gustaría tener la oportunidad de cambiarse de ropa, Katrina suspiró de forma teatral. Cuando Susana mencionó que había que cenar antes de salir, Katrina se quejó, y luego engatusó a su madre para no hacerlo. Susana finalmente se dio por vencida y aceptó que comerían un bocado al regresar. Pero, insistió en que iba primero a cambiarse. Katrina le dio a Susana exactamente tres minutos en su cuarto antes de empezar la ceremonia de "date prisa". Susana empezaba a pensar que quizás no irían a la "casa abierta" en absoluto, quizás simplemente taparía la boca de su hija y la metería en un armario.

—Creo que debes llevar el pelo hacia arriba esta noche, mamá. Parece tan elegante cuando lo llevas así.

Katrina finalmente había dejado de entrar y salir, y estaba ahora al otro lado de la cama de Susana desde donde podía recordarle aún más a menudo a Susana que se diese prisa.

Susana movió la cabeza hacia abajo; el entumecimiento de tener el pelo hacia arriba todo el día empezaba a desaparecer.

—De ninguna manera—contestó ella—. Tenerlo arriba doce horas al día es más que suficiente.

—Déjalo hacia abajo entonces, pero vamos. Ya estamos retrasadas. Si no nos damos prisa, vamos a perdérnoslo todo.

Susana suspiró.

—La "casa abierta" dura hasta las nueve. Dudo que nos perdamos nada en absoluto, Katrina. Tenemos muchísimo tiempo.

—Pero entonces iré a la cama tarde —dijo Katrina quejándose—. Además ya estoy cansada. Sencillamente vayámonos ya, ¿no crees?

Susana finalmente agarró una chaqueta que sacó del armario.

—Vámonos pues.

La "casa abierta" estaba en pleno apogeo cuando llegaron a la escuela, y a cada momento llegaban más autos. Era evidente que era un acontecimiento popular. Los estacionamientos estaban completamente llenos, como lo estaban todos los espacios para estacionar de la calle. Susana encontró un lugar a una cuadra de distancia, e inmediatamente lamentó llevar el vestido y los tacones que llevaba. A veces ella se olvidaba de la diferencia obvia que había entre Phoenix y su nueva casa en Colorado: hacía muchísimo más frío en Colorado. Ante la caminata a la escuela y la caminata de regreso, Susana deseó haber optado por los jeans y las botas de tenis como su hija.

—¿No puedes ir más despacio? —le preguntó a Katrina por décima vez.

Susana, con sus tacones delgados y sus suelas finas, seleccionaba con mucho cuidado su camino a través del asfalto desigual y pedregoso, pero Katrina iba prácticamente corriendo carretera abajo.

—Me gustaría poder hacer que fueras a la escuela por la mañana tan de prisa como vas ahora—refunfuñó Susana, pero Katrina estaba ya demasiado lejos para oírla.

—Vamos, mamá.

Ahora Susana podía verla de nuevo, con su silueta marcada por la luz de la calle, con su chaqueta rosa vuelta de color anaranjado, al lado del asta de bandera.

—Ya voy, ya voy —dijo Susana entre dientes.

Normalmente, era ella la que trataba de entusiasmarse con estas "casas abiertas", y Katrina era la que prácticamente tenía que ser arrastrada hasta ellas. Esto era definitivamente un cambio.

En cuanto Susana llegó al asta de la bandera, su hija empezó a caminar de nuevo, corriendo delante para abrir la puerta al calor maravilloso de la escuela.

—Ya estamos aquí, Katrina, puedes ir más despacio —dijo Susana cuando se acercó lo suficiente—. ¿Por qué tienes tantísima prisa?

—Mamá, porque estoy ansiosa de que conozcas a mis maestros.

Esa respuesta hizo que Susana se detuviera, aún fuera del edificio caliente, y tratara de observar el rostro de Katrina. Quizás tenía a la chica equivocada. Pero la expresión de Katrina parecía bastante inocente. Era el comportamiento que ella hubiese querido siempre, se recordó Susana a sí misma. No obstante, fue de prisa para seguir a Katrina por el pasillo. Cualquier cosa que fuera lo que Katrina estaba tramando, Susana no iba a dejar a su hija fuera de su vista.

—Hemos estado aquí casi dos horas —dijo Daniel—. Ya es suficiente, vámonos a casa a cenar.

—Cómete otra galleta, papá —le dijo Terry de forma distraída—. Oh, ahí está mi amiga, Michelle, con sus padres. Tengo que ir a saludarla.

Había sido así toda la noche. Primero Terry prácticamente lo arrastró allí, incluso antes de que se hubieran abierto las puertas, y ahora ella parecía resuelta a quedarse hasta el final. Para alguien que se quejaba de no tener amigas, Terry con toda seguridad encontró a mucha gente a quien necesitaba saludar. Daniel había comido suficientes galletas para que le duraran hasta Navidad, y con todo rigor estudió todos los trabajos artísticos que estaban colgados de las paredes de la cafetería. Pero sencillamente ya estaba harto. Además, tampoco se habían encontrado aún con Susana Díaz—la única razón por la cual él deseaba realmente ir allí.

Había sido muy agradable que viniera Susana el sábado por la noche. Verdaderamente agradable. Unas piernas magníficas y un cerebro magnífico no se juntaban con mucha frecuencia. Con Susana, Daniel descubrió lo que sus amigas anteriores no tenían: la capacidad para hablar. Y no sólo para hablar de ellas mismas, sino para conversar: el arte de la conversación.

Además ese cerebro estaba definitivamente envuelto en un paquete bonito. Cuando se volvió de repente en las escaleras y encontró a Susana a sólo unas pulgadas de distancia, Daniel supo que sencillamente tenía que besarla. Había estado esperando ese momento, pensando en él, pero la explosión de pasión lo tomó por sorpresa. Y si no hubiera sido por las chicas que estaban arriba, no había forma de decir lo que habría pasado. Ese beso había permanecido con él, persiguiéndolo toda la semana. Había sido un beso estupendo. Daniel había estado pensando en ese beso muchísimo.

Y luego Cathy había aparecido. Qué forma de terminar la noche. Era todo culpa suya, Daniel se recordó a sí mismo con amargura. Le había dicho a Krissy que la cita con Cathy había ido bien. Lo había dicho como una mentirijilla, pero Krissy lo había tomado en serio y le había pedido a Cathy que fuese a casa de él.

Daniel supuso que el gran beso era realmente para que lo viera Terry, pero Daniel podía imaginar qué impresión había causado. E imaginaba que había destruido completamente sus posibilidades con Susana.

—¿Qué hora es, papá?

La voz de Terry lo devolvió a la realidad, y Daniel miró el reloj quizás por vigésima vez esa hora.

—Casi son las siete y media, Terry. Además, de veras debiéramos empezar a irnos, especialmente si vamos a detenernos a cenar en algún sitio.

—Oh, pero no hemos pasado a ver a mi maestra de música, la señora Blanchard.

Terry le agarró la mano y trató de levantar a Daniel de su sitio.

—Vamos, definitivamente tengo que presentártela antes de irnos.

Terry nunca había mencionado antes a su profesora de música en todo el semestre, pero Daniel no hizo ningún comentario. Terry siempre estaba entusiasmada con estas "casas abiertas", por eso él trataba de mostrarse tan entusiasta como fuera posible. Después de todo, Daniel se recordó a sí mismo firmemente, rara vez tenía que decirle a Terry que hiciera su tarea, y todos sus maestros daban informes entusiastas sobre su hija. Lo menos que podía hacer era andar con ella y escuchar sus alardes tres horas cada semestre.

—Bien, princesa. Vayamos a ver a tu profesora de música. Pero después de eso, realmente tenemos que irnos, Terry. Estoy hambriento y no puedo ni mirar otra galleta.

Terry dijo algo entre dientes, pero cuando Daniel se levantó, se olvidó completamente de él.

—Ahí está mi amiga, Susan, de gimnasia. Un momento papá.

Se había ido antes de que él pudiera contestar, y Daniel suspiró. Otros veinte minutos, se prometió a sí mismo, mirando de nuevo el reloj. Podía aguantar otros veinte minutos.

—¿Qué hora es, mamá?

Susana subió la manga de su traje de chaqueta para mirar de nuevo al reloj. Estaban despidiéndose de la maestra de estudios sociales de Katrina, y Katrina preguntó dos veces mientras estuvieron allí.

—Son las siete y cuarenta y cinco minutos. ¿A quién tengo que conocer ahora?

—A mi profesora de música —dijo Katrina sobre su hombro—. Vamos.

Y se fueron de nuevo, con Katrina corriendo delante. Susana iba de prisa tras ella, siguiendo a su hija a través del laberinto de pasillos y pasando por una cafetería llena de gente. Susana miró con ansias el ponche y las galletas puestas ahí para esa ocasión, pero no había forma de que se detuviera. Katrina ya había desaparecido de la vista. Pasaron por muchas puertas abiertas cuando iban por los pasillos, y Susana estaba segura de que reconocía muchos de los nombres de los maestros. Pero Katrina no quería escuchar, ni siquiera aminoraba el paso.

—Señor Curtis —leyó Susana—. ¿No es tu maestro de la sala de estudio, Katrina? Vamos a entrar aquí.

—Quiero que conozcas a la señora Blanchard primero —dijo Katrina quejándose en voz alta—. Sólo esta vez, ¿no podemos hacer algo que yo quiera?

Lo último que Susana deseaba hacer era discutir con su hija en un pasillo lleno de gente. Así que cuando Katrina abrió las puertas dobles y salió de nuevo, Susana la siguió, resignada.

El auditórium estaba situado en el centro del cuadrado formado por los edificios de la escuela, tres pisos más alto que los edificios que lo rodeaban. Susana tiritaba mientras estaba de pie dentro de las enormes puertas dobles. El auditórium las protegía del viento helado, pero eso era lo más que podía decirse con respecto a la calefacción. Todo el aire caliente iba probablemente hacia el techo, veinte pies más arriba. Definitivamente no estaba donde ella estaba.

En el centro de la sala, una mujer diminuta estaba rodeada de niños, con los padres deferentes de pie al lado. Había una multitud creciente esperando hablar con la profesora, y Susana sabía que pasaría mucho tiempo antes de que ella y Katrina pudieran hacerse paso hasta el principio de la cola. Ella iba a quedarse helada, y le dolían los pies tan sólo de pensar en ello. La próxima vez, definitivamente iba a ponerse botas de tenis.

—Mira, mamá, allí está Terry.

¡Dios! Susana ni siquiera había pensado que pudiera verlos esa noche. Dos mil alumnos asistían a la enorme escuela secundaria. Incluso aunque hubieran estado tratando de hacerlo, las posibilidades de encontrarse con Terry y su padre eran mínimas. Y definitivamente Susana no había estado intentándolo.

Mirando a donde Katrina señalaba, Susana podía ver el par de cabezas rubias entrando por las puertas del otro lado.

Quizás había aún tiempo de escapar.

—Me estoy quedando helada, Katrina. Vamos a conocer a tus otros maestros hasta que la muchedumbre disminuya aquí.

Susana buscó el brazo de su hija para arrastrarla de nuevo fuera de la puerta si fuera necesario, pero no fue lo suficientemente rápida. Susana solo consiguió agarrar un poco la chaqueta de Katrina, la cual rápidamente se le fue de las manos.

Ésta evidentemente no era su noche.

Katrina se había ido, haciendo un zig-zag por el auditórium, dirigiéndose directamente a Terry y a Daniel. Susana sólo deseaba poder irse. Nunca quería volver a ver a Daniel Stephens. Ni recordar que ella prácticamente lo había atacado.

En las dos semanas transcurridas desde su visita desastrosa a la casa de Daniel, Susana había tratado muchísimo de no pensar en Daniel Stephens, ni en su sonrisa, ni especialmente en sus besos. No había tenido mucho éxito. Era asombroso para Susana que un hombre que había conocido por tan poco tiempo pudiera arraigarse en su pensamiento tan profundamente. Susana nunca se había dejado tentar; tenía que pensar en Katrina. Pero con Daniel, todos los planes cuidadosos de Susana, todos sus años de reserva se habían desvanecido.

Susana nunca había ni siquiera pensado en preguntarle a Daniel si tenía novia. Le había creído a Katrina con respecto a eso, lo cual había sido una equivocación. Y Susana ya había terminado de cometer equivocaciones. El arreglo de compañeras de estudio aseguraba que sus hijas pasarían tiempo juntas todas las semanas, pero eso no quería decir que Susana necesariamente tuviera que ver al padre de Terry. La semana pasada, Susana había conseguido estar ocupada en la parte de atrás de la casa cuando trajeron y llevaron a Terry y había evitado completamente a Daniel. Ella había pensado que quizás podría pasarse semanas sin verlo.

Quizás ella podría perderse en la multitud. Una cosa era segura: en cuanto se le presentara a la profesora de Katrina, Susana se iría, con su hija o sin ella.

Él vio a Susana cuando ésta entró en la sala; sus ojos la encontraron inmediatamente en la multitud. Su bonito pelo estaba peinado hacia abajo, pero llevaba uno de esos trajes elegantes como la primera vez que la había visto. Daniel sonrió un poco. Ese tipo de traje indicaba que una mujer era severa. Pero en el caso de Susana, Daniel sabía que eso no era verdad, simplemente significaba que él tenía mucho terreno que recorrer.

Vio como Susana miraba en su dirección, y miraba luego para otro lado. Daniel soltó un quejido. Era exactamente lo que él había esperado.

—Mira, papá, ahí está Katrina.

El entusiasmo de Terry exigía alguna respuesta.

—Ya la veo, Terry.

—Pero no veo a la señora Díaz —añadió ella con preocupación—. Tiene que estar aquí en algún sitio.

—Probablemente es mejor así —dijo Daniel entre dientes—. De alguna manera no creo que esté interesada en verme a mí de nuevo.

Terry lo midió con la mirada. Una mirada que hizo que Daniel se preguntara lo que ella estaba pensando.

—Vamos, papá, tenemos que saludarla por lo menos —insistió ella.

—Terry, estamos aquí para ver a tus maestros, así que hagamos eso y vayámonos. Sólo nos quedan esa mujer, la señora Blanchard, y tu profesor de la sala de estudios. ¿Podemos simplemente hacer eso?

Terry parecía tan decepcionada que Daniel pensó que quizás iba a llorar. Inmediatamente lamentó haberse enojado con ella. Sin duda no era culpa de Terry que Susana Díaz probablemente lo odiara.

—Lo siento, Terry. Verdaderamente me encantan tus "casas abiertas". Saluda a Katrina, y bajaremos y conoceremos a tu profesora.

Daniel siguió detrás de Katrina y de Terry, y las chicas iban caminando muy delante de él, susurrando asiduamente, tapándose la boca con las manos, mientras bajaban las escaleras hacia la muchedumbre de abajo. Sin duda que habían llegado a ser amigas íntimas, pensó Daniel. Si no estaban juntas en la escuela o durante los fines de semana, estaban hablando por teléfono. Esta noche estaban actuando como si no se hubieran visto durante semanas. Daniel estaba simplemente agradecido de que Terry tuviese a alguien con quien hablar. Esto le daba a él tiempo para pensar lo que iba a decirle a Susana.

—¡Mamá, aquí!

El grito de Katrina retumbó por la cúpula, llamando la atención de la mitad de las mujeres del lugar.

Daniel se encogió de hombros. Quizás no sería tan malo como pensó. Quizás estaba pensando lo peor. Quizás si sencillamente se disculpaba con Susana y explicaba... no, las explicaciones eran una mala idea. Simplemente se limitaría a disculparse con la esperanza de obtener buen resultado. Suspirando profundamente, empezó a caminar entre la multitud.

—¡Hola, Susana!

Evidentemente ella no lo vio hasta que él habló. Luego sus ojos negros se estrecharon al mover la cabeza con rigidez.

—Daniel.

Por lo menos ella no había vuelto a llamarlo señor Stephens.

—Sólo deseo disculparme —empezó él, pero ella lo interrumpió.

—Gracias —dijo ella.

Luego se volvió.

—Escucha, Susana.

Ella tenía la mano en alto.

—No son necesarias las explicaciones. Comprendo perfectamente.

—Sí, tu comprendes que yo soy un idiota —dijo Daniel de forma sarcástica.

—Si es lo que le va bien, señor Stephens.

¿Por qué él había visto venir eso?

—Mira, sólo deseo explicarte.

—Tu vida personal no me interesa. Dejemos eso así.

Ella pasó rozándolo, sin darle oportunidad a Daniel de que dijera las cosas que, para empezar, realmente no había querido decir. Ella estaba tan enojada que sus ojos marrones brillaban. Definitivamente ahora no era el momento.

Y probablemente no habría ningún momento en el futuro tampoco, admitió Daniel, al mirar las largas y bonitas piernas de ella que se alejaban. Incluso con Katrina y Terry como excusa, Susana podría encontrar muchísimas formas de evitarlo. Hasta ahora él había tenido suerte encontrándosela por todas partes. Pero parecía como si su buena suerte se hubiera terminado finalmente.

Hacía aún más frío de regreso al automóvil. Susana se estaba quedando helada para cuando finalmente hizo funcionar la calefacción. El ambiente dentro del auto también era bastante frío: Katrina estaba irritada como de costumbre, negándose incluso a hablar. Sacarla del auditórium había sido una cosa vergonzosa, y no se habían detenido a conocer a ninguno de sus otros profesores al salir de la escuela. Simplemente habían pasado por el pasillo, una al lado de la otra, mirando hacia adelante, y Susana trató de recordar que realmente amaba a su hija.

—No sé por qué tienes que estar enojada —dijo hacia la parte de atrás de la cabeza de Katrina—. Fuimos allí para recorrer la escuela y conocer a tus maestros, y eso fue todo lo que yo traté de hacer. De todas formas, ¿qué pensabas cuando estabas en el auditórium? No puedo creer que me avergonzaras de esa manera.

Con esa observación finalmente obtuvo una respuesta.

—¿Te avergoncé? Dios mío, mamá. Pero si tú ni siquiera querías hablar con el señor Stephens. Él estaba tratando de ser amable contigo, y tú simplemente no le hiciste caso.

—¿Qué más te da a ti si yo hablo con Daniel Stephens o no, Katrina? Apenas nos conocemos.

Excepto por algunos buenos besos, rectificó Susana en silencio.

—Además, de cualquier forma todo eso no tiene nada que ver —recordó Susana—. Estábamos allí para que yo pudiera conocer a tus maestros. Cuando finalmente conseguimos estar delante en la fila, tú ni siquiera me presentaste a la señora Blanchard. Además yo quería hablar con tu profesor de la sala de estudios y tu profesor de ciencias. ¿Para qué teníamos que ir si no era para eso?

No hubo respuesta. Al pasar los semáforos, Susana podía ver la terquedad que se reflejaba en la barbilla de Katrina.

La chica se parecía más a su padre que lo que ella hubiera pensado.

—De cualquier forma, —terminó diciendo por lo bajo Susana—, habría sido agradable por lo menos detenernos a tomar un ponche y comer unas galletas.

Katrina suspiró profundamente; el enojo que se manifestaba en forma de rigidez desapareció de sus hombros.

—Lo siento, mamá —dijo entre dientes, volviéndose en el asiento para ponerse de frente a Susana. Luego continuó, de forma más clara—. Creo que ya no te gusta el señor Stephens, ¿no?

—Eso nunca fue realmente un problema —mintió Susana.

Por cierto tiempo, a ella le había gustado mucho.

—Supongo que me gusta igual que siempre. Pero no fui allí esta noche para verlo; fui para estar contigo.

Además eso simplemente tenía que acabarse. De alguna forma tenía que evitar ver a Daniel Stephens. No podía continuar seguir perdiendo el dominio de sí misma cada vez que asistía a una función de la escuela con Katrina.

CAPÍTULO V

—¿Bueno, cómo te fue en la escuela hoy?

Susana se dejó caer en el sofá, agradecida de estar en casa. Había habido un accidente en la autopista que había detenido el tráfico, y sus nervios estaban tan tensos como podían estarlo.

La mirada de Katrina permanecía pegada a la televisión, y Susana recibió como respuesta simplemente un encogimiento de hombros. Susana suspiró. Habría tratado con todas sus fuerzas de mantener las líneas de comunicación abiertas, pero a veces era difícil.

—Bueno, *algo* interesante debe haber pasado en las doce horas desde que salí. ¿Cómo fueron tus clases?

—Lo mismo. Oh, mamá, no vas a creer lo que nos dijeron hoy.

Katrina verdaderamente rompió su fusión con la televisión para decir lo que venía, así que Susana estaba advertida.

—¿Qué? —preguntó ella con cautela, esperando que cayera la bomba.

—Tengo que ir a un estúpido campamento para el octavo grado. Es una desgracia.

La voz de Katrina se alzó al profundizar en el tema.

—Todos los años hacen que los alumnos del octavo grado vayan a un campamento estúpido, y yo no sabía nada de eso. No es justo, mamá, y no veo por qué tienen que obligarnos a hacer eso. Yo no quiero ir.

—Más despacio, Katrina. ¿De qué estás hablando?

Katrina dio un suspiro teatral que indicaba que el fin del mundo había llegado, y se desplomó en el sofá. Susana esperó.

—El señor Butler dice que tenemos que ir a un campamento. A visitar algún puesto estúpido de la Policía Montada en la montaña. Todos tienen que ir, o uno no pasa. Además ni siquiera me simpatiza él. Es como un monstruo de la naturaleza, mamá. Me parece horroroso.

—¿Quién es el señor Butler?

—Es mi profesor de ciencias. Tú sabes lo mucho que yo detesto las ciencias.

—En ese caso, definitivamente debes ir. Con toda seguridad que no puedes permitirte no pasar.

Al lamento de Katrina, Susana continuó con determinación.

—Creo que un campamento en la montaña con un montón de chicos parece algo muy divertido. Sólo piensa, una noche afuera bajo las estrellas, cantando alrededor del fuego del campamento. Tendrás un viaje maravilloso.

Además Susana tendría una noche para ella sola. Hacía mucho tiempo

que no la tenía.

—Dos noches, mamá. Y si tú crees que es una idea tan magnífica, entonces ven tú.

—Eso no es lo que quiero decir. Es una idea magnífica para ti, Katrina, no para mí. Tú debes ir y estar con los chicos y las chicas.

—¡Ves! Tú tampoco quieres ir. Otros padres van, sabes. Muchísimos otros padres.

Para Susana eso no era diversión. Salir por dos noches quería decir tres días con un grupo de chicos y chicas de trece años. Que Dios la ayudara, Susana podía apenas soportar tres días seguidos con Katrina, mucho menos con los chicos de otros. No había forma. Además estaría sucia y no dormiría, y tendría que perder un día de trabajo. Sencillamente no había forma.

—Sabía que no vendrías —le dijo Katrina, mirándole el rostro—. Tú nunca haces nada así.

El tono de su hija era acusador, y Susana estuvo de acuerdo en silencio; Katrina, sin duda, sabía que ella se negaría. Y era verdad, nunca habían hecho algo como eso.

—Me encantaría ir contigo.

Susana no podía creer lo que había dicho, pero lo había dicho. El orgullo no le permitiría demostrar que su hija tenía razón. Susana incluso consiguió sonreír y ocultar su perturbación cuando las palabras fueron pronunciadas.

Katrina la miró con evidente incredulidad.

—¿Pero?

—Nada de peros. Apúntame. Me tendrás que traer a casa un programa completo para que sepa cuando tendré que dejar de trabajar.

Susana tuvo al menos la satisfacción de ver que su hija realmente sonreía. Verdaderamente, le enternecía el corazón que Katrina quisiese que fuera con ella. Quizás todo valdría la pena.

Katrina se levantó de un salto del suelo.

—Tengo toda la información en mi mochila. Te la voy a buscar.

Después que Katrina se había ido a la cama, Susana leyó la descripción del viaje de la clase. Era aún peor de lo que había pensado. No sólo tenían que acampar, sino que tenían que caminar para llegar al lugar del campamento. Además tampoco era simplemente un paseo a través del parque. Hablaban de una caminata de siete millas que sería mayormente cuesta arriba en el camino de ida. Susana nunca había comprendido la atracción de acampar ni caminar por mucho tiempo. Katrina tenía razón: ese hombre era algo así como un monstruo de la naturaleza.

Y eso no era todo. Continuando la lectura, Susana descubrió que los padres que iban tenían que llevar su propia tienda y sus propios sacos de dormir, ninguno de los cuales ella poseía. Así que esto significaba gastarse cincuenta dólares o algo así, aun antes de salir. Saldrían de la escuela en dos autobuses al mediodía el viernes, y regresarían al mediodía el domingo. Lo único que podía pensar Susana sobre eso era que para caminar al regreso las siete millas antes de mediodía el domingo tendrían que levantarse al amanecer, e incluso así no iba a ser una caminata de placer. ¿En qué se había metido?

—¿Hola, papá?

La voz de Terry se oyó por toda la casa.

—Estoy en el garaje, Terry —contestó Daniel desde debajo de su camioneta.

La puerta del garaje se abrió.

—¿Papá?

Daniel sonrió.

—Estoy debajo de la camioneta, princesa. ¿Qué quieres?

—Oh, está bien, podemos esperar para otro momento si estás ocupado.

Había algo en la voz de ella que lo dejó pensativo. Daniel salió hasta un lugar desde el cual podía ver el rostro de su hija y se sentó.

—No, pregúntame ahora, Terry. No estoy haciendo nada que sea importante.

—Bueno, no es nada importante empezó Terry, pero estaba retorciéndose las manos, así que evidentemente lo era.

—¿Qué, hija?

—Bueno, mi clase de ciencia va a un campamento en Monte Raymon, y buscan padres para que vayan de voluntarios. Les dije que tú probablemente aceptarías.

Terry lo miró de forma suplicante, de tal forma que Daniel no tuvo más que aceptar.

—Parece algo divertido. ¿Cuándo es el viaje?

—Dentro de dos semanas. Vamos a caminar y a acampar cerca de la cascada el viernes, luego subiremos al puesto de la policía montada el sábado.

Daniel asintió con la cabeza. Él y Terry habían seguido el mismo camino muchas veces. La cascada era uno de sus lugares favoritos para acampar.

—Claro, hija, iré. Solamente dime cuando tengo que estar allí.

—¡Oh, gracias, papá, eres el mejor!

Inconsciente del aceite en las manos y en la camisa de Daniel, Terry se echó en los brazos de éste. Daniel abrazó a su hija, contento de que aún lo considerase tan importante en su vida. Su cabeza rubia oscura le llegaba ya al pecho; no pasaría mucho tiempo hasta que creciera y se fuera.

—Será magnífico, hija. No hemos hecho esa excursión en todo el año. Estoy impaciente por ir.

Y Daniel lo decía de verdad. Un fin de semana largo para pasar con Terry. ¿Qué más podía pedir?

CAPÍTULO VI

Susana recorrió una vez más la casa antes de recoger las llaves del auto y las gafas. Era tan extraño tener toda la casa para ella sola, y estar en casa a media mañana. Si no hubiese temido tanto a lo que quedaba del día, verdaderamente hubiese disfrutado de esto.

En su automóvil había ya dos sacos de dormir completamente nuevos y la pequeña tienda de campaña que estaba "absolutamente garantizada" para instalarla y recogerla con facilidad. Con todo esto añadido a la única mochila con ropa y artículos de primera necesidad que cada una podía llevar, el asiento de atrás estaba lleno. Susana no tenía idea de cómo iba a llevar todo eso montaña arriba. Por lo menos proporcionaban la comida, así que no tenía que llevarla.

Durante todo el trayecto a la escuela, Susana trató de decirse a sí misma de que el fin de semana no sería tan malo, que unos pocos días en las montañas podían hasta ser divertidos, que estar con todos esos adolescentes no la volvería realmente loca. Además, los profesores de la escuela habían llevado a cabo estos campamentos durante años. Sin duda, el viaje estaría bien organizado y todo transcurriría sin tropiezos. Pero al Susana entrar con el automóvil en el estacionamiento de la escuela secundaria, la realidad se hizo clara. La escena era un caos completo.

Dos autobuses amarillos largos esperaban, mientras se montaban el equipaje y los desconcertados padres, y los chicos entraban y salían. Susana estacionó el Nissan tan lejos de la apretada masa como pudo, y luego buscó la figura alta de su hija. Debía haberlo sabido, pensó Susana al empezar a descargar el montón del asiento de atrás. Era típico de Katrina dejarla a ella sola para llevar todo eso.

—Hola, señora Díaz.

Susana se volvió y se puso la mano sobre los ojos para ver.

—Hola, Terry.

Terry sí parecía vestida para acampar. Llevaba jeans, botas para caminar, y un sombrero de ala ancha.

—¿Va usted con nosotros hoy? Me sorprende que Katrina nunca me lo mencionara.

—Sí, bueno... —Terry parecía incómoda—. Verdaderamente no estaba segura al principio.

Luego Terry sonrió con una sonrisa enorme y reluciente.

—Pero estoy tan contenta de que tengamos esta oportunidad de estar juntas.

Terry puso los brazos alrededor de Susana con un abrazo suave, y Susana pensó de nuevo en lo contenta que estaba de que Katrina hubiese encontrado una amiga tan buena. A pesar del padre de la amiga.

—¿Te dejó aquí tu padre, Terry?

Susana hizo la pregunta con cautela. Pero al preguntar, vio la figura alta y rubia que bajaba del autobús.

—No, está allí mismo. ¡Papá!

Terry gritó prácticamente al oído de ella, y transcurrió solamente un segundo antes de que él las viera. Susana vio una sonrisa resuelta haciendo más profunda la hendidura de las mejillas de Daniel. La mirada de éste se dirigió a los sacos de dormir amontonados a los pies de Susana, y la sonrisa se hizo más amplia.

Vino hacia ella al sol de la tarde, con su paso rápido y fácil, como si ella estuviera contenta de verlo. Y, a pesar del hecho de que ella estaba muy lejos de estar contenta, Susana tenía que reconocer el aspecto magnífico de él. Llevaba una chaqueta Levi's que estaba descolorida y era de un azul suave, como las nubes en un cielo de verano. La chaqueta resaltaba sus líneas esbeltas, y la fuerza de sus hombros; los puños estaban recogidos, mostrando sus manos largas. Con los jeans y las botas arañadas, parecía un modelo, una fotografía, un anuncio de televisión para la vida al aire libre. Y la sonrisa de aquella boca perfecta, y el calor de aquellos ojos azules estaban dirigidos a ella. Susana estaba allí erguida. No la encantarían ni la decepcionarían otra vez.

—Susana, cuánto me alegro de verte.

Aun esa frase sencilla parecía estar llena de indirectas.

—Éste debe de ser mi día de suerte.

La mirada sensual que él le dirigió a ella hizo que su estómago le diera vueltas, maldito sea.

—Terry, ¿por qué no buscas un par de asientos extras en el autobús para Susana y Katrina?

Daniel no se movió, pero Susana se sintió atrapada.

Ella miró de propósito para otro lado, dedicando toda su atención a cerrar cuidadosamente las puertas de su automóvil.

—Bueno, obviamente éste *no* es mi día con suerte. Como si este viaje no fuera ya lo suficientemente malo —dijo Susana entre dientes, colgando las dos mochilas de su brazo.

Daniel se agachó para recoger los sacos de dormir.

—Déjalos. Volveré a recogerlos.

—No es problema.

Susana empezó a discutir, pero él la detuvo.

—Sólo estoy cargando tu saco, Susana. ¿No puedo hacer por lo menos eso?

Ella sencillamente siguió caminando. Finalmente él suspiró.

—Mira, realmente lamento lo de aquella noche. Quiero decir que siento lo de Cathy, y la manera de que pasó todo. Todo fue un error. Me gustaría empezar de nuevo contigo.

—No, gracias —dijo Susana, volviéndose para ponerse frente a él. No había lugar en su vida para errores de seis pies con dos—.No estoy interesada en empezar de nuevo, ni en ninguna otra idea que puedas tener.

Alcanzó el saco de dormir para quitárselo de la mano, pero Daniel no lo soltó. En lugar de ello, utilizó el apretón de Susana al saco de dormir para atraerla hacia él.

—Tengo algunas ideas, es cierto —le dijo suavemente, sin apartar su mirada de ella—. Algunas ideas estupendas. Y algunas que creo que a ti te gustarán también—. Esperó un segundo para que ella absorbiera lo que él había dicho—. De hecho, me gustaría probar todas mis ideas contigo.

Susana no podía creer que él la hubiese hecho ruborizarse cuando lo que más deseaba era no reaccionar en absoluto.

—Mira —dijo ella enojada—. Estoy aquí para pasar el fin de semana con mi hija, y sólo deseo que me dejes en paz. No tenemos absolutamente nada que decirnos el uno al otro.

Llevando los sacos abultados, Susana se dirigió hacia los autobuses. Pero de cualquier forma, las últimas palabras de Daniel llegaron hasta ella.

—No es lo que te quiero *decir* en lo que sigo pensando, Susana. Es en lo que te quiero *hacer*, hacer contigo: eso es lo que me mantiene despierto por la noche.

Ella estaba de nuevo ruborizada. Susana podía sentir el calor que le quemaba las mejillas y subía hasta el pelo. Estaba muy contenta de haber estacionado lejos de los autobuses, eso le daría tiempo para refrescarse antes de encontrarse frente a nadie.

Era completamente horrible, pensó Susana amargamente cuando el autobús daba bandazos por otra cuesta y agarró el asiento frente a ella para no caerse. Debiera sencillamente haberse quedado en casa y haberle hecho frente al enojo de Katrina.

Podía haber estado ella sola durante tres días completos. En lugar de ello, había ido a caer en su propia idea de lo que es un infierno.

No había muchos padres acompañando al grupo, a pesar de las afirmaciones de Katrina de que muchos otros padres iban. Aparte de ella, Daniel, y el chofer del autobús, había sólo otras dos personas adultas en el autobús de Susana. Además se había hecho claro que no estaba allí sólo para acompañar a su hija en el viaje. De hecho, apenas había visto a Katrina desde que su hija había llegado, por cierto tarde.

En lugar de ello, Susana llevaba una etiqueta blanca que decía con orgullo "MADRE VOLUNTARIA", con su nombre escrito debajo, y ella era una de las personas adultas que debían ocuparse de los miles de chicos amontonados en los dos autobuses para el viaje. Bueno, quizás "miles" era un poco exagerado, pero no mucho.

El ruido era más alto que el que las normas de seguridad de OSHA hubieran permitido en una mina, y Susana deseaba en vano haber pensado en traer los tapones para los oídos. En el asiento junto a ella, un chico de baja estatura con ropa que hubiese servido para un hombre de doscientas libras y seis pies con seis, estaba pegando repetidamente con la cabeza en la parte de atrás de su asiento como reacción a los sonidos que salían de sus auriculares. Los chillidos enormes que brotaban de los auriculares no sonaban como música para Susana. Parecía una sala de máquinas cuando todas las máquinas estaban funcionando.

De hecho, la mayoría de los chicos tenían auriculares en sus oídos, y la mayor parte de esos auriculares estaban a tal volumen que podía oírlos hasta Susana. Ésta movió la cabeza. Todos esos chicos estarían sordos antes de llegar a los veinte años. ¿Dijo chicos? Ningún hijo suyo tendría nunca un aspecto así.

En gran contraste con el aspecto recatado de Terry, e incluso el descuido total que Katrina parecía favorecer, la mayoría de los "ángeles" que rodeaban a Susana parecían algo así como una cosa salida de una película de miedo.

Pelo azul, lápiz de labios negro, polvos blancos para la cara: ella miró a la chica sentada al otro lado del pasillo.

¿Qué clase de madre le permitiría a su hija salir de casa con un aspecto así? ¿O, para empezar, teñirse el pelo de azul? Y era ella la regla en lugar de ser la excepción. La ropa amplia parecía ser lo que todos preferían; lo mismo las chicas que los chicos llevaban suficientes aretes para ponerlos a todo alrededor de sus oídos, y allí vio a un adolescente con alguna otra parte más rara de su anatomía abierta con un agujero. Y pensar, admitió Susana malhumorada, que una de las razones al tomar la decisión de dejar Phoenix había sido criar a Katrina en una ciudad buena y estable llena de valores familiares. Seguro que no había acertado con esto.

—¿Me deja usted pasar?

Susana oyó apenas la petición en el alboroto. Su compañero de asiento demacrado y de pelo largo, con auriculares que colgaban de su cuello, estaba de pie y esperaba para pasar.

Su espalda estaba inclinada contra el techo, con el cuello inclinado, y parecía un buitre que se agazapaba sobre ella. Susana contuvo un estremecimiento y apartó sus rodillas.

Hubiera pensado que les dirían a los chicos que se quedaran en sus puestos por su seguridad, si no por otros motivos, pero de nuevo aquí su sentido común se había equivocado. En cualquier momento, había probablemente más chicos rondando por los pasillos que sentados. Y aunque un viraje repentino hizo ladearse enormemente a la mitad de ellos, inmediatamente volvieron a los pasillos. Susana se estremeció al pensar en un accidente y miró por entre los cuerpos que rondaban para asegurarse de que al menos Katrina estuviese quieta en su asiento.

Tras la insistencia de Katrina de que Susana la acompañara, Susana había pensado que este viaje sería un periodo de tiempo provechoso para su hija y ella misma, un tiempo para estar juntas. En lugar de ello, Katrina había abandonado a Susana y la había dejado a la misericordia compasiva de los otros alumnos del octavo grado, dándole con la mano un breve saludo antes de tomar su asiento en la parte delantera al lado de una chica que, afortunadamente, parecía razonablemente normal, y dejando a Susana expuesta a toda una serie de diferentes compañeros y compañeras de asiento.

Habría por lo menos algo bueno que aprendería de este viaje, pensó Susana, poniendo la cabeza contra el cojín de su asiento: Katrina no estaba nada mal. Su cabello era castaño, todavía no llevaba maquillaje, y tenía perforadas las orejas sólo una vez. Susana miró a su reloj. Otra hora. Nunca llegarían.

—Hola, ¿puedo sentarme aquí?

Ella no lo había visto venir. Susana saltó, golpeándose la rodilla contra el marco de metal del asiento frente a ella. Rechinó los dientes por el dolor repentino, segura de que esto también, de alguna forma, era la culpa de Daniel.

—¿No tienes ya un lugar para sentarte?

Daniel sonrió de lado.

—Temo que no soy una persona bienvenida en este momento en el mundo de Terry. Ella está deseosa de permanecer con todas sus amigas y le estoy estorbando.

Susana sabía como él se sentía, pero aun así, no quería que él se sentase al lado de ella.

—Por favor, ¿puedo sentarme, Susana?

Era ridículo armar un escándalo. Susana se dio por vencida; siempre él hacía que ella mostrara lo peor de sí misma. Ella se pasó rápidamente al asiento contiguo a la ventanilla, pero no dijo nada que indicara que él era bienvenido. Deseaba que quedara bien claro que él no era bienvenido en el mundo de ella tampoco.

—¿Así que qué piensas de todo esto? Daniel movió la mano para indicar los chicos, el ruido, todo.

Parecía una pregunta inocente, un padre que habla a una madre, y Susana respondió sinceramente.

—Creo que tengo mucha suerte de tener a Katrina. Y que quizás ella no tiene ningún problema de comportamiento como a veces creo que tiene.

Daniel se echó a reír, y Susana sonrió.

Luego ella se volvió y miró por la ventanilla. Se había olvidado otra vez. Ella sería sencillamente cortés.

Susana miró el paisaje que pasaba, impresionada, como siempre, por la gran belleza de las montañas sin fin y el verdor de las colinas. Con seguridad que cuando Dios había terminado de hacer Colorado, lo había contado como un trabajo bien hecho; la belleza por sí sola era un testimonio de su grandeza. Gradualmente, Susana empezó a tranquilizarse al mirar las millas de bosques y praderas claras que pasaban. Carreteras pequeñas y polvorientas desaparecían en los lados de las montañas, y de vez en cuando cabañas rústicas enviaban senderos de humo al aire. Era una vista que inspiraba serenidad. Afortunadamente, Daniel no dijo nada más, y cuando Susana miró de nuevo hacia él, tenía una novela en sus manos, y se concentraba en las páginas de ésta.

Susana estaba cansada y deseaba en vano tener unos tapones para los oídos para no oír el ruido de los radios que competían entre ellos. El dolor de cabeza que había empezado cuando vio la multitud de adolescentes que rodeaban los autobuses había empeorado, y un dolor sordo tamborileaba en su cabeza. Cerró los ojos y se cubrió los oídos con la puntas de los dedos. Era un poco mejor.

—Toma esto, pruébalo.

Susana abrió los ojos. Daniel tenía un pequeño radio con auriculares.

—No, gracias. No es necesario.

—Vamos, Susana, ¿vamos a pasar por todo esto de nuevo? Mira, estoy sentado a tu lado, así que no es algo así como si estuvieras tomando prestado algo. ¿Cómo es que averiguaba su pensamiento de forma tan clara? Ella sabía la verdad: él estaba siendo amable para volverla loca.

—No puedo creerte —balbuceó ella. Luego se detuvo—. Ésta es una conversación estúpida —le dijo ella, apretando los dientes.

Ahora la cabeza de ella empezaba a latir.

—Sí, eso es.

La respuesta de él detuvo a Susana en medio de la frase. Ella no estaba segura de qué contestar.

Mirándolo con cautela, inclinó la cabeza de nuevo contra el asiento y esperó hasta que Daniel volviera a prestar atención al libro. Sólo entonces cerró los ojos. Sintió el plástico frío cuando él se lo puso en la palma de la mano. Era evidente que ella no iba a ganar. Suspirando, Susana se dio por vencida y se puso los auriculares en los oídos.

Ya se oía una música suave, una bella pieza clásica desparramada en su alma como una lluvia de verano. Los auriculares eran milagrosos: además de proporcionar la música, ahogaban los otros ruidos del autobús y de sus ocupantes. Susana sonrió y miró a Daniel para darle las gracias.

Él ni siquiera la estaba mirando.

El viaje en autobús fue mucho más fácil a partir de eso. Susana estaba aislada de los chicos por el cuerpo de Daniel y del ruido por los auriculares. Si cerraba los ojos, casi podía pretender que estaba en cualquier otro sitio que deseara. Si ya no hubiera sabido la verdad con respecto a él, Susana probablemente habría estado contenta de tener excusa para viajar al lado de ese hombre guapo.

Pero ella sabía la verdad: Daniel ya tenía novia, una chica sensacional con quien Susana nunca podría competir. No era que ella deseara competir, Susana se aseguraba a sí misma, sólo deseaba no haber hecho el ridículo.

Se despertó súbitamente cuando el autobús se detuvo de repente. Los dedos calientes de Daniel rozaron sus mejillas al sacar él un auricular del oído de ella.

—Despierta, princesa, ya estamos aquí.

¿Princesa? ¿No era eso lo que él llamaba a su hija? Susana sonrió medio dormida, olvidando por un momento que él no era de ella y que ella no lo deseaba. Fue la última razón que tuvo para sonreír en todo el día.

Los autobuses se habían estacionado en el fondo de un valle natural, y el terreno se convertía primero en colinas, luego en montañas enormes. Susana suspiró profundamente, inhalando el aire frío con aroma de pino que formaba remolinos alrededor de ellos. Hacía frío allí. El viento soplaba frío descendiendo desde las montañas, fresco con el olor de altos picos y tierra húmeda. El paisaje era incomparable, y la vista le recordaba a ella el paisaje de *The Sound of Music*. Pero Susana no se sentía tan confiada como lo había estado la joven Julie Andrews ni mucho menos. Además la familia Von Trapp no había tenido tantísimos chicos.

Los adolescentes estaban bajando de los autobuses, llenando el tranquilo lugar silvestre de conversaciones sin fin, sacando desordenadamente sus mochilas y sacos de dormir del gran montón que había al lado de la carretera. Susana miró a Daniel y a una bonita mujer rubia que descargaba el equipaje de la parte baja del autobús, y quedó impresionada por lo fácilmente que los dos dirigían a los adolescentes que estaban empujando y agarrándolo todo, formando remolinos alrededor de ellos. Admiró su fortaleza. Aunque ella suponía que su etiqueta de voluntaria significaba que debía ayudar, Susana no tenía ni idea de lo que hubiera podido hacer, así que en lugar de ayudar se apartó para no estorbar.

—¿Señora Díaz?

Un hombre alto de pelo oscuro con una tabla con hojas para escribir se acercó hasta ella a través de los chicos como Moisés separando las aguas.

—Soy John Butler. Muchas gracias por aceptar venir con nosotros este fin de semana.

Su sonrisa era la de un hombre que se sentía cómodo en la confusión general, y era al mismo tiempo amable y tranquilizador. Llevaba un sombrero muy usado de ala ancha y botas para caminar que estaban manchadas y tenían marcas del tiempo y del uso. Alrededor de su cuello colgaba un par de gafas de sol. Del sombrero a las botas, todo en ese hombre indicaba que estar al aire libre era una cosa natural para él. Inspiraba confianza. Susana empezó a sentirse mejor acerca del viaje.

—Sí, señor Butler, sólo espero que usted no crea que soy más un obstáculo que una ayuda. Temo que todo esto es algo incomprensible para mí.

El maestro rió comprensivamente; sus dientes blancos brillaron debajo de su bigote espeso y oscuro.

—Por favor, llámeme simplemente John.

—Yo soy Susana. Es usted un hombre valiente, John. Éstos parecen demasiados chicos para llevar a acampar. No puedo imaginar cómo usted les va a impedir que se metan en líos.

—Aquí no hay tantos líos para meterse los chicos —le aseguró—. Además, estarán demasiado cansados para causar verdaderos problemas.

Susana sonrió, pero eso no le parecía a ella muy tranquilizador. Si la caminata iba a cansar a los adolescentes, que estaban corriendo como locos con exceso de energía, ¿qué le ocurriría a su cuerpo a los treinta y tantos años y fuera de forma? No podía ni siquiera soportar el pensar en ello.

—¿Hasta dónde vamos a caminar hoy?

—Esta tarde es una marcha fácil de siete millas, pero les apretaremos las clavijas en el camino hacia el puesto de la policía montada donde iremos mañana —le dijo a ella, sonriendo entre dientes—. Esa subida suele calmarlos.

—Vaya —contestó Susana—.

¿Qué otra cosa podía decir? Ella iba a morirse.

—Si usted pudiera ocuparse de la cola de nuestro pequeño desfile, Susana, verdaderamente lo apreciaría. Empuje a los rezagados, por decirlo así; asegúrese de no perder ninguno en el camino. No tenemos mucha prisa, pero me gustaría que todos estuvieran allá arriba antes del oscurecer.

—No hay problema —le aseguró y mantuvo su sonrisa hasta que él se dio la vuelta para empezar el "pequeño desfile".

Por todo lo que ella podía ver, no había forma de que nadie fuese más despacio de lo que iría ella; además no había necesidad de preocuparse de los rezagados, si alguien se desmayaba en el camino, Susana caería allí al lado de esa persona.

—Bien, el paisaje por aquí parece que es mejor —una voz dijo lentamente cerca del oído de ella.

Susana dio un brinco y se volvió para encontrar un par de ojos negros estudiándola y evaluándola, y una sonrisa perfecta muy artificial. Él estaba demasiado cerca y ella dio un gran paso hacia atrás. Como Susana, el hombre llevaba una etiqueta que decía "PADRE VOLUNTARIO". Su etiqueta tenía escrito "Perry" en ella.

—Permítame tener el placer de presentarme. Soy Perry Westlake. Mi hijo consiguió convencerme para que hiciese este viaje, pero no puedo decir que lo haya estado esperando con impaciencia, hasta ahora. Por supuesto —continuó él suavemente—, si hubiera sabido que había una mujer bella como usted con nosotros, me hubiese apuntado *así*.

Castañeteó los dedos a unas pulgadas de la nariz de Susana.

—Ya veo que ya ha conocido usted a John Butler. Dios mío, vaya un aburrimiento que es ese individuo. Pero ahora que usted está aquí, tengo a alguien mucho más interesante con quien hablar. No, de veras —continuó él pensativamente, estudiando a Susana como si fuera un caballo ganador en exhibición—, quizás este fin de semana no será tan malo después de todo.

Un poco más alto que Susana, Perry Westlake era un hombre muy bien parecido, un hecho que él evidentemente sabía. Su cabello castaño y sus ojos oscuros eran resaltados por largas pestañas, dientes perfectos, y un color de piel que indicaba veranos pasados en algún sitio lejano. Su acento parecía de Europa. En lugar de los Levi's o pantalones de correr que llevaban los otros padres, él estaba vestido con Dockers de color marrón bien planchados, y un jersey grueso atado alrededor del cuello al estilo de los jóvenes que se visten de forma tradicional.

A Susana no le simpatizó él.

Ella inclinó brevemente la cabeza en la presentación, luego se dio la vuelta, esperando que se fuera. Perry Westlake no se dio por aludido.

—¿Y usted es... —miró la etiqueta de Susana—, Susana?

¿Qué podía hacer ella si no era asentir con la cabeza, y lamentar que su nombre estuviera a la vista de todo el mundo?

—Creo que voy a ver si puedo hacer algo para ayudar —empezó a decir Susana.

En ese momento, incluso la masa de adolescentes empezaba a parecer buena compañía.

Perry Westlake dio un paso a un lado, lo suficientemente largo para estar directamente en el camino de ella.

—Todo lo que usted necesita hacer en este viaje es verse tan bonita como está ahora —le dijo él a ella, acercándose demasiado de nuevo —. Si usted tiene algún problema, sencillamente hágamelo saber. Puede usted confiar en mí para que arregle cualquier cosa *así*.

Castañeteó los dedos de nuevo, directamente en la cara de ella.

Susana pensó seriamente en darle una bofetada.

—¡Mamá!

Finalmente vio a su hija cuando se abría paso entre la multitud. Katrina tenía una mochila colgada de cada brazo, y llevaba arrastrando tras ella los sacos de dormir.

—Perdone.

Susana tuvo que dar la vuelta alrededor de Perry para pasarlo.

—No hay problema, Susana —dijo Perry en voz alta tras ella—. Después de todo, tenemos tres días enteros para pasarlos juntos. Habrá muchísimas oportunidades para que tengamos la oportunidad de conocernos verdaderamente.

¡Qué fin de semana estaba resultando éste!

Susana pensó en darse la vuelta y explicar claramente que no iban a pasar ningún tiempo juntos, ni este fin de semana ni ningún otro. Luego pensó que sólo estaría perdiendo el tiempo. Dejando a un lado su enojo, Susana decidió ir más adelante lejos de él, y ayudar a Katrina quitándole los dos sacos de dormir.

Gracias, mamá. ¿Dónde has estado? He estado buscándote por todas partes.

—Sí, seguro.

—De veras —insistió Katrina—. El señor Butler necesita hablar contigo.

—Él me encontró —le aseguró Susana—. Debo ocuparme de la cola y asegurarme de que nadie se quede demasiado atrás. ¿Vas a quedarte por aquí y caminar conmigo? Después de todo, este viaje fue sólo idea tuya. Sería bueno que pudiéramos pasar algún tiempo juntas.

Katrina tuvo la cortesía de parecer un poco avergonzada.

—Claro, mamá, caminaré contigo un rato. ¿Quién era ese tipo que estaba hablando contigo?

Susana miró por encima de su hombro. Perry Westlake aún la miraba. Hizo guiños y sonrió cuando vio que ella miraba. Susana frunció el ceño.

—Uno de los padres. ¿Conoces algún chico que se apellide Westlake?

—Claro, Jason Westlake. Está conmigo en un par de clases. Es realmente extraño.

—Me lo imaginaba.

—Creo que debes permanecer alejada de él, mamá. No me gusta su sonrisa.

A veces los chicos van realmente al meollo del problema.

—¿No? Bueno, a mí tampoco, Katrina, ni su actitud. Es un estúpido arrogante con aire de superioridad.

A Katrina evidentemente le gustó la respuesta de su madre. Parecía tan complacida consigo misma que Susana miró de nuevo por encima del hombro hacia donde estaba de pie Perry. ¿Había algún motivo por el que a ella no *debía* gustarle Perry Westlake, aparte del hecho obvio de que el hombre ese era un completo idiota?

—¿Lo conoces, Katrina?

—No, sólo lo he visto algunas veces, mamá. Créeme, no es para ti.

CAPÍTULO VII

La mayoría de los chicos estaban ya en el camino que subía a la montaña. Susana aún estaba tratando de encontrar una forma de atar su saco de dormir a su mochila de tal forma que no tuviera que llevarlo en el brazo. No había querido gastar el dinero para mochilas nuevas para este viaje sólo, y le había insistido a Katrina que simplemente tendrían que arreglárselas con lo que había ya en casa. Ahora deseaba haberse gastado el dinero.

—Bueno, adelante —dijo Susana entre dientes.

El saco de dormir daba contra la parte de atrás de sus rodillas a cada paso. Katrina se echó a reír, pero Susana no le hizo caso. Katrina había decidido llevar lo suyo, Susana no pensaba que eso duraría mucho tiempo tampoco. Decidida a no ser la primera en caer desmayada, y manteniendo eso como su único objetivo, Susana se alineó al lado de Katrina detrás de la multitud de adolescentes.

Al principio los chicos estaban muy juntos y Daniel había podido echarle una mirada a Susana sin que fuera obvio. Pero al hacerse el grupo más pequeño, la fila se había hecho más larga. Ahora Daniel tenía que estirar el cuello para llegar a verla. Y definitivamente no iba a estirar el cuello. Por algún motivo, Terry se estaba quedando al lado de él como pegamento, y Daniel no podía ser demasiado obvio, o nunca acabaría de oír hablar del asunto.

—Daniel, ¿es ése el desfiladero que vamos a tomar?

La bonita Patricia Kerrigan aminoró el paso y se puso a andar de nuevo a su lado, a su paso.

Daniel volvió a mirar hacia el frente y vio donde el camino zigzagueaba para dirigirse a la hendidura entre las montañas. Mentalmente calculó el tiempo que el grupo tardaría en llegar allí. Considerando hasta lo lejos que llegaba ya la fila, sabía que Susana tendría suerte si llegaba antes del anochecer.

—Sí, nos detendremos probablemente al otro lado del desfiladero para acampar. Hay un lugar verdaderamente lindo allí adonde Terry y yo siempre vamos.

—¡Oh! ¿Usted y su mujer vienen aquí mucho?

—No. Sólo Terry y yo.

Alargó la mano y despeinó el pelo de su hija.

—Solemos venir una o dos veces al año.

—Yo tampoco estoy casada. Siento tener que decir que Ellen y yo no vamos a acampar con mucha frecuencia.

—Papá. Se ha soltado la correa de mi mochila. Ayúdame ¿quieres?

Terry salió de la fila de los chicos que caminaban, y puso su mochila en el suelo.

Daniel sonrió disculpándose con Patricia y se quedó atrás para ayudar a Terry.

—¿Qué pasa? —preguntó cuando finalmente llegó adonde Terry estaba encaramada en una piedra, completamente concentrada en las correas negras de la mochila.

Terry levantó la cabeza y sonrió.

—Nada, ya lo arreglé.

Se puso de pie y Daniel la ayudó a ponerse la mochila de nuevo en la espalda.

—Siento haberlos hecho quedarse atrás.

—Oh, no me importa, hija.

En realidad, estaba contento por la excusa para quedarse atrás en la fila; esto hacía que fuera un poco más fácil echarle una mirada de vez en cuando a Susana.

Al menos había podido estar a su lado durante el viaje en autobús; había sido la oportunidad perfecta. Cuando había visto que Katrina dejaba a su madre, Daniel había empezado a mirar el asiento de al lado de Susana como un buitre, esperando su oportunidad. En cualquier caso, las amigas de Terry habían estado casi encima de su asiento. No había sido muy difícil convencer a Terry cuando él insistió en que estaba estorbando.

Evidentemente, Susana no lo había recibido exactamente con los brazos abiertos, pero sí lo invitó a que se sentara, más o menos. Era un comienzo. Y a partir de ahí, había progresado sin problemas: Daniel se felicitó a sí mismo. De hecho, pensaba que había resistido muy bien. Había logrado no hacer caso de las caricias constantes del cabello de ella contra su brazo, de la vista de su largo pelo negro contra la tela azul de la camisa de él. De alguna forma, había conseguido aparentar que no se había dado cuenta. Y de alguna manera, había conseguido no hacer caso del recuerdo de lo apetitosa que era Susana para besar, aunque el recuerdo de aquel beso había estado ardiendo en los alrededores de su consciencia durante semanas. Pero incluso cuando Daniel no la estaba mirando, el olor delicado y suave del perfume de Susana lo atraía. El grato aroma atormentaba sus sentidos, acercándolo a ella, haciendo promesas que sabía que Susana no tenía la intención de cumplir. A pesar de sus mejores esfuerzos, toda la atención de Daniel había permanecido en esa mujer cuya pierna ejercía presión suavemente contra la suya. Y aunque él miraba hacia la novela que tenía en su regazo, no pudo comprender ni una sola palabra.

Daniel había cesado de intentar sacarse a Susana Díaz de su mente. Había tomado muchas duchas frías desde que la conoció. Simplemente bajar las escaleras de su casa era suficiente para hacerle recordar su sesión en esas escaleras, y hacerle desear que hubieran terminado lo que habían empezado. Excepto que entonces ella realmente lo odiaría.

Considerando lo a menudo que antes se cruzaban sus caminos, había sido obvio las dos semanas pasadas que Susana lo estaba evitando. Y Daniel no había podido encontrar ninguna forma de abrir una brecha en las defensas de ella.

Hasta esa mañana.

Cuando se dio cuenta del significado de los sacos de dormir a los pies de Susana esta mañana en la escuela, Daniel sabía que le estaban dando un presente de los dioses. Él y Susana estarían juntos tres días completos y no habría forma de que ella no le hiciera caso. Serían sólo ella y él, juntos, sin nadie, aparte de los adolescentes, con quien competir.

Al menos así era como debía ser, pero hasta ahora el viaje no parecía resultar como él había esperado. En lugar de no tener a nadie más que a Daniel con quien hablar durante todo el fin de semana, Susana estaba resultando ser la bella del condenado baile. Prácticamente cada vez que la había visto desde que se bajaron del autobús, estaba acompañada por un admirador u otro. Incluso ahora, ese engreído descarado, Perry no se qué, estaba volviendo a su lugar al frente, después de pasar más de media hora atrás con Susana. Demonios, de todas formas, qué tipo de nombre era "Perry" para un hombre adulto. Daniel sencillamente no conseguía saber lo que Susana podía ver en ese tipo débil y afeminado. Daniel había visto al hijo de ese hombre una o dos veces; tampoco le simpatizaba él.

Y luego estaba el maestro, el señor Butler. Su recibimiento y saludo habían sido cortos y precisos para Daniel. No había sido así con Susana, Daniel no había podido menos que observarlo. Había vuelto *dos* veces atrás para hablar con Susana. Quizás el hombre simplemente estaba siendo cortés, pero Daniel no lo creía. Y además le molestaban las vistas que de vez en cuando obtenía de la parte de atrás de la cabeza oscura del hombre inclinada al lado de la de Susana. Y lo que lo volvía más loco era que ella ya los estaba llamando "John" y "Perry", cuando Daniel había tardado dos días para que Susana pronunciara su nombre de pila. De hecho, parecía que *él* era el único hombre en el viaje que no conseguía caminar con Susana Díaz, porque Daniel tenía por hija un perro guardián.

—Mamá, voy a hablar con Terry.

Susana frunció el ceño. Katrina había sido maravillosamente mal educada con Perry. Susana no deseaba perder la presencia obstacularizadora de su hija. Pero antes de que Susana pudiera protestar, Katrina se había ido.

—Muchas gracias —dijo entre dientes.

Ya le dolían los pies. Su reloj indicaba que apenas habían estado caminando poco más de una hora, pero había sido una hora muy larga. Las correas finas de su mochila demasiado cargada se le estaban metiendo de forma cortante en los hombros, y el saco de dormir pegaba contra sus piernas a cada paso. Susana no estaba verdaderamente cansada todavía, pero la carretera se levantaba delante de ella con una subida constante, y sabía con seguridad que iba a ser un pedazo de carne inútil, floja y débil antes de que terminara el día.

Por lo menos Perry Westlake había entendido finalmente las indirectas no muy sutiles de su hija y había vuelto a su puesto en el frente. Susana no creía que habría podido soportar otro minuto más de su charla arrogante. Además si castañeteaba sus dedos frente al rostro de ella una vez más, iba a rompérselos.

—Hola, Susana.

Desde la maleza del lado del camino, John Butler se levantaba todo lo que era de alto. Susana sonrió.

—Hola, John.

Él se había quedado atrás dos veces ya para hablar con ella, y Susana estaba agradecida de su compañía. La primera vez, él consiguió que Perry volviera a su puesto del frente, insistiendo en que su hijo necesitaba hablar con él. La segunda vez, John vio a Katrina hacer lo mismo, y más tarde felicitó a Susana por la habilidad de su hija.

—Es considerablemente más silencioso aquí atrás ahora que él se ha ido.

—Sí, muchas gracias por ello.

—No hay de qué. Mi mujer me dijo que usted lo apreciaría. A ella tampoco le simpatiza nada el señor Westlake.

—Una mujer prudente —dijo Susana.

No había conocido aún a la mujer de John, pero ya sabía que ella le simpatizaría.

—¿La cola se mueve demasiado despacio para usted?

John había confesado durante su primer viaje que la fila se movía a paso de tortuga comparado con las caminatas a las que él estaba acostumbrado. Así que en lugar de ir despacio para andar a un paso al que pudieran andar los chicos, decidió rondar entre los caminantes, tratando el viaje como un acontecimiento social, en lugar de un ejercicio. Mirándolo caminar al lado de los chicos, dándoles ánimo, haciendo bromas y a veces hasta sobornándolos, Susana reconsideró su opinión original de "monstruo de la naturaleza". Dentro del cuerpo atlético de John había un maestro que se preocupaba y un hombre auténticamente bueno.

—Sí —dijo él— éste es un grupo bastante lento hoy. Creo que voy a seguir hacia el frente. Si veo al viejo Perry que se queda atrás, trataré de interceptarlo.

—Gracias, John. Nos vemos dentro de un rato.

Había un grupo de alumnos caminando detrás de ella, y Susana caminó de nuevo más despacio para que ellos fueran a su paso. Era un grupo de chicos gruesos, y todos respiraban con dificultad. Evidentemente, ella misma respiraba con dificultad, no podía negarlo. La única seguridad que tenía Susana era que no había forma de que esos rezagados llegaran sin detenerse, y que cuando se detuvieran, ella debía detenerse con ellos. Gracias a Dios.

Como la carretera subía delante de ella, Susana podía ver claramente a Katrina caminando a lo largo de la larga columna de alumnos. Considerando como Katrina había despotricado contra las siete millas de la caminata, no parecía que estaba teniendo muchas dificultades para mantener el paso. De hecho, sólo había caminado veinte minutos en la parte de atrás de la fila antes de que empezara a quejarse de lo lento que caminaba el grupo de Susana. Ahora estaba fácilmente adelantando al resto de los caminantes. Llegaría a alcanzar a Daniel y a Terry en muy poco tiempo.

Aún era fácil ver a Daniel en la multitud, aunque la distancia entre ellos había aumentado constantemente desde el comienzo de la marcha. Su figura alta y hombros anchos se destacaban claramente de los cuerpos adolescentes que lo rodeaban. Entonces Susana se dio cuenta de que lo estaba mirando de nuevo. Había sido así toda la mañana, cada vez que ella dejaba de estar alerta. Hastiada, Susana miró para otro sitio. Pur lo menos nadic estaba allí para darse cuenta.

—No puedo seguir más.

Con un suspiro teatral, un chico gordo vestido con pantalones de correr amplios, cayó en la hierba alta del lado del camino. Los otros siete chicos que se habían amontonado en la parte de atrás siguieron su ejemplo.

Susana estuvo tentada de pedirles que se levantaran antes de darse cuenta de que era sólo para mantener a la vista la figura alta de Daniel. Susana frunció el ceño al encontrar una piedra cómoda al lado del camino. Daniel Stephens se había burlado de ella una vez, y ahora ella estaba mostrando todos los indicios de dejarle que lo hiciera de nuevo.

—Si tropiezo dos veces con la misma piedra será culpa mía —dijo ella en alta voz.

Una chica de pelo rojo y con pecas se volvió hacia ella y la miró.

Para cuando Susana consiguió que los rezagados se levantaran de nuevo y empezaran a caminar, el resto del grupo estaba demasiado lejos para distinguir individualmente a nadie. Hasta la figura alta de Daniel era sólo una mancha en la multitud. Definitivamente era mejor así.

CAPÍTULO VIII

Ya era casi de noche para cuando Susana encontró de nuevo la energía para ponerse de pie. Todo lo que quería hacer era meterse en su cama mullida en casa y utilizar las poquísimas fuerzas que le quedaban para apretar los botones del control remoto de la televisión. En lugar de ello, tenía que levantarse del sitio caliente al lado del fuego, y ver cómo podía montar su tienda antes de que desapareciera la poca luz que quedaba.

Luchando para ponerse de pie, Susana sofocó un gemido, aunque nadie lo habría escuchado. El resto de los campistas estaban pasándola bien asando melcochas y perros calientes, y la charla de los adolescentes ahogaba cualquier ruido que la naturaleza o ella misma pudieran hacer. Susana sólo esperaba que todo el ruido de ellos espantara también a cualquier oso que pudiera merodear en la negra oscuridad al otro lado del fuego. Aunque nadie más del grupo parecía preocupado, Susana no podía menos que pensar en lo que pudiera haber al otro lado del círculo acogedor del fuego. Y también en el hecho de que ella sería sencillamente otro artículo comestible para cualquier oso hambriento u otro animal salvaje que pudiera pasar por allí. Susana sólo esperaba que Katrina tuviera sentido suficiente para quedarse cerca de la ruidosa multitud.

Katrina no había pasado cinco minutos al lado de su madre en toda la tarde, algo que a Susana no la sorprendía. Había visto a su hija de vez en cuando, sobre todo al lado de Daniel y Terry. Susana también observó que Daniel había terminado llevando el saco de dormir de Katrina. Sabía que su hija se escaparía de hacerlo; Katrina era sobre todo muy ingeniosa.

—¡Katrina! —Susana tuvo que gritar para que la oyeran en el ruido, pero finalmente su hija se volvió—. Vamos, vamos a montar la tienda.

—Oh, voy a compartir una tienda con Terry y Debbie.

—Katrina... —empezó a decir Susana y luego se detuvo. ¿Para qué valía discutir? Ella sólo iba a perder.

—¿No va Terry a dormir en la tienda de su padre?

—No.

Las tres chicas se echaron a reír como si la idea fuera absurda.

—Él dijo ya que podía dormir con Debbie y Katrina —dijo Terry atentamente—. Dijo que era mejor así porque entonces él podría dormir.

Susana no sabía que decir, así que no dijo nada. Sencillamente le echó a Katrina una mirada que expresaba claramente lo que pensaba del abandono de su hija, y luego se volvió. Susana suspiró al recoger su delgado saco de dormir y el paquete sin abrir que contenía su tienda. En primer lugar, por qué se había molestado ella en hacer ese viaje era una cosa que no comprendía. Podía haber tenido tres días de paz en casa y haber tomado un buen baño de burbujas esta noche. "Si mi tía no hubiera muerto, todavía viviría", como su amiga decía siempre en el trabajo.

También decía siempre "cuando la vida te da limones, haz limonada". A Susana le gustaba más este último dicho, pero realmente no podía ver que surgiera nada bueno de esta situación.

Encontró un lugar en el claro en donde estaban las otras tiendas y abrió la envoltura de plástico que contenía su tienda. Susana estuvo unos pocos minutos mirando la única pieza de tela larga y el trozo de cuerda que la acompañaba, antes de darse cuenta de que no había comprado una tienda verdadera en absoluto. Sin poderlo creer, miró de nuevo a la fotografía que estaba en la envoltura. La fotografía mostraba dos campistas estirados felizmente dentro de su tienda verde. No había forma de que dos personas cupieran dentro de eso cómodamente, pensó Susana de forma burlona, tocando con los dedos la pieza fina de tela. ¿Qué es lo que había pasado con la verdad en la publicidad? Era fácil ver que todo lo que esa "tienda" podía proporcionar era un poco de intimidad. No proporcionaría calor, albergue auténtico, ni la posibilidad de moverse dentro. Menos mal que Katrina quería pasar la noche con las otras.

El claro evidentemente no iba a servir, esta tienda no tenía palos. Así que Susana se puso de pie con dificultad y fue dando traspiés hasta el bosque, buscando dos árboles bien situados para que sostuvieran su albergue de tela y cuerdas.

Era oscuro y fantasmal al alejarse del fuego del campamento, y la bóveda espesa de pinos antiguos bloqueaba los últimos restos de luz del día que persistían. El viento agitaba las ramas largas de los pinos y los convertía en voces susurrantes, haciendo desaparecer el ruido de los adolescentes bulliciosos y resaltando el hecho de que

Susana sería una presa fácil para cualquier animal que pudiera estar al acecho. El cabello de detrás de su cuello se erizó, y ella se estremeció al recordar de repente, con todo detalle, todos los libros que había leído de Stephen King. No había duda de ello: haber venido a este campamento era la cosa más loca que ella había hecho en su vida. Pero era demasiado tarde para lamentarse. Estaba atrapada en esa montaña hasta que los autobuses volvieran a buscarlos dentro de dos días.

Además si deseaba dormir en absoluto esa noche, mejor era que averiguara cómo montar la tienda.

—¿Necesitas ayuda?

Susana saltó casi tres pies del suelo. Por supuesto, reconoció la voz profunda mucho antes de que pudiera ver su rostro en el crepúsculo.

—No, gracias. Puedo hacerlo—dijo ella despidiéndolo.

Pero Daniel no se fue.

—¡Eh! ¿Qué es eso que tienes aquí?

Tomó el pedazo de tela del suelo y lo estudió por bastante tiempo antes de caer en la cuenta. Cuando ella lo miró directamente, los ojos de él no creían lo que veían, y su voz era cortada.

—¿Una tienda para una cría de perros? ¿Esto es todo lo que compraste? Mira, Susana, va a hacer mucho frío esta noche; te vas a congelar en esa cosa.

El hecho de que ella había llegado ya a la misma conclusión no cambió la respuesta de Susana.

—Estaré bien. Además si tengo frío, me aseguraré de no darte las quejas a ti.

Ella deseaba que él sencillamente se fuera. Era ya bastante difícil hacer las cosas sin que él estuviera mirándola por encima del hombro. Pero ya era casi de noche y ella tenía que darse prisa. Tratando de no hacerle caso, Susana recogió las cuerdas y ató fuertemente una punta alrededor de la cepa de un pino.

—Mira, Susana, siento que todavía estés enojada conmigo, pero esto es verdaderamente estúpido. No puedo dejarte dormir aquí. Escucha, tengo una tienda grande y caliente y Terry ya me abandonó para ir con algunas amigas. ¿Por qué tú no usas la otra mitad de mi tienda?

Susana dio un resoplido no muy digno de una dama.

—Gracias, pero no.

—Vamos. Colgaré una cortina en el medio, construiré un muro de piedras, lo que tú quieras. Estarás muchísimo mejor y más cómoda de lo que estarás en esta cosa tan ligera.

Susana sabía que él probablemente no podía ver la expresión de ella a la luz del crepúsculo, pero esperaba que sintiera de cualquier forma el calor de su mirada.

—Esta "cosa ligera" es mi tienda, Daniel, y estaré perfectamente cómoda en ella. Bien, si sencillamente me dejas tranquila, montaré la maldita cosa y me iré a dormir.

Ella le volvió la espalda y agarró la otra punta de la cuerda. Podía sentirlo mirándola mientras ella pasaba la cuerda por la tela y la ataba alrededor de otro árbol. Finalmente, oyó cómo suspiraba, dándose por vencido.

—Bueno, mi tienda *de verdad* está justo al otro lado de esos árboles. Si cambias de opinión, la puerta no va a estar cerrada.

Desapareció en la oscuridad antes de que Susana pudiera asegurarle que preferiría congelarse antes de poner los pies en la tienda de él. Entonces comprendió las palabras de él: cuando Daniel encendió su linterna, la tienda anaranjada iluminada estaba sólo a unos diez pies de la suya.

Susana maldijo de nuevo antes de darse la vuelta. De todo el bosque, él tenía que ser su vecino más cercano. Pensó en mudarse de nuevo para estar lejos de él, pero decidió que no iba a darle esa satisfacción. De todas formas, era demasiado oscuro. Por esa noche, ese sitio era como el hogar dulce hogar. Sólo esperaba que él tuviera pesadillas; sus gritos serían el ruido que a ella más le gustaría escuchar en la oscuridad.

Era bastante pasada la medianoche, pero Susana aún no podía dormir. Nerviosamente, se volvió y trató de encontrar alguna parte de su cuerpo que no estuviera dolorida de estar tendida en el suelo frío y duro. Pero fue inútil; se estaba congelando. Inútilmente pensó de nuevo en la selección de sacos de dormir caros que el dependiente de la tienda la había llevado a ver primero. Una inversión, había dicho él. Le aseguró que la comodidad y el calor valdrían la pena el gasto del dinero. Entonces Susana había preguntado dónde estaban las marcas más baratas. Dios, cuánto lo lamentaba ahora y deseaba, una vez más, haber gastado más dinero en la tienda de excursiones. El amable dependiente también había sugerido comprar un cojín para el suelo; no había seguido ese consejo tampoco. Sospechaba que él había cesado de hacer sugerencias para el momento que ella y Katrina habían seleccionado la tienda de campaña.

Y ahora ella estaba pagando los platos rotos por haber decidido gastar tan poco dinero como fuera posible.

Como albergue, la tienda era verdaderamente una broma, pensó Susana malhumorada, al tratar de meter los pies dentro de su chaqueta con el resto de su cuerpo. La estructura de paño fino estaba diseñada para a ser simplemente puesta en la tierra y colocada sobre las cuerdas. Los lados se sujetaban mediante pequeñas estacas de alambre, pero las dos puntas se cerraban sólo con alas sueltas, dejándola casi abierta a los elementos. Además, Susana estaba segura de que el viento soplaba exactamente de la dirección frente a la cual estaba su tienda.

Era un viento frío, helado con la fuerza cortante del final del otoño, que traía el aroma húmedo de lluvia lejana. Y se haría más frío todavía cuando la noche se convirtiera en madrugada. Susana incluso había metido la cabeza dentro del saco de dormir, esperando que su aliento calentara esta pequeña zona. Pero cuando el hombre de la tienda le había explicado que este saco de dormir en particular prácticamente no tenía aislamiento, él no había estado bromeando. Cualquier calor que su aliento hubiera podido proporcionar simplemente se escapaba hacia la noche, dejando a Susana tiritando en la oscuridad.

El fuego para entonces ya hacía tiempo que se había apagado completamente y sólo quedaban unas pocas ascuas brillantes, o de otra forma ella se hubiera mudado al lado de su calor y hubiera dejado completamente la tienda inútil. Todos los demás se habían retirado horas antes de que lo hiciera ella. Susana se quedó cerca del fuego hasta que el último rezagado se había ido a la cama, dejando para más adelante el viaje a su tienda solitaria hasta que las voces a su alrededor poco a poco se callaron. Las voces fueron reemplazadas por el ruido del bosque, los ruidos de la noche, ruidos que probablemente habrían mantenido despierta a Susana incluso aunque hubiera estado lo suficientemente abrigada para dormir. Y con cada crujido, cada susurro de los árboles, cada rugido inexplicable del bosque que la rodeaba, Susana se ponía tensa. Sólo Dios sabía qué otras cosas andaban en la oscuridad. Era demasiado espantoso para pensar en ello. Permaneció acurrucada al lado del fuego hasta que sólo quedaban las últimas ascuas, mirando a la oscuridad sofocante en donde la esperaba su tienda.

Metiendo la nariz y la boca dentro del abrigo, Susana vio que podía meter también los pies, si se ponía sobre las rodillas en posición fetal. Era lejos de ser una posición cómoda, pero por lo menos la sensación de congelación estaba desapareciendo de sus hombros y de los dedos de los pies. Era lo más que podía pedir. Nunca más, se prometió a sí misma, acompañaría ella a Katrina en ningún viaje, a ningún sitio. Esto seguramente compensaría por los cientos de acontecimientos a los que no pensaba asistir en los años venideros. Con este viaje ella pagaba todo lo que debía.

Katrina. Si Susana tuviera alguna idea de la tienda en que ella estaba, se habría ido allí con ella, y al demonio la vergüenza de Katrina por tener a su mamá quedándose con ella. Pero Susana no sabía qué tienda era, en aquel mar de tiendas, en la que estaba su hija. Katrina había dicho alegremente que era "una grande y verde". Vaya una broma. Todas eran grandes y verdes. Susana no podía hacer nada sino esperar a la mañana, deseando que el sol saliera temprano.

Daniel esperó a que su reloj marcara la medianoche antes de darse por vencido. ¡Dios mío! Sabía que Susana Díaz era testaruda. Desde el mismo instante que se conocieron, había visto su vena de carácter fuerte, pero no se había dado cuenta de que también estaba loca. Al mirar de nuevo Daniel a su reloj, estaba seguro de ello. Se estaba haciendo tarde, y ahora no había ninguna duda, si es que alguna vez había habido alguna. Había tenido paciencia, pero necesitaba dormir. Por ese motivo, si no por ningún otro, *ella* iba a tener que entrar. Encendiendo su farol Coleman, Daniel agarró su linterna y se puso sus jeans y el abrigo antes de salir a la oscuridad helada.

La luna era nueva, y la poca luz que daba se colaba por las ramas hasta el fondo del bosque, dándole al suelo del bosque una incandescencia suave que era timorata e insegura. Hacía tanto frío que el vaho de su aliento se quedaba en el aire frente a él, y la humedad de la noche se había helado ligeramente encima de su tienda, haciendo que crujiera el plástico al abrir la puerta y luego cerrarla tras él. Daniel encendió su linterna y avanzó cuidadosamente a través de los árboles que separaban su tienda de la de Susana, metiendo su otra mano en el bolsillo de su abrigo para calentarse. Verdaderamente hacía frío allí, aunque ella lo negara. Susana tenía que estarse congelando. Y ella definitivamente iba a ir a la tienda de él.

A primera vista, Daniel pensó que la tienda para crías de perros de Susana estaba vacía. No había ninguna señal de cabello castaño sobre el almohadón blanco, ni de un cuerpo de adulto estirado dentro del saco de dormir arrugado. Debía de haber tenido un frío terrible; quizás había encontrado a Katrina y a Terry y se había ido con ellas. Daniel sintió un sentido vago de decepción cuando surgió ese pensamiento, y se rió irónicamente de sí mismo. Está bien, quizás él no estaba haciendo eso estrictamente por el bien de Susana. Quizás, pensó Daniel, con creciente enojo, ella había ido a la tienda de Perry Westlake para calentarse. O incluso a la de John Butler. Estaba seguro de que cualquiera de ellos la habría recibido con los brazos abiertos. Además, su consciencia añadía, tenía muchos menos motivos para estar disgustada con ellos de los que tenía para estarlo con él.

Daniel empezó a irse, y sólo la última pasada de la linterna reveló la figura hecha un ovillo acurrucada en la parte de abajo del saco de dormir. Se olvidó de lo de estar enojado con ella por causa de Perry Westlake y John Butler; ahora estaba enojado con Susana de nuevo simplemente por su testarudez. Agachado al lado de la apertura, Daniel desató las cuerdas cruzadas que cerraban las alas laterales y movió la cabeza de nuevo. Uno nunca habría sabido que ella estaba allí.

—Susana, vas a venir a mi tienda ahora mismo, y no voy a discutir contigo de eso. Yo tengo que dormir.

Cuando habló, Daniel trató de mantener su voz baja, pero esta vez él no iba a aceptar que ella se negara.

El bulto se movió.

—¡Demonios! Hablo en serio, Susana. No me voy a ir hasta que tú no salgas. No sería justo para Katrina que se quedara sin madre, y tú puedes morir congelada en esta ridícula excusa que tienes por tienda.

El bulto se estaba moviendo ahora más rápido, buscando el camino de salir de su nido. Como la tortuga que sale de su caparazón, finalmente surgió un revoltijo de pelo castaño. Y cuando una mano fina apartó el cabello, Susana parecía tan desdichada que a Daniel le daban ganas de llorar o de reír. Pero no hizo ni lo uno ni lo otro.

—Vamos, Susana, levántate.

Ella salió gateando del cuestionable calor de su delgado saco de dormir y su tienda inútil, y se levantó sin hablar. Estaba temblando violentamente y tenía puesta lo que obviamente era toda la ropa que había llevado con ella. Daniel no dijo nada tampoco. Sólo recogió la mochila y el saco de dormir de Susana y se volvió y fue hacia el faro anaranjado de su propia puerta.

Daniel esperó, agachado en la puerta, sosteniendo el saco de dormir de ella hasta que Susana entró vacilante detrás de él. Luego cerró las alas para conservar el calor. Dejando las cosas de ella en un rincón, fue hacia el saco de dormir que había abandonado un poco antes.

—Puedes dormir allí.

Daniel vio cómo se estrechaban los ojos de Susana, pero no le dio a ella la oportunidad de decir lo que evidentemente estaba en su pensamiento.

—Dios, tienes una mente sucia. La cama es tuya y sólo tuya, Susana—. Daniel hizo una pequeña pausa, y luego añadió con esperanza—. Por supuesto, a menos que tú explícitamente me ruegues que la comparta contigo.

Fue recompensado con la primera sonrisa auténtica que había visto desde el desastre con Cathy hacía cuatro semanas. Fue recompensa suficiente. En cuanto a Susana, no esperó a que se lo pidiera dos veces. Se quitó los zapatos y se escondió en el saco de dormir Thermo Survivor de él hasta que todo lo que Daniel podía ver de ella era la parte de arriba de su cabeza y aproximadamente una milla de cabellos castaños extendidos por la pequeña almohada.

—Pero ahora tú vas a congelarte.

Ella habló como con la boca tapada desde dentro del saco grueso. El observó que ella no se ofreció a salirse ni lo invitó a que se reuniera con ella.

—No, no voy a congelarme, he venido preparado. Traje ropa interior larga, guantes, abrigo, sombrero: todo. Con todo eso, más la cobertura fina que tú llamas un saco de dormir, estaré bien.

Después de un minuto, Daniel continuó en voz baja.

—Apuesto a que tú ni siquiera trajiste ropa interior larga, ¿no es eso?

Surgieron unos grandes ojos marrones soñolientos, y Susana dijo bostezando ampliamente:

—No tengo nada de eso. Nunca necesité eso en Phoenix.

—Claro que no lo necesitabas allá. ¿Es éste tu primer invierno en Colorado, Susana?

Daniel pensó que ya sabía la respuesta a eso.

—Sí. Hemos estado aquí aproximadamente seis meses. Nos mudamos aquí en la primavera pasada.

—Um —dijo él evasivamente.

Cuando los párpados de ella empezaron a cerrarse, él no pudo menos que hacerle una pregunta final.

—¿Has acampado alguna vez antes?

Otra bostezo.

—No.

—Eso creía.

Daniel sonrió al hacer otro jergón con la ropa suelta de Terry. Susana era tremenda. Era verdaderamente tremenda.

CAPÍTULO IX

Cuando Susana se despertó, había un silencio completo. No podía imaginarse lo que la había despertado y ni siquiera se molestó en abrir los ojos. Estaba soñolienta y caliente y cómoda, y la parte de su rostro que estaba expuesta, le indicaba que hacía un frío extraordinario fuera del saco de dormir. ¿Por qué se iba ella a querer levantar? Claro, no debería hacer frío, le indicaba vagamente su imaginación. Susana pagaba una gran cantidad de dinero por la calefacción eléctrica de su casa, la cual solía estar muy caliente cuando ella se levantaba de la cama cada mañana.

Poco a poco, sus ojos parpadearon, asimilando gradualmente la vista de la tienda de plástico anaranjada, el conjunto de sol y hojas que bailaban a través de ella, el borde tosco del saco de dormir que rozaba su nariz. Luego frunció el ceño reconociendo finalmente donde estaba. Estaba en la tienda de Daniel.

Recordaba vagamente que él la había despertado por la noche y le había mandado que fuera con él. Había sido una orden que le había encantado cumplir.

Susana se preguntó inútilmente lo que Daniel pensaría de su aceptación. Después de prácticamente haberse echado encima de él en su casa, lo que afortunadamente nadie sabía, aparte de ellos dos, ahora compartía la tienda de él y, sin duda, todo el mundo lo sabía. Katrina nunca iba a escuchar sus consejos y lecciones después de esto. Pero esta vez a Susana verdaderamente no le importaba; había tenido mucho frío la noche anterior.

Viendo los indicios de la luz solar en el techo de la tienda, Susana trató de decidir qué hora de la mañana sería. Después de todo, si fuera atrozmente temprano, podía seguir durmiendo con una conciencia limpia. Pero no parecía tan temprano. Además Daniel ya se había ido, y él tampoco le parecía a Susana una de esas personas madrugadoras. Eso probablemente significaba que todos ya estaban listos para la caminata del día. No había otra cosa que hacer. Por mucho que lo temiera, Susana iba a tener que levantarse.

Cautelosamente, sacó un brazo de dentro de su nido y lo puso fuera del saco de dormir para ver lo frío que estaba el aire. Después de un momento, Susana sonrió y sacó el segundo brazo. No hacía tanto frío, quizás podría conseguir levantarse después de todo.

Para cuando ella se había vestido, y se había peinado el pelo engreñado, Susana ya estaba temiendo el día que la esperaba. Una caminata diseñada para a cansar a los adolescentes más indisciplinados, una caminata que sin duda iba a matarla, Susana pensó malhumorada al hacer una gruesa trenza que caía sobre su espalda. Haría el ridículo delante de Katrina y sus amigas.

Y de Daniel, le sugería su conciencia sinceramente.

Pero cuando ella finalmente abrió la tienda y salió al bosque, no se veía un alma, el campamento estaba desierto.

—Hola.

Asustada, Susana dio un pequeño grito y dejó caer la cafetera en las ascuas del fuego. Se levantó una bocanada de hollín y Susana podía sentir como se pegaba en su rostro mientras ella tosía y se apartaba.

—Lamento asustarla.

La mujer sí parecía lamentarse, pero Susana vio cómo una sonrisa se cernía alrededor de sus labios. Susana sabía que su rostro estaba probablemente cubierto de hollín negro, pero le devolvió la sonrisa.

—No importa. Ya había pensado que tenía que encontrar una forma de lavarme; esto sólo hace que tenga más urgencia de ello.

—Yo soy Diane Butler.

—Susana Díaz.

Susana se levantó y le ofreció la mano. Luego vio lo sucia que estaba ésta y la retiró.

—Esta tierra es horrible.

Le sonrió abierta y rápidamente a Diane.

—Usted debe de ser la mujer de John; él me dijo que usted iba a ayudarle en este viaje. Todo esto me ha causado muy buena impresión. No sé cómo lo hacen ustedes dos.

Los ojos de la mujer brillaron con comprensión ante la aprensión que había en la voz de Susana.

—Yo no voy a estos campamentos con mucha frecuencia. Una o dos veces al año suele ser mi límite.

—Eso sería más que suficiente para mí —dijo Susana—. ¿Dónde están todos?

—Oh, se fueron hace unas horas, justo después de la salida del sol. Se tarda la mayor parte del día para ir al puesto de la policía montada y regresar. Además, como le gusta decir a mi marido "el que se levanta temprano, va a la cama temprano". Si cansa a los chicos, se van a dormir más temprano.

—¿Quiere usted decir que estaba yo dormida al comienzo de la caminata? —preguntó Susana con ansiedad.

—Bueno, sí —contestó la mujer de forma incierta—. Su amigo, el señor Stephens, dijo que usted prefería quedarse. Lo lamento mucho si usted está decepcionada.

—Habría hecho cualquier cosa por librarme de ir.

Diane se echó a reír.

—Bueno, algunos de nosotros no somos buenos para ese tipo de cosas. Yo misma estoy muy contenta de haberme quedado atrás, aunque subo a la montaña con ellos de vez en cuando. Pero este viaje, soy la cocinera.

—Quizás yo podría echarle una mano —dijo Susana—. Cocinar es lo único que en realidad puedo hacer para ayudar. Prefiero pensar que no he sido totalmente inútil.

El rostro de la mujer se arrugó con una sonrisa de esperanza, y apretó el brazo de Susana de una manera amistosa.

—Eso será magnífico. Quizás juntas podemos hacer algo decente para la cena de esta noche. A mí seguro me gustaría comer algo que no sean perros calientes.

Al final, Susana hizo sándwiches de carne molida para sesenta. Era un plato fácil, pero la cantidad lo hizo difícil. Pasó la mayor parte de la tarde cortando cebollas y cociendo la carne. Evidentemente, sólo quedaba la tarde. Con asombro, Susana descubrió que se había levantado mucho después del mediodía, y que sólo quedaban unas pocas horas antes de que el grupo que había ido a caminar regresara de la subida, sin ninguna duda hambriento y preparado para la cena.

Afortunadamente, alguien había cargado con una cocina de queroseno y no tenía que trabajar sobre la fogata, pero la cocina era aun así un trabajo sucio.

Para cuando la salsa de la carne estaba hirviendo en dos calderos enormes, Susana tenía calor, estaba sucia y bien cubierta de manchas de salsa de tomate.

—Eso verdaderamente huele muy bien, Susana. No sé como agradecerle por quedarse a ayudarme esta tarde. Yo habría tardado todo el día para preparar toda esa comida.

—Yo tenía doce hermanos.

Susana estiró su espalda y se dio un masaje en los músculos entumecidos.

—Además varios primos y amigas, y para cuando todos iban a la mesa, solía haber poco más o menos veinte personas a quienes había que alimentar, así que tenía muchísima experiencia con cantidades grandes de comida.

—Bueno, seguro que vino bien hoy.

—Cualquier cosa para evitar la caminata —contestó Susana—. Si usted sabe donde puedo lavarme, estaremos en paz.

—Claro—. Los ojos azules de Diane miraron de forma divertida a Susana—. Hay un arroyo justo detrás de la última tienda. La orilla es un poco alta allí, pero si sigue la corriente, a eso de media milla, arriba en la montaña, encontrará un pozo lindo y poco profundo. Va a estar un poco frío en esta época del año —añadió Diane de forma dudosa.

—Suena estupendo. Puede usted dejar que hierva el caldo mientras voy allí; de cualquier forma, necesita espesarse un poco.

—Así lo haré. Disfrute del paseo.

—Media milla —consideró Susana— creo que es una distancia que puedo recorrer.

Susana se frotó las manos sobre el fuego, pero tratar de quitar de las manos el hollín pegadizo y negro era inútil. Iba a necesitar jabón si deseaba alguna vez estar limpia de nuevo. Pero media hora más tarde, Susana aún no había podido encontrar el jabón ni la toalla.

Vació tres veces su mochila en la tienda de Daniel, segura de que la toalla tenía que estar allí en algún sitio y que simplemente no la había visto. No obstante, después de la tercera vez se vio obligada a darse por vencida. Poniendo su ropa descuidadamente en la mochila, Susana se levantó y se estiró. La toalla tenía que haberse caído en su propia tienda cuando estaba buscando ropa la noche anterior. Quizás el jabón estaba allí también, pero cuanto más se acercaba Susana a la tienda para perros, más cortos se hacían sus pasos, hasta que se paró completamente a unos pasos de ella. Con asombro, vio que las alas habían sido cerradas y atadas, y pudo ver claramente su saco de dormir amarillo. Susana respiró profundo, sorprendida. Alguien estaba durmiendo dentro de su tienda

Respirando apenas, Susana avanzó poco a poco, tratando de permanecer absolutamente en silencio al mirar a través de las alas de la tienda a la figura abultada. Quienquiera que fuera, estaba bien enrollado dentro del saco de dormir, y sólo se veía un trozo de tela blanca. Susana frunció el ceño. La tela blanca parecía asombrosamente familiar. De hecho, parecía igual a su toalla. Susana desató las correas y entró a gatas.

Eran toallas. Su toalla y otras dos estaban enrolladas y mezcladas en el saco de dormir, tomando la apariencia, que todos podían ver, de un cuerpo. Cualquiera que pasase al lado de la tienda, pensaría que alguien estaba dentro de ella, igual que ella lo había pensado. Y pensarían naturalmente que ese alguien sería Susana. Ella sonrió y en silencio le dio las gracias a Daniel por su consideración; después de todo, nadie sabría que ella había dormido en la tienda de él.

Tardó un minuto en encontrar el jabón en el rincón de su tienda. Sin duda, se había caído mientras ella estaba poniéndose todos los artículos de ropa que ella y Katrina habían llevado con ellas. Susana refunfuñó al pensar en esa situación ridícula y luego suspiró con resignación. Parecía destinada a causar la peor impresión cuando estaba con Daniel, pensó tristemente. Por lo menos parecería mejor esta noche, cuando él volviera. Pero sólo si se daba prisa.

De repente consciente de la tarde que desaparecía, Susana se fue a buscar el arroyo del que Diane había hablado.

—¿Vas a detenerte para comer?

Ella ni siquiera lo había oído llegar, pero Susana no se sorprendió. Daniel se movía muy silenciosamente cuando lo deseaba.

—Sólo quiero terminar de limpiar esto.

La mirada de Daniel pasó por la mesa cubierta de cazuelas sucias, y movió la cabeza.

—No, primero tienes que comer. Estás ya demasiado delgada.

—Pero Daniel, si no limpio ahora, se hará de noche y el trabajo será aún más difícil.

Él ni siquiera escuchaba. Sólo movió la cabeza de nuevo y le puso un plato de cartón en las manos.

—Te ayudaré a limpiar más tarde, después que comas. Si está demasiado oscuro, siempre puedo llevar la linterna.

Tomó dos sándwiches y los colocó en el plato de ella.

—Vaya, fíjate bien. Estos platos son de la marca más barata de platos de papel.

—Nunca como dos sándwiches —protestó ella al añadir él una cuchara de ensalada de papas al plato bien lleno.

—Te ayudaré si te sientas conmigo —dijo él tratando de convencerla.

Susana se dio por vencida. Era imposible discutir con él. Además era imposible también permanecer enojada cuando él había estado tan amable como era posible desde que empezó el viaje. Incluso había conseguido sacarla de la caminata fatal esa mañana, por lo cual Susana le estaría eternamente agradecida. Por supuesto, él no sabía lo terriblemente mal preparada que ella había estado para tal subida. Ni lo dolorida y entumecida que estaba de la parte "fácil" de la caminata del día anterior. Pero Daniel la había rescatado, aunque él no lo supiera.

Desde su sitio al lado del fuego, Terry la vio y la saludó con la mano. Susana fingió no haber visto nada.

—Muy bien, Daniel, me sentaré contigo.

Daniel siguió la mirada de ella a través del claro y frunció el ceño.

—A menos que tengas una oferta mejor… —empezó él.

Susana sonrió ante los celos evidentes. Eso no debería gustarle a ella, se reprochó a sí misma, pero era agradable sentirse deseada.

—No, Daniel, no tengo ofertas mejores. Me encantaría compartir la comida contigo.

—Hola, papá, señora Díaz. Vengan aquí y siéntense con nosotros.

Susana siguió la voz hasta donde las chicas estaban sentadas al borde del fuego. Para Susana, que había arriesgado congelarse al lavarse en la fuente, la oferta de ir a reunirse con ellas no era nada tentadora. Estaban sentadas en el suelo, y tenían señales de hollín negro en el rostro y en la ropa. Cuando Terry levantó la mano para saludar, estaba sucia de no se sabía qué. Susana se estremeció cuando Terry tomó el sándwich con la misma mano y lo mordió. Daniel se rió entre dientes.

—No te preocupes —susurró él—, no las va a matar comer con un poco de tierra.

Luego le sonrió a su hija y la saludó con la mano a su vez.

—No, gracias, Terry. Ya he preparado todo al lado de la tienda. Ustedes las chicas quédense ahí y diviértanse.

Susana siguió a Daniel sin decir palabra. Cualquier cosa que él hubiera "preparado", era seguramente mejor que comer en la tierra.

—¿Cómo conseguiste hacer esto?

Susana se detuvo con admiración a unos pies de distancia de la tienda de Daniel. No podía comprender que él hubiera llevado todo eso.

—Terry y yo tenemos mochilas *auténticas*.

Fue todo lo que dijo, pero Susana comprendió. La mochila de ella estaba bien para ir al gimnasio, pero cuando había que llevar cosas para tres días, era más bien inútil. Era negra y dorada con grandes flores moradas pintadas en ella. Estaba muy lejos de las mochilas impermeables de marcos de aluminio que Daniel y Terry habían llevado. Aun así, ella nunca habría podido creer que las mochilas de ellos podían llevar todas esas cosas.

—Siéntate.

Susana eligió la silla de tijera de campamento en la otra punta de la mesa plegable.

—Madame, la cena está servida.

Con un ademán, Daniel le puso delante el plato lleno de ella y sacó una bebida gaseosa fría de su tienda para ponerla al lado.

Nada había sabido tan bien como la comida con la ensalada de papas calientes le supo aquella noche. O quizás fue simplemente la compañía, Susana pensó al beber un trago largo de su bebida. Daniel a su lado, compartiendo su plato, era una intimidad que Susana absorbió con toda su alma. Para él parecía natural sentarse allí. Cuando la conciencia de Susana la interrumpió, apartó de su pensamiento la idea de la joven y bonita Cathy. Era sólo para este viaje, Susana se recordó a sí misma. Tenía todo el derecho de disfrutar de la compañía de Daniel. Sólo tenía que asegurarse de que la relación no fuera más allá de eso.

—Oh, ahí está usted, Susana. La he estado buscando por todas partes.

La voz cansina de Perry rompió la quietud, interrumpiendo la intimidad de que Susana había estado disfrutando. Con un suspiro de resignación, levantó la vista.

—Hola, Perry. ¿Qué tal fue la caminata hoy?

Daniel se dijo algo entre dientes al ir de nuevo a su tienda, pero Susana no comprendió muy bien.

—En realidad, fue un poco aburrida —replicó él, sentándose tranquilamente en el asiento de Daniel—. Decidí detenerme a mitad de camino y hacer yo mismo mi propia excursión. Naturalmente, esperé a que ellos volvieran para ayudar de cualquier forma que pudiera.

Susana vio la expresión en el rostro de Daniel al salir éste de la tienda y casi echarse a reír.

—Naturalmente.

—En realidad, Perry fue una gran ayuda en esta caminata —dijo Daniel inesperadamente.

Perry se pavoneó.

—Bueno, trato de hacer lo que puedo —dijo él con modestia.

—Sí —continuó Daniel— se salió del camino para no demorarnos a todos nosotros. Ni siquiera podía ir al paso de los chicos gordos.

—Bueno, nunca... ¿Cómo se atreve usted?

—Quítese de mi silla, Perry.

El tono de Daniel era intransigente, y Perry se levantó rígidamente.

—Susana, cuando se canse de este tipo, me encantará hacerle compañía—dijo Perry con desdén—. Imagino que no tardará mucho.

—Imagino que no tardarás mucho —dijo Daniel imitando la figura de Perry que se alejaba—. Vaya un afeminado. Debiera dejar que su mujer viniera en estos viajes. Ella ha de ser más hombre que él.

—Bueno, Daniel...—empezó a decir Susana, riéndose.

—"Bueno, Daniel", demonios. La mayoría de los chicos de trece años que están con nosotros son más hombres que él. Verdaderamente, Susana, no soy capaz de imaginar lo que ves en él.

—No veo nada en él —dijo Susana, sorprendida—. No había visto a Perry nunca antes de este viaje.

—Ves, ya estás otra vez —dijo Daniel inmediatamente después de la respuesta de ella.

—¿Ya estás otra vez qué?

—Le estabas llamando Perry desde el primer día.

—¡Uf!.... ése es su nombre.

—¿Sí? Bueno, tuve que decirte mi nombre media docena de veces antes de que tú lo usaras.

Susana no podía creer la conversación.

—Un momento, Daniel, ¿estás celoso de Perry?

—¿Celoso? —dijo Daniel negándolo con la cabeza, pero sus ojos confirmaban que estaba celoso—. Seguro que no estoy celoso de Perry Westlake. Y ese maldito John Butler ha estado a tu alrededor a la menor oportunidad que ha tenido.

—Daniel —le recordó Susana suavemente, jugando con el tenedor de plástico que tenía en la mano—, tú eres el que tiene novia.

Daniel movió la cabeza con impaciencia.

—Escucha, con respecto a Cathy... —empezó él.

—¿Susana? —interrumpió una voz.

Susana podía haberse quejado de lo inoportuno del momento.

—Sí, Diane.

La figura agradable de Diane apareció al borde de la luz.

—Iba a empezar a limpiar los restos de la cena. ¿Sabe usted dónde pusimos el montón de trapos esta tarde?

Susana se levantó.

—Diane, ¿conoce usted a Daniel?

—Bueno, en realidad no. Nos encontramos por casualidad unas pocas veces esta mañana.

—Diane, le presento a Daniel Stephens, el padre de Terry Stephens—. Susana trató de ocultar su placer al añadir—. Daniel, te presento a Diane Butler... la esposa de John.

Daniel le echó a Susana una mirada de saberlo todo, al cruzar la corta distancia que los separaba.

—Es un placer conocerla, Diane. Usted y su marido han hecho un gran trabajo con este viaje.

—Oh, es todo obra de John —les aseguró—. Tiene un talento innato para tratar a los chicos.

Susana tomó el caldero de las manos de Diane.

—Lavaré las cazuelas. Déjeme que tome algunas cosas y las llevaré al arroyo.

—Bueno, si usted está ocupada, puedo hacerlo yo misma.

Diane miró de forma interrogativa a Susana y Daniel.

—No es problema—le aseguró Susana—. Estaba pensando hacerlo de todas formas.

Diane se encogió de hombros.

—Hay que llevar muchas cosas, pero voy a ver si John puede echarle a usted una mano.

Daniel interrumpió antes de que Susana tuviera la oportunidad de contestar.

—No es necesario. Yo ayudaré a Susana a llevar todo.

Él no dijo una palabra después que Diane se fue. Simplemente le echó una mirada a Susana que lo decía todo, y luego tomó el caldero. Recogiendo el farol con la otra mano, fue hasta la mesa en donde estaban los platos sucios. Susana lo siguió detrás más despacio, preguntándose qué es lo que él iba a decirle a propósito de Cathy.

—Creo que era por aquí mismo.

Daniel siguió a Susana por el sendero. Tenía un farol y una linterna también, pero no encendió ninguno de los dos. Era mucho más divertido seguirla en la oscuridad. Él tampoco mencionó que habían pasado el desvío para ir al arroyo hacía algún tiempo, ni que él podría haber encontrado el camino para ir hasta allí con los ojos cerrados.

—¡Por Dios, Daniel!

Susana se detuvo abruptamente y Daniel chocó con ella por detrás.

—Oh, lo siento —se disculpó ella.

Daniel no lo sentía, puso en el suelo el farol y el caldero con los platos. Cuando ella se volvió para regresar por el camino que había venido, estaba prácticamente en sus brazos. Él esperaba que ella no pudiera ver la sonrisa amplia de él en la oscuridad.

—Sabes, fue fácil encontrarlo durante el día—dijo Susana de forma incierta, mirando detrás de él a los muchos senderos que conducían a través del bosque.

—Todo parece muy diferente por la noche.

—Sí, pero ... —de repente volvió el entusiasmo a aparecer en su voz—. Déjame que utilice la linterna. Creo que es por ahí.

—No, Susana.

Incluso en la oscuridad él podía ver la expresión de sorpresa de ella.

—¿No vas a dejarme utilizar tu linterna?

—Tú odias tomar prestadas las cosas ¿recuerdas?

Ella le dio un codazo en las costillas.

—¡Oh! Vaya, Susana, eso hace daño.

Ella no le hizo caso.

—Además, tú estás a mi lado, así que no será verdaderamente como tomar prestado nada.

Daniel sonrió. Ella le estaba devolviendo sus propias palabras.

—Es verdad pero aún así no puedo permitirte que vayas por ahí con la linterna.

—¿Por qué no?

—Porque el arroyo está por *allí*.

Él señaló detrás de ellos.

Ella tardó un momento en comprender eso.

—¿Quieres decir que tú sabías dónde estaba el arroyo durante todo este tiempo?

—Bueno, sí—admitió él—. Pero tú parecías estar divirtiéndote tanto que no quería estropearlo todo.

—¡Demonios, me vas a volver loca!

—Me encantaría hacerlo, Susana. De veras me encantaría tratar de hacerlo.

Ella se quedó totalmente quieta al lado de él, y Daniel pudo sentir el ardor de la mirada de ella cuando se volvió hacia él. Poco a poco, deslizó una mano detrás del cabello de ella, hasta que sintió la piel suave de su cuello en la nuca. Él quería esperar, pero parecía como si ya hubiera esperado toda una eternidad. Había que vivir el momento.

La boca de él se deslizó sobre la boca de ella, suavemente, lentamente, buscando entrar, su lengua rastreando, probando, y finalmente reuniéndose con la de ella en una danza erótica que casi destruyó la compostura que él había mantenido con dificultad.

Ella era dulce y suave, todo lo que él había recordado, y todo lo que había imaginado. Y mucho más. Fue un beso de unos pocos segundos, pero fue una eternidad, un momento tan perfecto que duró eternamente.

—¡Oh, Daniel! —suspiró Susana contra los labios de él, y el sonido le encendió las puntas de los nervios.

El próximo beso fue mucho más que simplemente probar: fue largo y ardoroso, fue un beso que consumía. Daniel quería devorarla, tomarla, allí y en ese momento. Sus pechos se oprimieron contra el pecho de él al atraerla él contra sí, y la suavidad de ella lo llamaba como una canción de sirena— irreal, inconfundible, irresistible. Pero Daniel sabía que tenía que negarse, tenía que ser el que había de retirarse, tenía que hacer frente a la realidad de la montaña fría y sucia y la noche oscura que los rodeaba. La primera vez con Susana no iba a ser en un sendero sucio al lado de un montón de platos sin lavar.

—¡Oh! —suspiró él en el cabello de ella—. Sabes tan bien. Podría continuar besándote para siempre.

—Está bien.

El susurro suave de ella lo atravesó. Estaba endurecido de deseo, pero era imposible.

La risa de él era cortada.

—Vamos, cariño. Tenemos que lavar los platos, ¿recuerdas?

Daniel siempre se había enorgullecido de ser capaz de controlarse a sí mismo; en ese momento no estaba seguro por qué.

—Aquí, Susana, toma la linterna. Vamos por el camino por el cual vinimos y yo te diré dónde torcer.

Ella no dijo nada, pero él la oyó respirar profunda y cortadamente al volverse ella, y él sonrió. Al menos él no era el único.

—Susana —dijo él suavemente cuando ella tomó la linterna y se volvió.

—¿Sí?

—Verdaderamente nunca hubo nada entre Cathy y yo. Es una amiga de mi hermana, y, bueno.... simplemente se vio mal.

Daniel se detuvo, conteniendo su respiración. ¿Había estropeado la noche mencionando a Cathy?

—Bien, Daniel. Estoy muy, muy contenta.

—Yo también—dijo él al empezar ellos a caminar. Y lo estaba: muy, muy contento.

—¿Te das cuenta de que nos vamos a congelar?

Susana miró de forma indecisa al agua que corría. No había parecido tan fría durante el día, pero esta noche sus dedos se habían quedado helados con sólo tocarla. La idea de mojarse mucho por lavar platos no era tentadora.

Con la luz del farol, pudo ver la sonrisa descarada de Daniel.

—Simplemente déjemelo a mí, señorita, yo me ocuparé de todo así.

La impresión que le había causado Perry era inconfundible. De un manotazo Susana le apartó los dedos que él castañeteaba delante de su nariz.

—Haga eso, señor Stephens, porque verdaderamente no me gusta mucho la idea de frotar cacerolas en el agua helada, en la oscuridad.

—¿Señor Stephens? ¡Ah, como me hiere!

Daniel se puso la mano en el pecho y se arrodilló en la arena suave.

—Le ofrezco enseñarle los secretos del mundo del campamento, secretos por los que otros han sufrido y muerto, y ella me envía una flecha que atraviesa mi corazón.

Susana trató de mantener su aspecto reprobatorio y no sonreír.

—Tú no eres Shakespeare. Está bien, Daniel, enséñame tus secretos para lavar cacerolas.

—Ciertamente, mi señora.

Daniel se levantó con un movimiento suave. Al hacer una reverencia perdió el equilibrio y casi se cayó, pero Susana de cualquier forma aplaudió.

—Lo primero de lo que tienes que darte cuenta es que hasta que la cacerola esté limpia debes utilizar sólo un mínimo de agua. Porque es la arena con la que frotas la que es verdaderamente el secreto de lavar una cacerola.

—¿Arena? —Susana arrugó la nariz con asco—. Las cacerolas ya están lo suficientemente sucias.

—Ah, pero la arena es el Brillo del campista que sabe—insistió Daniel, con una amplia sonrisa—. Con la arena uno limpia lo suficiente la cacerola para que el agua haga el resto.

Miró a Susana. Ella frunció el ceño.

—Déjame que te muestre, mujer de poca fe.

Tomando una de las cacerolas hondas muy sucias de la salsa, Daniel la metió rápidamente en el arroyo. Luego echó un poco de arena que había tomado con las manos y empezó a fregar. Susana pudo oír el ruido que se hacía al frotar la arena contra la cacerola y no pudo menos que sonreír ante lo ingenioso de la idea. No transcurrió un minuto antes de que Daniel regresara al arroyo y enjuagara la cacerola, que quedó limpia.

—¿Ni siquiera vas a utilizar jabón?

Susana no podía menos que decir eso; era la forma como se había criado. Daniel la miró un momento.

—Si tú no lo dices, yo no lo digo.

—Yo lo diré —le aseguró Susana.

—Entonces es mejor que utilicemos jabón.

Susana le dio el líquido para lavar platos y tomó la segunda cacerola sucia.

El agua casi entumeció sus manos con sólo tocarla, pero Susana sonrió al sacar más arena. Estaba disfrutando más que lo que en su vida había imaginado; nunca había pensado que lavar platos podía ser algo tan divertido. Pero tampoco había pensado nunca que se encontraría lavando platos en un río frío, en la oscuridad de la noche, con un hombre apuesto a su lado. Era una noche de sorpresas. Un momento largo de hermosura que quedaría grabado para siempre en la memoria de Susana. El olor de la tierra húmeda, en donde el arroyo nace y por donde pasa, era profundo. Además el buen humor de Daniel era contagioso.

—Está increíblemente fría —dijo ella con voz entrecortada.

Cuando Daniel rió con un aire de superioridad masculina, ella no pudo menos que salpicarlo con la punta de los dedos. No mucho, pero lo suficiente para mojarlo un poco.

Daniel gritó algo incomprensible y Susana empezó a reír.

—No pensarás que es tan divertido cuando termine contigo —prometió Daniel, yendo de forma amenazadora hacia el agua.

—A que no te atreves.

Susana estaba riendo tanto que creyó que podría caerse en el arroyo, pero consiguió llenar su cacerola grande hasta la mitad.

Daniel miró la cacerola y Susana sintió el triunfo. No había forma de que él se acercara al arroyo sin pasar primero por la cacerola de agua de ella. Ella lo miró con confianza, ebria de su victoria segura.

Luego él la embistió.

—¡Ah!

Él tenía los brazos levantados; su torso musculoso hacía un adversario amenazador. Con solamente unos pocos segundos para decidir, Susana eligió huir antes que luchar, y tiró la cacerola del agua al lado, en lugar de echársela a él. Luego trató de huir gateando antes de que Daniel pudiera agarrarla. Pero el suelo estaba demasiado resbaladizo, y Susana dio un pequeño grito antes de caer sentada sobre la hierba alta.

—¿Estás loco? —le preguntó ella, riéndose al inclinarse él sobre ella—. Podía haberte echado toda el agua. Te habrías muerto de hipotermia.

—Ah, pero Susana —él la miró fijamente, y la sujetó con su cuerpo al caer encima de ella, sosteniéndose con un brazo a cada lado del cuerpo de ella—, te habría tenido a ti para que me calentaras. Y estoy seguro de que habría sido más que suficiente.

Aprisionó a Susana con sus brazos, y la promesa que ella vio en sus ojos azules la dejó sin aliento.

Al empujarla Daniel contra la yerba, Susana observó que la tierra estaba mucho mejor que la noche anterior. Ése fue su último pensamiento consciente antes de que la sensación pura se apoderara de ella.

Los besos de él eran divinos. Simplemente increíbles. Verdaderamente no había palabras que pudieran expresar la perfección de la sensación de su cuerpo sobre el cuerpo de ella, presionándola él con su peso. El cuerpo de Daniel encajaba perfectamente con el de ella, como un guante, como debía ser. Susana sabía sin duda que lo deseaba, ahora y quizás para siempre.

La idea no la asombró. Susana lo aceptó con la ecuanimidad que la había acompañado a través de buenos y malos tiempos, permitiéndole tomar decisiones sin que la emoción se apoderara de ella. Pero, qué hacer con el deseo intenso, ésa era la cuestión. Luego se olvidó de preocuparse de ello. Los besos de él siempre la hacían olvidarse.

Al principio sus manos estaban frías al enredarse en el cabello de ella, y al sostenerle el rostro para darle sus besos voraces. Su lengua pasó por los labios de ella, y Susana se levantó un poco para capturar más firmemente la boca de él. Lo atrajo hacia sí, y Daniel la sostuvo muy cerca de él mientras sus manos le acariciaban la espalda y el cuello y se deslizaban hasta la pequeña hendidura de la parte de atrás de sus jeans. Cuando una de las manos fuertes de Daniel se deslizó debajo del jersey de Susana, debajo de su camiseta, para ir a parar sobre sus costillas, con los dedos acariciando su piel sensible, Susana se arqueó contra la palma ahora caliente, febril con el deseo de sentir el cuerpo de él contra el suyo. Y cuando él puso su mano sobre su pecho, Susana se apoyó en ella, y supo entonces que había tomado una decisión. Sabía que Daniel lo sentía así también.

Las manos de Susana se deslizaron por los músculos fuertes de los brazos de él, deleitándose con la oportunidad de tocar lo que sus ojos habían admirado durante tanto tiempo. Él era fuerte, y tierno y risueño, y todo lo que Susana había soñado siempre en un hombre. Su toque experto estremeció el cuerpo de ella, y la hizo desear muchísimo más.

Cuando él deslizó bien su rodilla entre los muslos de ella, de tal forma que el calor de su pierna ejerció presión íntimamente contra ella, Susana sintió que le temblaba todo el cuerpo, y Daniel emitió un gemido como respuesta. La boca de él dejó la de ella para trazar un sendero por la sien y bajar por la mejilla; las puntas de sus dedos apresaron el pezón de ella, mientras su aliento caliente le rozaba el oído.

Entonces el agua pegó en el ojo de ella.

—¿Qué es...?

Susana medio se sentó.

—¿Qué es lo que pasa, cariño?

La voz de Daniel se amortiguaba contra la piel del cuello de ella.

—¡Oh, maldita sea!... Está lloviendo.

Ella se habría dado cuenta de eso con el tiempo, Susana se aseguró a sí misma al tratar de ordenar sus pensamientos. Con poca consideración por los momentos que acababan de pasar, Susana apartó el peso de Daniel y se levantó rápido.

—¡Oh, Dios mío!

Una gota gruesa cayó en el medio de la espalda de ella, calando hasta su camisa y haciendo un sendero frío por su espina dorsal.

—Rápido, Daniel, ayúdame a recoger las cacerolas.

—Al demonio con las cacerolas. Si nos mojamos, nos congelaremos. Recogeremos las cacerolas mañana.

Él no iba a aceptar que ella se negase. Agarró la mano de Susana y la llevó tras él dando traspiés de prisa para llegar al campamento.

Qué bueno que uno de ellos supiera adónde iban, pensó Susana al tomar un desvío rápido por entre los árboles y agacharse debajo de las ramas bajas. La noche se había oscurecido hasta que no se veía ninguna señal de la luna, y se oyeron toda una serie de truenos amenazadores por encima. Ella habría tardado muchísimo más en encontrar el camino de regreso por sí misma, y probablemente habría terminado perdiéndose en la tormenta. Pero con Daniel haciendo de guía, sólo tardaron unos pocos minutos en volver a la zona del campamento. Su regreso rápido sólo le indicó a ella cuánto los había desviado al principio, pero Susana no dijo nada de eso, y, afortunadamente, Daniel tampoco.

Cuando llegaron al claro, los golpes de las gotas de lluvia se oían fuertes contra las tiendas, ahogando cualquier ruido procedente de los otros campistas. Nadie estaba fuera, pero de vez en cuando pasaba por las paredes de las tiendas una ráfaga de luz, mostrando que no todos los ocupantes estaban dormidos. El fuego del campamento era un volcán en miniatura, enviando pequeñas erupciones de humo y ceniza hacia el cielo, al mismo tiempo que gotas de lluvia daban sobre el caliente montículo. Sonaba como un nido de víboras silbando en la noche.

Las gotas de lluvia eran grandes y pesadas, y calaban. El pelo espeso de Susana estaba totalmente mojado de rozar contra las ramas que escurrían agua. Susana se estremeció, pensando que nunca volvería a entrar en calor. Ella deseaba apoyarse en Daniel, deslizarse cómodamente bajo su brazo y dejar que él la envolviera con su calor. Pero él parecía distante, y preocupado, y muy lejos del deseo fuerte que Susana aún sentía.

—Creo que todos se han acostado.

—Eso creo.

Daniel dijo las palabras hacia atrás sobre su hombro al marchar rápidamente por el claro para ir hasta donde estaban sus propias tiendas. Ni siquiera la miró. Susana habría separado su mano de la suya, pero, cuando lo intentó, él la agarró con más fuerza, apretándole la mano mientras pasaba su dedo pulgar por los dedos de ella. Susana respiró dando un suspiro de tranquilidad. Ella verdaderamente no deseaba que él la soltara, pero necesitaba darle la oportunidad de hacerlo.

Ella sabía claramente en cuál tienda le gustaría dormir, y con quién prefería dormir. No había duda en su mente. Si Daniel se lo ofrecía esa noche, ella iba a aceptar de todo corazón. El orgullo dictaba que ella debería insistir en el decoro y dormir en su propia tienda. Pero era mucho más que el sentido común lo que argumentaba lo contrario. Era el simple y sencillo deseo el que le hacía pensar en excusas para dormir en la tienda de Daniel.

Ella deseaba a Daniel Stephens como nunca había deseado a ningún otro hombre. Bueno, no había habido tantos. De hecho, aparte dc su exmarido, había habido sólo uno. Se lo habían pedido, pero ella nunca había estado interesada. Ahora que ella estaba finalmente interesada, ¿se lo pediría Daniel?

Al acercarse a la pequeña tienda de Susana, Daniel le soltó la mano, y Susana temía saber ya la respuesta. Por un segundo, se preguntó lo que ella podía hacer, lo que *haría*, para demostrarle a Daniel lo mucho que deseaba estar con él. Pero, afortunadamente, ella no tuvo la oportunidad de decir nada. Él simplemente sacó el saco de dormir de la tienda de Susana, y luego, así tan rápido, volvió a tomar la mano abandonada de Susana y la atrajo de nuevo hacia él. Él debió haber visto la duda momentánea en los ojos de ella, porque le pasó el brazo fuertemente por los hombros, sujetándola contra su cuerpo.

—Ni lo pienses—le advirtió.

Susana sonrió en la oscuridad y fue dócilmente, al lado de Daniel, al refugio anaranjado de la tienda de él. De cualquier forma, no había tenido intención de quedarse atrás, y, con el tiempo, habría pensado en algo que decir. Pero ahora la cuestión ya se había solucionado, pensó Susana con una sonrisa; dejaría que Daniel creyera que todo había sido idea de él.

CAPÍTULO X

—¿Susana? ¿Estás dormida?

La voz venía de la oscuridad, haciéndose camino a través del gran silencio que los separaba.

—No.

Era una pregunta ridícula. No había forma de que ella pudiera dormir con él tan cerca.

—Qué bueno.

Ella sintió que las palabras le pasaban por todo el cuerpo, de la cabeza a los pies.

Ella había estado acostada allí en la oscuridad por tanto tiempo, esperando a que Daniel dijera algo, esperando a conseguir el valor para decir algo ella misma. Pero él no había dicho nada. Ni ella tampoco. Susana sabía, en lo más profundo de sí misma, que Daniel nunca daría el primer paso, no mientras estuvieran en la tienda de él. Sería algo así como aprovecharse de un huésped, aunque ella era un huésped que definitivamente deseaba que se aprovechasen de ella. Pero Daniel se había mantenido a distancia. Desde el momento que habían regresado a la tienda, él había estado circunspecto, sólo besándola brevemente antes de dirigirse a la otra punta de la tienda. Se encontraban en un callejón sin salida. Susana se mordió el labio con indecisión. Si ella no se atrevía a dar el primer paso, quizás se perdería algo que deseaba tantísimo.

Hubo un largo silencio.

—¿Daniel?

Vacilante, sin aliento, en la oscuridad.

—¿Sí?

La voz de él era tan profunda, y tan sensual.

—¿Tienes frío?

Era algo más que una pregunta: era una invitación. Susana esperaba que sonara así. Pero pensándolo mejor, quizás no, se dijo preocupada. Quizás hubiera debido ser más directa.

—Oh, sí, Susana. Tengo mucho frío.

¡Vaya! Él era mucho mejor en esto de lo que era ella. La respuesta de él definitivamente parecía una invitación. Por primera vez quizás en una relación con un hombre, Susana sabía exactamente qué decir.

—Yo también. ¿Por qué no vienes aquí y nos calentamos los dos?

La risa de él, baja y ronca, era ya una respuesta. Susana oyó el ruido largo y metálico de la cremallera del saco de dormir de él, y luego el calor adicional al poner el segundo saco sobre ella.

—No me gustaría que tuvieras frío.

—Estoy seguro de que ya no tendré más frío.

Había sólo una luz muy tenue dentro de la tienda, así que Susana tardó un momento en darse cuenta.

—Daniel, estás desnudo.

Ella no quería parecer tan asustada, pero hacía muchísimo frío.

—Te gustaré más de esta forma. Te lo prometo.

Daniel se sentó al lado de ella, metiendo los pies, luego el resto de su cuerpo, en el saco de dormir. Era muy justo y, al entrar, consiguió tocar todas las partes del cuerpo de Susana. Ella ya respiraba con dificultad.

—Pero tú no lo estás, Susana. Creo que es mejor que arreglemos eso.

Susana deseó haber pensado en eso antes de invitarlo a él a entrar al saco de dormir. Ahora tendría que salir y desnudarse con una temperatura muy fría. Por supuesto, pensó al pasar la mano por la pierna velluda y musculosa y por el estómago tenso de él, le esperaría una buena recompensa cuando regresara.

—Está bien —dijo ella aceptando, empezando a deslizarse hacia afuera.

—Espera un momento, ¿a dónde vas?

Unos brazos fuertes la detuvieron rodeándole los hombros y tirando de ella. Daniel se colocó boca arriba, atrayendo a Susana hacia sí de tal forma que ella estuviera encima de él. Cuando deslizó sus rodillas hacia abajo, ella quedó a horcajadas sobre él. Podía sentir el calor de él presionando para entrar contra los jeans que ella llevaba.

—No te vayas aún.

—Estaba simplemente...

El beso de él detuvo las palabras. El más ligero roce de los labios de él contra los de ella apartó cualquier intención de discutir de la mente de Susana. Los brazos de él alrededor de ella ya no la aprisionaban, sino que la acariciaban, sosteniéndola con los lazos de promesas y besos. Ella se olvidó de cualquier idea de abandonar el saco de dormir.

—Ahora veamos cómo se hace esto —dijo él entre dientes contra los labios de ella, y continuó rozando su boca, al mismo tiempo que los dedos diestros de él desabotonaban los botones de su jersey grueso.

Sacar los brazos de Susana de las mangas fue un juego. Daniel aprovechó la oportunidad para tocarla por todas partes, deslizando sus manos por la espalda de ella, y bajo su camisa, y por el cabello. La apretó contra su pecho, mientras que deslizaba sus manos dentro de los pantalones de ella para sacar la camisa.

Se deshicieron del jersey, la camisa se fue sin protestas, y el sostén de Susana simplemente desapareció.

—Tienes mucho talento para desnudar a una mujer en un saco de dormir —susurró Susana al rozar sus pezones sensibles contra el vello espeso que cubría el pecho de Daniel.

—Y ni siquiera hemos llegado a la parte mejor aún.

La promesa la hizo vibrar cuando la boca de él encontró el pecho de ella, acariciándolo con la mano, la lengua frotando el pezón, mamando, tirando.

—¡Oh, Daniel!

Susana arqueó su espalda para que él tuviese un acceso mejor. Ella no recordaba que esto la hiciera sentir tan bien; no creía que nunca se hubiera sentido así.

Daniel hizo que se dieran la vuelta de nuevo, con el saco de dormir y todo, de tal forma que él estaba encima de ella esta vez, descansando entre las piernas de ella. Con su boca fue a acariciar la parte de abajo del pecho de ella, y luego pasó la lengua por su estómago, mientras sus manos tiraron de los botones sus jeans hasta desabrocharlos. Había tan poco espacio que con cada movimiento los cuerpos rozaban y se unían y se entrelazaban. Susana le acarició los hombros y le pasó los dedos por el cabello corto y suave, tocándole todas las partes a su alcance mientras él desaparecía hacia abajo dentro del saco de dormir.

En donde los pantalones de ella se abrieron, la lengua de él probó, no dejando ninguna parte de la piel sin descubrir. Sus labios fueron recorrieron las caderas de ella, sus manos tiraron de los ajustados jeans, y finalmente su boca calentó el lugar que ansiaba el toque de él.

Pero aún las piernas de ella estaban atrapadas, agarradas en la tela de sus jeans que ahora estaban por los muslos de ella, sin poder separarse para la lengua que buscaba y los dedos que la excitaban. Ella deseaba tenerlo dentro de ella.

—Ven, Daniel —rogó ella, tirando de los hombros de él. Pero él era tan fuerte, tan pesado.

—De ninguna manera.

Al hablar él, ella sintió el calor de su respiración entre los muslos de ella, sin que la ropa interior fina de ella proporcionara ninguna protección. Luego el borde de la ropa interior se deslizó hacia un lado, cuando él lo apartó con los dedos, y su lengua la reclamaba hasta que Susana se retorcía debajo de él.

—¡Oh, Dios mío, Daniel! ¡Por favor! ¡Por favor!

—Sí, Susana, darte placer es exactamente lo que quiero hacer. ¿Te gusta esto?

Los labios de él la capturaron y chuparon suavemente. Susana se apretó contra él con un grito agudo, con sus piernas aún atrapadas en los jeans y en la ropa interior.

—Dime, cariño, ¿te gusta?

—¡Sí, oh, sí, oh, sí!

De un tirón largo y rápido, los pantalones desaparecieron, y lo mismo hizo la ropa interior. Luego la boca de él volvió, y sus manos le separaron las rodillas tanto como los bordes del saco de dormir lo permitían.

—Sabes tan bien, Susana.

Ella sintió que él era parte de ella: el dedo de él se deslizó dentro, al mismo tiempo que sus labios mamaban. La voz de él era como miel dulce, pidiéndole que se moviera hacia arriba mientras su dedo salía y entraba. Cuando movió su lengua contra ella de nuevo, Susana estalló.

Pero él aún no la soltó. Se quedó ahí mientras ella daba sacudidas contra él; su boca caliente la hizo estallar una vez tras otra, llevándola a alturas que ella nunca hubiera creído existían.

Luego él se unió a ella, deteniéndose a frotar su lengua contra los pezones de ella mientras los dedos continuaban lo que la boca había empezado. Cuando al fin la penetró, entrando suavemente, llenándola completamente, Susana gritó. Daniel capturó el sonido en su boca, su propio quejido suave oyéndose contra los labios de ella. Juntos se movieron, se juntaron y se separaron, encontrando un ritmo que les convenía a los dos, que los llevó a ambos al borde del delirio hasta que se estremecieron uno en los brazos del otro.

—Así que ya estabas desnudo, Daniel.

La voz de Susana estaba amortiguada contra el pecho de él, pero ella sabía que él la había oído porque él se echó a reír.

—Ajá.

El dedo de él bajó por el brazo de ella y por su cadera desnuda, hasta que Susana lo agarró y lo apretó contra su pierna, sujetándolo.

—Pero te habrías congelado así.

—Muy probablemente.

Los dedos de él se movían de nuevo, y ella no podía igualar la fuerza de él. Susana abandonó la lucha, tratando de recordar lo que había querido decir.

—Si no te hubiera invitado a que me acompañaras, ¿habrías dado tú el primer paso?

—Eso nunca habría ocurrido.

A pesar de las cosas maravillosas que las manos de él estaban haciendo, Susana se puso rígida.

—¿Quieres decir que te habrías quedado allí, tú solo, y te habrías congelado, en lugar de tratar de convencerme a mí para que durmiera contigo?

—Quiero decir que yo sabía que tú ibas a pedírmelo... y yo estaba preparado y deseoso de aceptar.

Daniel se puso encima de ella, atrapando las manos de Susana encima de la cabeza de ella.

—Tú me deseabas tanto, Susana, admítelo.

—No.

—No, ¿tú no me deseabas?

Su sonrisa descarada demostraba que él no lo creía.

—No, no lo admitiré —dijo ella.

—Oh —dijo él, con muchísima comprensión en una sola palabra—. Veo que voy a tener que convertirte en una mujer sumisa.

Susana se puso tensa. Seguramente que él no lo decía en serio, como lo hacía su exmarido.

—¿Quieres decir que necesito hacer todo lo que tú quieras, obedecer tus órdenes y siempre contestar que sí?

—Sí, a todas las cosas, especialmente la parte correspondiente a obedecer mis órdenes.

Su sonrisa era verdaderamente pícara.

—Pero sólo en la cama. Y te prometo hacer lo mismo para ti.

Sus labios rozaron ligeramente los de ella una y otra vez, pasando, sin quedarse fijos, y Susana estaba atrapada debajo de él, sin poder acercarlo más a ella.

—Deja de bromear, Daniel —susurró ella contra los labios de él.

Ella alargó la mano hacia abajo para agarrar la longitud dura de él, el acero satinado que crecía debajo de la punta de los dedos de ella. Con un quejido, Daniel unió su mano a la de ella, y juntos guiaron el miembro a donde los dos deseaban que estuviera.

—Oh, ya no estoy bromeando, créeme. Estoy poniéndome muy serio.

—¿Mamá?

Susana se dio la vuelta y una tentativa de luz pálida le pegó en los ojos. Cuando subió el brazo para bloquear la luz, éste se enfrío mucho rápidamente. Susana se despertó completamente; estaba en la tienda de Daniel, en el saco de dormir de Daniel, desnuda, y su hija estaba en la puerta. Justo cuando estaba al borde del pánico, una voz profunda llegó a rescatarla.

—Katrina, tienes que ir y ayudar a Debbie y a Terry a limpiar su tienda.

—Pero quiero hablar con mi mamá.

—Puedes hablar con ella después de que todo esté recogido. De hecho, puedes hablar con ella durante todo el camino montaña abajo. Pero ahora necesitas recoger todo.

Susana pudo oír a Katrina refunfuñar, pero se marchó. Susana suspiró con alivio.

—¿Susana?

La voz de él hizo que ella se estremeciera todo su cuerpo.

—¿Sí?

—Es hora de levantarse.

—Está bien. Gracias Daniel.

—No, gracias a ti —dijo él suavemente.

Ella pudo oír los pasos de él que se alejaban.

Katrina evidentemente sabía que su madre había dormido en la tienda de Daniel. Era un hecho que no se podía negar, por mucho que Susana deseara que fuera de otra forma. Tenía que pensar en cómo contestar las preguntas que iban a llegar. No era prudente enfrentarse con Katrina sin preparación. Después de rechazar toda una serie de disculpas, Susana finalmente se quedó con la que estaba más cerca de la verdad: había hecho demasiado frío en su propia tienda. Sólo podía esperar que esto fuera suficiente.

Por supuesto, Katrina estaba esperando para precipitarse desde el primer momento que Susana cerró la tienda tras ella.

—¡Mamá!

Susana se dio la vuelta para ponerse frente a su hija, esperando que no pareciera tan culpable como se sentía.

—Buenos días, Katrina. ¿Has dormido bien?

—Sí, y creo que tú has debido de dormir bien también.

Afortunadamente Katrina le ahorró el problema de tener que responder.

—¿No es sencillamente la cosa más maravillosa, mamá?

Susana miró atentamente a Katrina.

—¿Qué es lo que es la cosa más maravillosa? —preguntó ella con cautela.

—Que el señor Stephens cambió la tienda suya por la tuya anoche para que tú pudieras dormir un poco. Me sorprendió verdaderamente esta mañana cuando fui a despertarte y él estaba en lugar de ti en nuestra tienda. Sabes —continuó ella pensativamente— él es verdaderamente un hombre muy bueno, mamá. Debes darle otra oportunidad.

Sonriendo, le dio las gracias a Daniel en silencio, y le dio a su hija un abrazo rápido. De repente, el hecho de que casi no había dormido, de que estaba dolorida y sucia, y de que el sol apenas había salido en el horizonte, parecía no importar. Este excursión había sido una idea magnífica.

—Katrina, creo que tienes razón. Creo que voy a darle otra oportunidad.

El rostro de Katrina se iluminó de entusiasmo, y abrazó a su madre muy fuertemente.

—Quizás podríamos ir a un partido de béisbol y él podría enseñarme a jugar. Además podríamos salir a comer hamburguesas todo el tiempo.

Esta vez, Susana no iba a aguarle la fiesta a su hija. Estaba bien si Katrina creía que Daniel era maravilloso; Susana también pensaba que era sumamente maravilloso.

—Quizás no hamburguesas todo el tiempo —dijo ella, acariciando el cabello oscuro de su hija.

—Está bien —dijo Katrina. Luego sonrió ampliamente—. Tengo que ir a contárselo a Terry.

—Quieta, espera un momento—. Susana agarró a Katrina por la camisa para impedir que se fuera—. No hay nada que contar. Daniel y yo quizás nos veamos de vez en cuando, pero no esperen ustedes mucho más de eso, Katrina. A veces las cosas no ocurren como uno quisiera que ocurrieran.

—Éstas ocurrirán, mamá —le aseguró Katrina—. Créeme, esto va a ser perfecto.

Ella estaba caminando con John de nuevo; lo había hecho durante algún tiempo ya. Pero Daniel sólo sonrió. Ya no se preocupaba más con respecto a Susana.

Cada cosa estaba en su lugar. Para Daniel era completamente evidente que él y Susana tendrían un gran porvenir juntos, y él se había sentido así sólo una vez antes. A Daniel le habían dado una oportunidad más, y una oportunidad así no ocurría con mucha frecuencia. Iba a agarrar ésta con ambas manos y no dejarla escapar.

Terry y Katrina siempre estaban muy adelantadas, pero de vez en cuando se volvían a mirarlo a él, y Daniel podía ver sus amplias sonrisas. Él no sabía lo que Susana le había dicho a su hija, pero, fuera lo que fuera, le parecía bien. Por lo menos ahora, Terry no iba a seguirle a él todos los pasos.

—Es difícil creer que usted pudo conseguir que todos estos chicos empezasen a caminar tan temprano esta mañana.

Susana tuvo que resguardar sus ojos del sol para mirar a John. El sol había rebasado las montañas finalmente, y parecía viajar directamente detrás de él.

—Bueno, en realidad, casi son las ocho y media. Esperaba estar ya en los autobuses para esta hora—. John movió la cabeza—. Siempre es difícil hacer que los chicos se levanten antes de que salga el sol por el horizonte. Además es la primera vez que muchos han acampado, créalo o no. En realidad, uno tiene que señalarles todas las cosas que hay que hacer. Ellos mismos sencillamente no las ven.

Susana se sintió un poco avergonzada por la tristeza que había en la voz de él porque los padres de los chicos nunca los llevaban a acampar. En realidad, el viaje no había sido tan malo como ella esperaba. Por supuesto, eso era gracias a Daniel. Por sí sola, ella habría sido completamente desdichada.

De hecho, acampar con Daniel había sido una gran experiencia en todo sentido. Susana sonrió. Iría a acampar de nuevo con él sin tener que pensarlo.

—Sí, allí están.

Susana miró adonde John estaba señalando. Entre las montañas, pudo ver los autobuses anaranjados esperando uno al lado del otro en la pista de abajo. Evidentemente, los adolescentes vieron los autobuses también. Como caballos en el sendero de vuelta, la fila de chicos empezó a adquirir velocidad. Incluso los rezagados se adelantaban. Pronto, Susana y John estaban solos al final de la fila.

—¡Hola, mamá!

Katrina estaba sentada en una gran piedra al lado del sendero. Se bajó directamente delante de ellos.

—Señor Butler, su mujer lo necesita en el frente. Es algo respecto a dividir los chicos entre los autobuses, creo.

—Oh, gracias Katrina. Susana, le agradezco su compañía. Espero que se una a nosotros de nuevo en un viaje como éste muy pronto.

John la miró seriamente, y Susana sonrió de forma radiante y falsa.

—Espero con impaciencia que haya esa posibilidad.

Era una mentira, pero era lo más cortés que podía decir.

—Mamá —la reprendió Katrina cuando John se había ido— ¿crees realmente que debías pasar tanto tiempo con el señor Butler cuando el padre de Terry está allí mismo? ¿Qué pasa si el señor Stephens te ve?

Katrina se estaba mordiendo el labio y verdaderamente parecía preocupada. Susana se echó a reír.

—Hay muchos hombres en el mundo, Katrina. Si Daniel y yo tenemos algún porvenir juntos, es mejor que se acostumbre a verme hablando de vez en cuando con alguno de ellos. De otra forma, no sería nada bueno.

Pero Susana confiaba en que algo muy bueno estaba en el horizonte. El futuro de ella nunca había sido tan seguro, y Daniel era la parte más prometedora de todo.

Katrina estaba verdaderamente exasperada.

—Dios mío, vas a arruinarlo todo, mamá. ¿No podemos por lo menos tratar de adelantarnos y caminar con ellos?

Susana movió la cabeza.

—Tengo que llevar a los que se queden atrás en la fila. No puedo abandonar esta tarea simplemente porque me gustaría estar en otro lugar. No te preocupes, hablaremos con Daniel y Terry en el autobús. Quizás nos reserven un sitio.

—Me alegro de que lo resistieras.

La sonrisa de él la animó al pasarlo para llegar al asiento de la ventanilla. La caminata se había terminado; ella había sobrevivido. Susana se recostó en su asiento con un suspiro de alivio.

—No me habría perdido esto por nada del mundo.

—Sé lo que quieres decir —dijo Daniel—. Ha sido un viaje magnífico. Me encanta acampar con los chicos.

—Estaba hablando del viaje a casa.

Daniel se echó a reír.

—Vamos, Susana, tú sabes que disfrutaste mucho. Fue sin lugar a dudas la mejor excursión que he hecho en mi vida—. Bajó su voz—. Claro, nunca intenté compartir un saco de dormir antes. Esa es la diferencia.

Él movió las cejas pícaramente, y Susana estuvo entre sonreír y ruborizarse.

—Sh.... —lo reprendió ella—. Daniel, eres terrible.

—Espera hasta esta noche. Te mostraré lo maravilloso que puedo ser.

—¿Esta noche?

Susana no había pensado tan de antemano. Seguramente que eso era empujar demasiado las cosas; ella no quería que él llegara a cansarse ya de ella.

—No sé, Daniel...

—Recogeré la cena en el camino—. Al medio protestar Susana, Daniel movió la cabeza —. Eh, ahora tienes novio. Tienes que acostumbrarte a ello. Llevaré la cena y estaré allí a las seis.

Dándose por vencida, Susana sonrió y se reclinó en su asiento.

—Eso me parece magnífico.

Ahora tenía novio. Tardaría algún tiempo en acostumbrarse, pero con toda seguridad que parecía algo bueno.

CAPÍTULO XI

Encontraron un lugar para estacionar directamente enfrente de la escuela secundaria. Susana frunció el ceño: esta vez se habían estacionado cerca, cuando ella llevaba los jeans y los zapatos de tenis. Cuando dijo algo así entre dientes a Daniel, él asintió con la cabeza de forma ausente y le apretó la mano. A Susana no le importó; ella sabía que lo que estaba diciendo no tenía sentido.

Katrina y Terry estaban charlando en el asiento de atrás y habían estado como cotorras desde que los cuatro salieron de la casa de Daniel. Parecía que Susana y Katrina prácticamente vivían allí ahora; solían ir a casa cada noche para dormir, pero eso era todo. Las chicas se habían hecho inseparables.

—Mamá, no puedo creer que vamos a estar en la secundaria superior el próximo año.

—Yo tampoco.

—¿Qué es lo que no crees? —preguntó Daniel, deteniendo el motor del auto.

Susana le sonrió.

—Tu español está mejorando. Katrina dijo que no podía creer que estaría en la escuela secundaria superior el próximo año.

—Comprendí la parte referente al año —empezó a decir Terry desde el asiento de atrás.

—Qué bien, Terry —dijo Susana con aprobación—. Tu español está mejorando también.

—Debe estarlo —alardeó Katrina—. Le doy clase todos los días durante el almuerzo.

El cambio que había ocurrido en Katrina no era nada menos que milagroso, pensó Susana con una sonrisa al ponerle el seguro a la puerta del auto. Ahora, en lugar de rechazar su herencia, Katrina la había aceptado con entusiasmo, y había insistido en que Daniel y Terry hicieran lo mismo. De hecho, las chicas tenían los mismos vestidos para la fiesta de quinceañera que Katrina insistía en que compartieran. No era que a Susana le importara; les hacía ser más una familia. Además, Daniel y Terry parecían disfrutar de sus clases constantes de cultura mexicana. Katrina incluso comía lo que Susana cocinaba sin quejarse, por lo menos la mayor parte del tiempo. Por supuesto, Susana sabía que la conformidad de Katrina era probablemente sólo para llegar al campo de juego con Daniel más rápido, pero todo lo que diera buen resultado a ella le parecía bien.

—Los vemos a ustedes dentro.

Las chicas hacían eso mucho ahora, marchándose inesperadamente y dejando solos a Susana y Daniel. Antes solían quedarse al lado de sus padres, pero ahora Katrina y Terry se tenían una a la otra. Juntas enfrentaban cualquier cosa con valentía, incluso las diferencias sociales de los alumnos del octavo grado.

—Sólo prométeme una cosa, Susana.

Daniel puso la mano en el brazo de ella y la hizo detenerse a un paso de las puertas. Parecía serio.

—Seguro, Daniel, ¿qué?

—Que alguna vez decides hacer galletas, no serán galletas de mantequilla.

—Bueno —admitió Susana lentamente— eso no es exactamente la promesa que esperaba. ¿Supongo que tienes algún motivo para esa petición tan extraña?

—No te preocupes. Ya lo averiguarás —le aseguró Daniel.

Con una determinación inflexible, abrió de par en par las puertas de la escuela.

—Te toca a ti ahora, Daniel. Yo discutí con ellas la última vez —le recordó Susana suavemente.

Daniel frunció el ceño: de veras estaba empezando a odiar esto. Preparándose mentalmente para la lucha, sintiendo como si fuera a entrar en batalla, Daniel cruzó la sala de mala gana, yendo hacia la multitud creciente de chicas adolescentes.

—Vamos, Terry, tenemos que andar si es que vamos a visitar a tus profesores.

—Sólo un minuto, papá. Te prometo que estaremos ahí enseguida.

Él ya había oído eso antes.

—No, en serio, Terry, se está haciendo tarde. Vengan ya. Si salimos de aquí lo suficientemente temprano, podemos ir a cenar a algún sitio.

—Oh, no tenemos hambre —le aseguró Katrina—. ¿Por qué tú y mamá no comen algunas galletas?

Terry le echó una mirada a Katrina que indicó que la sugerencia de ésta era un error. Ella tenía razón, lo era.

—*Vamos* Terry, Katrina—. Daniel a su vez miró a cada una de las chicas fijamente, con una mirada que pretendía intimidarlas. O eso esperaba él—. Ahora mismo.

Refunfuñando, las chicas rápidamente dijeron adiós entre dientes a sus amigas. Daniel y Susana las condujeron a las dos de prisa fuera de la cafetería como si estuvieran haciendo una redada, apartando a las chicas de cualquier posible distracción en el camino. Las chicas refunfuñaron durante todo el camino hasta salir por la puerta de la cafetería, pero Daniel y Susana no les hicieron caso y finalmente consiguieron llegar al pasillo. Daniel suspiró con alivio. Su estómago ya hacía ruidos, y en lo único que podía pensar era en dónde detenerse para cenar. Un bistec le parecía muy buena idea. Apostaría a que con unas pocas palabras podía hacer cambiar de idea a Terry y Katrina respecto a que ellas no tuvieran hambre.

Ahora empezó el proceso de visitar a los profesores de las chicas, mientras trataban de evitar a las amigas en los pasillos. Al ir juntos de profesor a profesor, empezó a elaborarse un patrón definitivo. Daniel estaba sonriendo abiertamente al llegar al segundo profesor, pero Susana no se dio cuenta hasta llegar al tercero.

Susana y Daniel entraban y esperaban en la cola con sus hijas con los otros padres que estaban allí. El maestro veía a Terry y sonreía alegremente mientras la alababa; no era extraño que a Terry le gustaran tanto las "casas abiertas". Daniel escuchaba con una sonrisa orgullosa de padre cariñoso. Luego era el turno de Katrina, y el entusiasmo del maestro disminuía visiblemente. Pero, verdaderamente, todos los maestros dijeron que estaban contentos de ver lo mucho que Katrina había mejorado durante el año, y Susana estaba contenta con eso. Katrina iba a conseguir lo que se merecía ahora. Se estaba portando bien.

Fue de camino cuando iban a visitar el auditórium cuando pasaron por una puerta que tenía un letrero que decía "Sala 10, Señor Curtis". Susana se detuvo.

—¿El señor Curtis? ¿No es tu profesor de la sala de estudios?

Al asentir con la cabeza Katrina de forma menos que entusiasta, Susana se dirigió a Daniel.

—He querido conocerlo durante todo el año, pero siempre surgía algo y Katrina terminaba alejándome de él.

—Oh, vamos, mamá, volveremos a la sala de él más tarde —se quejó Katrina.

—Sí —dijo Terry apoyándola— quiero llegar a la sala de la señora Irving antes de que se le terminen los caramelos.

—No.

Susana resistió con todo su peso el intento de Katrina de llevársela.

—Si este hombre es el que tiene que mantenerlas a ustedes a raya todo el año, por lo menos se merece mi agradecimiento.

—Está bien, entonces mi papá y yo las veremos más tarde en la cafetería. Nos vemos allí.

Terry agarró la mano de Daniel y se fue, al menos hasta que hizo que Daniel estirara el brazo todo lo que era de largo.

—Espera, Terry. Vamos a entrar ahí. De hecho, de alguna manera he dejado de conocer a este hombre durante todo el año también. No sabía que era tu profesor de la sala de estudios.

Daniel levantó la mirada inquisitiva dirigida a su hija para encontrarse con la mirada de Susana. Susana podía ver que tenía el mismo pensamiento que ella. Las chicas estaban tramando algo.

El aula parecía como cualquiera de las otras: filas rectas de pupitres, tareas de clase puestas en las paredes, un profesor joven y sonriente en la parte delantera, recibiendo a los padres y a los chicos según se iban acercando.

—Ahí está mi pupitre, papá. Terry guió con entusiasmo a Daniel por el aula y Susana siguió a Katrina hasta llegar a un pupitre cerca de la parte delantera.

—Ves, mamá, ahí está el proyecto de familia que hice el fin de semana pasado —dijo Katrina, señalando a una pared llena de trabajos—. Y además está el informe que Terry y yo tuvimos que hacer sobre el reciclaje. Sacamos una "A" —añadió ella con orgullo.

Katrina estaba tranquila al pasar por su pupitre, y Susana podía ver a Terry llevando a Daniel alrededor del aula igualmente contenta. Fuera lo que fuera por lo cual habían estado nerviosas, evidentemente era algo olvidado ya.

—Está bien, mamá. Eso es todo. Vámonos.

Susana se echó a reír.

—Pero, hija, no he tenido la oportunidad aún de conocer al señor Curtis.

—Oh, está demasiado ocupado en este momento, mamá. Fíjate en la cola. Podríamos estar aquí muchísimo tiempo. Quizás podemos detenernos más tarde para conocerlo.

—Ten paciencia, Katrina. No voy a pasarme todo el año sin la oportunidad de presentarme. Vamos.

Susana se dirigió a través del pequeño grupo de padres que esperaban, sosteniendo fuertemente a su hija por el brazo para impedir que se fuera. Desde el otro lado del aula, Daniel le sonrió, luego le dio un codazo a Terry y señaló. Con el brazo alrededor de los hombros de Terry, Daniel condujo a su hija a donde Susana y Katrina esperaban en la cola. El rostro de Terry estaba pálido. Su sonrisa forzada desapareció en cuanto su padre miró para otro lado.

Susana se había fijado en el nerviosismo de Katrina también. Obviamente, Katrina tenía un problema por algo con este profesor. Susana casi odiaba averiguar lo que era.

—Oh, oh, que bien. Dos de mis chicas favoritas.

La sonrisa del profesor parecía auténtica y acogedora cuando los cuatro finalmente llegaron a la parte delantera de la cola.

—Soy David Curtis —dijo él, extendiéndole la mano a Susana y luego a Daniel—. Es un placer conocerlos a ustedes dos.

—Y a usted —dijo Susana—. Sólo lamento que no lo vimos en la "casa abierta" pasada.

—Me alegro de que pudieran venir esta vez. Terry y Katrina han trabajado muy bien este año.

"¿Y Katrina?" Susana deseaba pedirle que repitiera eso, pero pensó que sería demasiado obvio.

—Por supuesto, tuve que separarlas y ponerlas en los extremos opuestos del aula —continuó diciendo el señor Curtis cariñosamente—. Empezaban a hablar y parecía que no iban a detenerse nunca. Pero mientras las tenga en donde no puedan charlar en clase, trabajan bien. Además sus proyectos han sido muy por encima del promedio. Ésta ha sido una pareja de compañeras de estudio que ha dado muy buen resultado.

Sonrió dichoso a las chicas.

—Sí —dijo Susana—, verdaderamente lo ha sido—. Detrás del hombro del profesor, los ojos de Daniel se encontraron con los de Susana. La mirada que le echó fue tan ardiente que prácticamente la quemaba. Susana bajó los ojos y aclaró su garganta, dirigiendo de nuevo sus pensamientos a donde deberían estar.

—En realidad —le dijo al maestro— me sorprendió un poco cuando usted puso a Katrina como compañera de estudios de Terry—. Ella se echó a reír recordándolo—. Usted de veras estaba corriendo un riesgo, puesto que ellas se odiaban tanto.

Debajo de su mano, Susana podía sentir como los hombros de Katrina se tensaban. El profesor parecía desconcertado.

—Oh, nunca hubiera pensado en escoger los compañeros de estudios para los chicos. Es una decisión que siempre trato de dejarles a ellos. Sólo intercedo cuando uno de mis alumnos sencillamente no puede encontrar a nadie. Con estas dos, no había problema. Sus hijas se eligieron ellas, desde el mismísimo comienzo. Estoy seguro que nunca se odiaron. Eran las mejores amigas desde el primer día de clase.

—¿Eligieron ellas sus propias compañeras de estudio?

Susana repitió despacio.

Vio en el rostro de Daniel cómo él caía igualmente en la cuenta. Terry parecía arrepentida, pero Katrina estaba sonriendo. Fue la sonrisa la que le llamó la atención a Susana. Todo había sido una actuación. Le habían tendido una trampa.

Dándose cuenta de todo en un momento, Susana vio los constantes encuentros fortuitos, y las llamadas telefónicas "por casualidad" de una manera nueva. Incluso la visita a la oficina del director evidentemente la habían orquestado. Katrina nunca había odiado a Terry. Y nunca había deseado verdaderamente otra compañera de estudios. Todo había sido un juego. El enojo luchaba con la vergüenza al darse cuenta Susana de que su hija de trece años la había engañado.

—Señor Curtis, ha sido un placer conocerlo. Desgraciadamente, Katrina y yo tenemos que irnos a casa.

—Ha sido un placer también conocerla a usted, señora Díaz. Y a usted, señor Stephens. Tienen ustedes suerte de tener unas hijas tan maravillosas.

Susana sonrió hasta que se volvió, y de alguna forma consiguió contener su enojo durante todo el camino hasta la puerta. En el pasillo, se le ocurrió pensar que siempre estaba enojada cuando salía de la "casa abierta" de Katrina.

—¿Mamá?

—Ni siquiera me hables, Katrina. No quiero oír ni una palabra más de ti—. Luego Susana se contradijo inmediatamente—. Tienes muchísimo que explicar, jovencita.

—¿Susana?

La voz de él llegó suavemente de detrás de ella. Daniel. Susana estaba tan avergonzada. A Daniel lo habían engañado para que saliera con ella. Todas esas veces que ella lo había encontrado por casualidad— en la tienda, en la "casa abierta", y en el viaje al campamento— no había sido por accidente. Él quizás incluso creía que *ella* había formado parte del engaño.

Daniel las alcanzó, agarrando a Terry fuertemente por el brazo. Los ojos de Terry estaban abatidos, y Susana pensó que la chica parecía que iba a llorar. Era sin duda una actitud mucho mejor que la que había adoptado su propia hija. Katrina ya no estaba sonriendo. En lugar de ello, parecía rebelde.

—Ustedes las chicas vayan al auto. Hablaremos de esto luego.

No se podía discutir ante un tono así, y ambas chicas se dieron prisa a obedecer la orden de Daniel. Al cerrarse las puertas del auto de un golpe y sentirse rodeados por el silencio de la noche, Susana se volvió hacia Daniel, esperando hacerle comprender que la habían engañado tanto como a él.

—Lo siento, Daniel.

—Por favor, no te disculpes.

Ella movió la cabeza.

—Tú sabes tan bien como yo que todo fue probablemente idea de Katrina. No puedo creer que pudiera hacer una cosa así. Todo este tiempo.... nos manipularon... incluso el viaje al campamento. Estoy tan avergonzada. No sé que decir.

—Creo que me gusta que me manipulen.

—Pero Daniel...

—Sabes, pienso en ese viaje al campamento muchísimo —continuó él, no haciendo caso de las protestas de ella—. De veras que me gustó ese viaje al campamento.

La voz de Daniel era afectuosa al recordarlo, y Susana se ruborizó en la oscuridad. Daniel se inclinó hacia adelante y besó la mejilla de ella, con sus brazos fuertes atrayéndola contra su pecho. Como siempre, Susana se sintió segura y cómoda, y contenta simplemente de tocarlo, agarrarlo. Ella empezó a tranquilizarse.

—Vas a tener que perdonarlas, Susana. Terry y Katrina me dieron el obsequio más magnífico de mi vida, y no puedo enojarme con ellas por eso. Si no hubiera sido porque nos llamaron a la oficina del director, quizás nunca te hubiera conocido. Después de todo —añadió él—, ¿con qué frecuencia puede uno chocar con una mujer linda en el tráfico?

Contra el pecho de él, el quejido de Susana se convirtió en una risotada.

—Yo nunca choqué contigo. Además, si lo hubiera hecho habría sido todo culpa tuya.

Ella no se echó hacia atrás para mirarlo cuando contestaba. Le gustaba discutir contra el pecho de él.

—Uf...¿eso crees?

Susana sintió que las manos de él se enredaban en el cabello de ella, y tiraban de su rostro hacia atrás para que lo mirara.

—Creo que ustedes dos deben pasar la noche en mi casa hoy, y terminaremos esta discusión de la única manera justa.

—¿De qué manera es ésa? —preguntó Susana cautelosamente, ya advertida por el tono práctico de él.

—Con una lucha cuerpo a cuerpo, evidentemente.

Esta vez la risa salió de ella.

—¿Una lucha? Dios mío, Daniel, ¿crees que tú ganarías?

Él posó sus suaves pero calientes labios sobre los de ella, marcando a Susana con su boca hasta que ella se olvidó de la conversación, y se olvidó de las hijas, y puso sus brazos bien apretados alrededor del cuello de Daniel, resuelta a no soltarlo nunca. Cuando él se retiró, sus palabras cálidas se quedaron en el oído de Susana, estremeciendo todo su cuerpo.

—Creo que los dos ganaremos, mi Susana. Ves, hay un lugar en las escaleras que deseo probar.

Susana no esperó a oír nada más. Tomando la mano de él, empezó a llevar a Daniel hacia el automóvil, la risa suave de él flotando tras ella en la brisa de la noche.

FIN

LOVE LESSONS

Diana Garcia

Diana Garcia's short stories have been published in an anthology. She lives with her husband and three children in Tucson, Arizona. LOVE LESSONS is her first novel.

One

"¡Dios mio!" Susanna mumbled under her breath. She was already running late, and the stoplights weren't helping. The heat of the Indian summer afternoon shimmered on the blacktop and burned her arm where it pressed against the window. *"¡Dios mio!"* she repeated. *"¡Katrina, me vuelves loca!"*

Her headstrong teenage daughter *was* making her crazy.

Susanna was trying hard to raise Katrina to be a responsible, decent girl, but in the last year she and her daughter had become like strangers. And now this! A letter from the principal.

"Dear Mrs. Diaz," the letter began. Susanna knew right then that the letter meant trouble. The school certainly didn't send personalized letters to invite each parent to the PTA meetings. *"I have recently learned of a problem concerning your daughter, Katrina, of which I feel you should be made aware. If it is convenient, I would like to meet with you this Thursday, September twenty-fourth at four o'clock P.M."* The letter was signed, *"Thomas Wattrell, Principal."*

It wasn't convenient at all. On a Thursday at four

P.M., Susanna should be at work—not pushing stoplights to keep an appointment with Katrina's junior high school principal.

How dared Katrina embarrass her this way? Susanna had managed to make it through school just fine, as had all her brothers and sisters, although her family was as poor as church mice. In comparison, Katrina had everything.

In front of her, the driver of a white pickup truck slammed on his brakes. Instantly, Susanna did the same. The squeal of her tires was deafening as Susanna helplessly watched the back of the pickup sliding closer. All of her muscles were braced for the impact. Her Nissan Stanza screeched to a halt mere inches from the truck's bumper, the word "Chevrolet" filling her windshield.

"Where did you learn how to drive?" Susanna yelled out the window. Just what she needed this afternoon, an idiot in a big truck. Obliviously, the man was trying to merge into the adjoining lane, clearly not caring that he had forced the traffic behind him to a standstill. Susanna hit the palm of her hand hard against the horn, and at least had the satisfaction of watching the man jump. Then he raised his hands in a questioning gesture as he turned to look at her.

With only the distance of the truck bed between them, Susanna had a long second to notice the blue eyes and the perfectly chiseled features before she recognized the word he was mouthing: "Crazy."

He turned away and she hit the horn again. This time, there was no doubting the gesture she received. Making small circles around the left ear meant "crazy" in any language. His opening came, and the truck pulled away with a roar of its huge engine. It was then that Susanna saw the blue van which had backed out of a parking space—and directly into the oncoming traffic. It was a miracle that there hadn't been an accident. She shouldn't have honked, Susanna thought with a sigh. It took her an entire stoplight to get around the van herself.

Susanna pulled into the school parking lot and took a deep breath, trying to push her mind back to the problem at hand—her willful daughter. Katrina was, once again, calling all the shots in their relationship, and Susanna was being forced out of her routine to accommodate her. Getting out of the car, Susanna straightened her slim skirt and grabbed her small shoulder bag before locking the door. She tried hard to be neat and organized and in control at all times. Where Katrina was concerned, she nearly always lost at all three.

A large picture window framed the waiting room of the principal's office and Susanna frowned as she glanced inside. Surely the girl in the corner was not her beautiful daughter? Where were the clothes Susanna spent most of her paycheck on? Her daughter's grungy jeans were disgraceful and were certainly not what Katrina had been wearing that morning when Susanna left the house. The knowledge that her daughter had probably been dressing like this every day only fueled Susanna's temper, and she yanked open the office door so hard that the bells clanged wildly.

"*¿Que mas mi hija? ¿Ya quién me llama, la policía?*"

Katrina stood straighter, but she gave Susanna that awful look she seemed to have gained with her thirteenth birthday. "Speak English, Mother. It's just a stupid misunderstanding. Nothing to make a big deal out of."

"*¿Nada?*"

"Yes, nothing. And would you please speak English and stop embarrassing me? We aren't alone, you know." Katrina dramatically pointed to a blonde girl seated by the window.

Susanna didn't care if they had an audience or not. "*¿Porqué estas aqui?*" At Katrina's look, Susanna gave up and switched to English. "Why are you in trouble, Katrina? Maybe you should tell me before I go in there."

"I'm supposed to work with her!"

Susanna glanced at the other teenager. The girl smiled shyly and looked away.

The office door slammed open again, and a tall man entered, framed in the afternoon sunlight. "*¡Mala suerte!*" Susanna said under her breath. There was no mistaking a man who looked like that. He was the man from the white truck. The one she shouldn't have honked at.

He slid into a seat beside the blonde girl. "Hi, honey. Sorry I'm late. I got tied up at work. Did I miss anything?"

"Not yet," she told him.

"Good," he said. He glanced up, his eyes as intensely blue as they had seemed through the back window of his truck. Susanna could almost see them harden as he recognized her.

"Well, if it isn't the hothead in the red Nissan."

Susanna knew she owed him an apology, but the stinging sarcasm stopped her. Both teenagers looked up.

"Dad, this is Mrs. Diaz," his daughter said in a loud whisper, obviously sure he was making a mistake.

Her father gave a short laugh and stood up. "Don't tell me. You're the mother of the infamous Katrina? I guess now I know why she's so much trouble."

Any thought of apologies flew out of Susanna's mind. "I see your daughter here too," she said sharply. "I guess it's not just Katrina who's in trouble."

He didn't snap back an answer as she had. His jaw tightened and the blue of his eyes deepened to a dark storm. "Terry would be happy to work with Katrina on their projects, but she had to arrange this meeting in order to do it," he said very slowly, "because your daughter seems to have a real attitude problem. I wonder where she gets it."

"Mrs. Diaz?" A young secretary came out of the inner office, and Susanna bit back her hot reply and struggled to rein in her temper. Already the girls were staring. Susanna would not be part of a scene in front of the secretary too.

"Yes, I'm Mrs. Diaz."

The secretary pushed her long curls back over her shoulder. "Mr. Wattrell will see you, now." Then the woman's smile and her voice deepened as she looked past Susanna at the blonde man. "And you as well, Mr. Stephens."

Together? They had to go in together? Susanna worked hard at presenting a composed surface to the world—it was one of her strengths. But surely this was pushing the limit. She pressed her lips together to trap the angry words that threatened to spill out and managed to reach the office door without comment. But he was there at the same time and automatically held the door open for her. It was all Susanna could do to calmly walk through.

She wanted to slam it in his face.

The principal was on the phone, but he looked up and smiled briefly as she entered. Susanna found a seat in the corner and sat down stiffly as Mr. Stephens followed her in. Just plain bad luck. She would be thankful when the meeting was over and she never had to see the man again.

The principal hung up the phone and stood up. "Daniel, good to see you. How's the arm?"

"Fine, Tom, fine. Are you playing tonight?"

They knew each other? Katrina and his daughter were having some kind of problem, and Daniel Stephens was friends with the principal. How cozy. Whatever the truth, Katrina didn't stand a chance.

"Wouldn't miss it," the principal replied. He turned politely to Susanna, but she was already warned. "Good afternoon, Mrs. Diaz. Daniel, have you met Mrs. Diaz?"

"Only briefly," he said. His attitude said that briefly was more than enough. Susanna sat up straighter, wishing she could kill with a glance. The principal was oblivious.

"Well then, Mrs. Diaz, may I present Daniel Stephens. Daniel plays on my softball team and usually makes me wish I had quit years ago."

The principal smiled.

Daniel smiled.

Susanna did not.

She'd spent about as much time as she could stand in small talk. Susanna certainly hadn't taken the hours off work to talk about baseball, and she was not interested in anything Daniel Stephens did. "Excuse me, Mr. Wattrell, but did you call me in here for a problem with my daughter?"

The principal seated himself comfortably on the corner of his desk. "Yes," he said. "Actually, Mrs. Diaz, it's quite simple. Katrina has been assigned Daniel's daughter, Terry, as a study partner. That means the grades of each girl are dependent on the other."

Susanna nodded in acknowledgment. She had seen the announcement outlining the eighth grade's "study partner" program.

"But according to Terry," Mr. Wattrell continued, "Katrina flatly refuses to cooperate. And truthfully, Mrs. Diaz, I believe Katrina to be at fault. Terry seems more than willing to forget whatever misunderstanding the girls may have had."

Of course he would say that, Susanna thought sarcastically—Terry's father was his baseball buddy. She shook the thought away, trying to stick with the facts.

"Katrina and Terry have to work together at school?" That didn't sound so bad. "For how long?"

"Our study partners remain together the whole year," Mr. Wattrell replied. "And we recommend they spend at least two hours a week, outside of school, to go over assignments."

Two hours a week? The whole year?

"I believe that if you, as the parents, lay the groundwork, the girls will fall in line. Maybe you could get them together this weekend? What do you think, Daniel?"

"I guess so," Daniel said. He was obviously about as thrilled with the idea as Susanna was. Clearing his throat, he turned his hard gaze on her. "Saturday afternoon I could drop Terry off for a couple hours and *you* can make them study, or you could bring Katrina over to my house and *I'll* be the taskmaster. As long as they get the work done, I don't care which you pick."

Susanna was speechless; this was unbelievable. Surely she had enough to do without adding this to her life. What she really wanted to do was agree with Katrina, for a change, and insist that they pick a different study partner for her daughter—one with a different parent. Susanna would rather have worked with any other parent in the world and seriously considered saying so. Then she shook it off. She was always telling Katrina that you couldn't quit your job just because you didn't like your boss. If the girls needed to work together, so be it. If these people could act like grown-ups, then, by heavens, she and Katrina could too.

"I would very much enjoy having Terry over Saturday afternoon, Mr. Stephens," Susanna lied. "Perhaps *Mrs.* Stephens and I can come to some arrangement."

"Well, that would be tough to do. There is no Mrs. Stephens, so I guess you'll just have to deal with me."

Great, Susanna thought. That was just what she needed to hear. "I'm sure we'll work something out. And Terry is welcome to spend Saturday afternoon with us." Susanna pointedly did not say that *he* was welcome as well.

She almost made it out of the parking lot before he caught up with her.

"Mrs. Diaz!"

Susanna braked and glanced in the rearview mirror. Daniel Stephens. She grimaced as she rolled down her window—what did he want now?

"Yes, may I help you?"

"I need to get your address and phone number so we can set up a time to drop Terry off Saturday."

How could she have forgotten something like that? Probably because she had grabbed her daughter and left as soon as the meeting was over, Susanna thought wryly. So much for retaining her composure.

"I'm terribly sorry, Mr. Stephens," she said. She certainly didn't want to draw this thing out any more than necessary. And honestly, he'd been almost decent during the rest of the meeting. She could try to be decent too. Pulling a blank page from one of Katrina's notebooks, Susanna quickly wrote down their phone number and address. It was unlike her to forget a detail, Susanna thought as she handed the paper out the open window. The truth was, Daniel Stephens rattled her.

"No problem. And call me Daniel." A small smile touched his lips. "I guess we kind of got off on the wrong foot today," he said, "but maybe we could start over. I'll have Terry give Katrina a call Friday night to set the time, and we'll see you on Saturday."

Susanna nodded and quickly pressed the button to roll up the window. She ignored the strange look Katrina gave her from the passenger seat as they pulled out, and shook away the picture of the setting sun as it crowned Daniel Stephens's head. He was *very* handsome in an Anglo, blond, blue-eyed way—if you liked that sort of thing. But Susanna wasn't fooled. As her grandmother used to say, *"Te conozco bacalao aunque vengas disfrazado."* She knew his type—brash and cocky, and certain that he was the first item on any woman's Christmas list. She would make very sure that only their daughters would be spending time together.

Driving home, Susanna glanced over at her sullen daughter in the passenger seat and turned down the radio. Katrina hadn't said a word since Susanna pulled her out of Mr. Wattrell's office. In fact, silence had become one of Katrina's most effective weapons. Susanna shook her head. Sometimes she wondered how she would ever make it through these dreadful teenage years.

In the six months since they had moved to Colorado from their home in Phoenix, Katrina had been trying to find her niche. Susanna knew that it wasn't easy to seemingly be the only Mexican-American in a town full of light-skinned, blond-haired citizens, but the town's lack of ethnic diversity wasn't something Susanna noticed on her pre-moving visits. Besides, Susanna took strength from her heritage—she treasured it. Katrina pretended it didn't exist and refused to speak Spanish, even at home. Susanna was trying to make the plans for Katrina's *Quinceañera,* and was hitting a brick wall there too. Her entire family was planning to drive up from Arizona for the celebration, and so far her daughter wouldn't even try on the dress. But since Katrina hadn't said outright that she wouldn't go through with it, Susanna hadn't pushed. Like everything else with her teenaged daughter, Susanna was walking on eggs. It was the only way to maintain peace in their house.

"I was glad to see that you weren't in any big trouble today, Katrina." Susanna waited, but there was no response. "You know, like setting the school on fire or holding a teacher hostage. I was worried there for a second."

Katrina didn't smile.

"I didn't think Terry seemed all that bad," Susanna offered carefully. "Maybe the two of you will get along once you get to know each other." Susanna prayed that would be true. Somehow she had to get Katrina to accept Terry's presence before Saturday afternoon. As much as Susanna herself was dreading it, it would only make matters worse to have the girls actively hating each other.

"I doubt it." Katrina's gaze never wavered from her view out the window.

"What is it you don't like about her, anyway?" Susanna was attempting to keep it light. Trying to force Katrina to do anything was like getting into a tugging match with a bulldog; her daughter simply didn't give in.

"Everything! I hate everything about her."

For the first time that afternoon, Susanna smiled. "Could you narrow it down a little?"

"She's disgusting. She's so pale and blond and thin and perfect, and she always gets the best grades in our classes! It's completely sickening."

"Oh." Well, at least it made some sense, Susanna thought. And fell in well with the rest of the things Katrina had learned to hate this year. Jealousy was a powerful emotion. "Well, maybe her life isn't as perfect as you think it is, Katrina—you never know."

It was one of those things you say when you have no idea what to say. Susanna didn't really expect an answer.

"She doesn't have a mom," Katrina mumbled after a moment.

"Who? Terry?"

"Her mom died a long time ago. It's just her dad and her at home."

Susanna waited a long time for Katrina to continue but finally gave in and picked up the conversation herself.

"So I guess Terry has only her dad to lean on. It can be pretty rough to have only one parent around . . . but I guess you know that."

Katrina's father had left when Susanna insisted on keeping the job that was putting food on the table. He refused to allow his wife to work, no matter the circumstances, and Susanna refused to starve. There was really no point trying to get support from him—like blood from a rock, as the saying goes—so after the divorce, he drifted away and eventually returned to Mexico. Katrina didn't even remember him.

"A lot of kids grow up in one-parent families these days," Susanna continued. "It can make them react in strange ways. Like changing clothes each day after their mother leaves," she said pointedly. "Or studying all the time and getting the best grades in the class."

"I guess." Katrina still stared out the window. Then she was silent again, and Susanna let the subject drop. She'd offered Katrina enough to chew on for the time being. Susanna decided to wait a while before bringing up the subject of Katrina's study partner, the "perfect" Terry Stephens, again.

Daniel stayed late at the school that evening, talking to Tom. By the time he and Terry left for home, it was dinnertime and only an hour until the softball game. Daniel looked at his watch and shook his head; they were going to be late again.

"So, which fast-food place do you think we should hit tonight?"

Terry grimaced, her freckled nose wrinkling. "Let's go home and *I'll* cook. I can at least make French toast."

"It's late, Terry. How about fried chicken? We haven't eaten that in a while."

"Okay," Terry sighed. "I've still got homework to do anyway."

Daniel ran his hand lovingly over Terry's soft blond hair. What a sweetheart he'd ended up with. Thank heavens.

"So what did you and that girl fight about anyway?"

"I don't know, Dad. She just doesn't like me." Terry sighed and slumped in her seat. Daniel sighed too. His daughter never made friends easily.

Daniel could clearly remember being in the eighth grade and feeling as though he never really fit in. As an adult, he had come to realize that everyone felt that way. Daniel tried to communicate this fact to his daughter, but Terry was not ready to understand. Although comfortable with adults, Terry was awkward around her peers, a fact that never failed to upset her.

Daniel let the subject pass.

"So you want to cover right field tonight, honey? John Callim won't be there, and we need an extra glove."

Terry shrugged and then finally smiled a little. She loved to play in the practices. Daniel saw the smile and smiled as well. Then he turned his attention back to the road.

Work had been hell today. The editor had rejected three of his photographs, and Daniel was barely able to hold himself in check long enough to leave the man's office. Then he belatedly remembered the appointment at Terry's school and raced to make it on time. Terry had never before been called to the principal's office. Daniel was relieved to hear that the disagreement was not *his* daughter's fault. He could see why Terry had been having a hard time—that Katrina looked to be a handful. And so did her mother. Daniel grinned.

He had been thinking of Susanna Diaz all afternoon, ever since he'd seen her again in the parking lot. With her jacket off, the huge sunglasses perched on her head, and the flustered look in her eyes, Susanna Diaz had seemed a lot more appealing than she had in Tom Wattrell's office. Not that Daniel hadn't noticed Susanna right off when he entered the school office. She had just made him so blamed mad that it took him a while to see what was right in front of him. Suddenly, the whole study-partner thing didn't seem so bad after all.

The streetlights were coming on, and the pale illumination spilled over Terry's fair hair as she stared out the window at the blur of darkening streets. The soft sounds of the radio and the traffic provided background noise, and Daniel drove the familiar route while glancing at his watch and shaking his head. He was definitely going to be late.

They were almost home when Terry spoke again.

"You know my study partner, Katrina? Well, her mom isn't married or anything. Not anymore, I mean."

Daniel glanced sideways at his daughter, wondering if she had known what he was thinking. "So?"

Terry shrugged, her face still turned away. "No reason. I just thought it was interesting, that's all."

Daniel didn't answer. Although it was definitely interesting, asking Susanna Diaz out would be like lighting a firestorm beneath his daughter and hers. But he had the rest of the school year to work it out. In six months, anything could happen.

On Friday, Susanna pulled into her garage, thankful that the weekend had finally arrived. Not that the days would be any less hectic. There were so many things that needed doing around the house, that Susanna already knew Saturday and Sunday wouldn't be long enough. But at least she could sleep in until seven or so the next couple days, and that was a treat in itself.

One thing Susanna had learned about being a single parent was that there weren't enough hours in the day to do everything that needed to get done. Just trying to get dinner on the table and homework done, showers taken and lunches packed usually filled the evenings, plus laundry, kitchen and household chores. Then, on the weekends, add all of the other never-ending jobs that came with being a homeowner. This weekend, she planned to sand the eaves of her house to get them ready for painting.

It would take hours, and it promised to be hot, boring work. Susanna wasn't looking forward to it, but it had to be done.

She managed to hold on to all three bags of groceries while unlocking the door, and had just deposited them on the countertop when the telephone rang.

"Hello?"

"Mrs. Diaz? Is Katrina there, please?"

"Give me a minute to find her. May I tell her who's calling?"

"This is Terry Stephens."

Now Susanna remembered. Daniel Stephens. One more thing to not look forward to this weekend. "Just a minute, Terry. I'll see where she is."

It didn't take Susanna long. The minute she walked into the hallway, she could hear the music blasting from her daughter's room.

"*¿Katrina? ¡Qué ruida! ¡Tranquilo por favor!*" Susanna pounded loudly on the door and waited until her daughter turned down the music. "*Tienes una llamada por teléfono,*" she told her.

"Where did you answer it?" Katrina was baiting her, purposely speaking English. Susanna ignored her for a change; she was too tired to fight.

"*En la cocina.*" If Susanna spoke Spanish, Katrina usually pretended not to understand, but this time she headed straight for the telephone in the kitchen. It seemed that for a chance to talk on the phone, Katrina was willing to forego the opportunity to argue. Susanna smiled and congratulated herself as she opened the door to her own bedroom. It was only a little skirmish in the ongoing battle with her teenager, but she'd won for a change—without having to yell *or* speak English. Maybe this study-partner thing was going to work out all right after all. Maybe, if Katrina had other things to keep her busy, she wouldn't spend so much time trying to drive her mother crazy.

Two

"It's going to take you forever to do it that way."

Susanna looked down from her precarious perch to find Terry Stephens and her father watching from the bottom of the ladder. Numbly, Susanna stretched her fingers and let the wooden block covered with sandpaper fall to the ground. She pulled off one huge work glove, glanced at her watch, and sighed. Four o'clock already.

Despite her sore muscles and the long hours she had spent on the project, she wasn't even finished sanding the back of the house. And Susanna had thought she would finish this project in one weekend.

"You know, they have an electric sander that would get the job done a lot faster."

"They may have one, but *I* do not, Mr. Stephens."

"Daniel," he corrected, holding the ladder while she climbed down. "I could loan you mine."

Susanna never borrowed anything, and she certainly wasn't going to start now. "Thank you, but no. It's only a few weekends of work. I'll get it done eventually."

He folded the ladder for her. "The whole job could be done in a morning, and you could sleep in the next two weekends instead."

His voice was light and teasing. He even looked different today—younger, more relaxed, his T-shirt and jeans almost as worn as his daughter's. And he was being so friendly that it immediately made her wary. Where was his hostility? Susanna had meant to be inside when he came, to send Katrina to greet him, to avoid seeing him altogether. She still felt more than a little hostile herself.

But how she felt about Daniel Stephens wasn't really the issue. Susanna made a point of not borrowing—if she couldn't afford it, she simply didn't need it. And she'd already paid for the sandpaper. She wasn't going to change her mind. "No, thank you, Mr. Stephens. I never borrow anything—it's a personal policy."

He shrugged. "At least call me Daniel. You don't even have to tell me your first name, but call me Daniel." Turning to Terry, he ruffled her hair. "Well, princess, be good and study hard. See you at six."

By the time everything was put away, Terry had been inside alone with Katrina for over an hour. Susanna doubted that the girls were studying, but just the fact that Terry hadn't emerged, either crying or angry, was a good sign.

Susanna was glad to be finished for the day. She sank down at the table and laid her head in the cradle of her arms. All she wanted out of life right now was a hot bath and a soft bed. In fact, even the table felt pretty comfortable, and if she just sat there for a few more minutes, she would probably fall fast asleep. The kitchen was so cool and dark and silent. Silent? Susanna snapped wide awake. It *was* awfully, awfully quiet in her house. Even with only Katrina rattling around, it was never this quiet; there was always the sound of the television blaring or music blasting from her room. Where were Katrina and Terry? Susanna pushed herself to her feet and headed down the hall.

It wasn't until she was outside Katrina's door that Susanna could finally hear the low murmur of the girls' voices coming from Katrina's bedroom. No loud music, no screaming fits, no one sulking in the living room. It was really good, very good, but it was amazingly unexpected.

Susanna listened for a minute and recognized Katrina's voice. Something, something, something, then: "It would be the greatest thing ever."

Terry's reply was too soft to hear.

"I think we should go ahead and do it. Don't chicken out now." That was clear and that was Katrina.

Susanna's heart raced. Was her daughter dragging Terry into trouble?

No, Susanna decided after a long moment of consideration. Katrina was not really a bad girl. And small pieces of conversations were often misleading. And she shouldn't be eavesdropping in the first place. At least the girls seemed to be getting along. A good mother would be pleased that Katrina was spending time in quiet conversation. But Susanna's real reassurance came from the fact that the girls had hated each other only the day before. It was surely too soon for them to get into trouble together.

After changing clothes, Susanna couldn't help but slow her steps as she passed Katrina's door a second time. She was relieved to hear that the conversation had moved on to rock music. It was still a long way from homework, but it was certainly more than she had expected this first day.

Susanna was almost finished making dinner when the girls finally emerged from Katrina's room.

"Yum, what are you cooking? It smells heavenly." Terry pushed her straight blond hair behind her shoulders and looked in the oven.

"Enchiladas," Katrina mumbled disgustedly, looking over Terry's shoulder. "Can't we just have hamburgers?"

Susanna frowned at her daughter. "Come on, Katrina, don't give me trouble about eating every single night. You just might find yourself cooking your own dinner if you don't watch out."

"I'd cook hamburgers."

Susanna sighed. "You'd get awfully tired of eating hamburgers all the time, Katrina."

Surprisingly, Terry agreed with her. "You are so lucky to have someone to cook for you. I'm so tired of hamburgers I could scream." Terry looked again through the oven door at the cheese bubbling in the casserole dish. "That looks really good," she sighed.

Susanna took pity on her. "Maybe next time you could stay for dinner. We'll steam some tamales and eat early."

"That would be great, Mrs. Diaz," Terry agreed enthusiastically. "And when Katrina comes over to my house, I can promise we'll go out and have hamburgers. That's exactly what Dad always picks."

At the mention of Terry's father, Susanna glanced at the clock. "Hey, get your stuff together, Terry. You and Katrina can wait outside for your dad." And Susanna could stay away from that smile.

"Mom, are you going to paint tomorrow?" Katrina asked as the girls opened the back door.

"I'm afraid not," Susanna sighed. "I've got to get the sanding done first."

"Are you going to do it first thing in the morning again?"

Both Katrina and Terry looked interested, although Susanna could not imagine why. "Yes, Katrina, and you're certainly welcome to come out and help."

"No, thanks." Faced with the prospect of work, Katrina nudged Terry out the door and pulled it closed behind them. Susanna could see the girls, framed by the yellow square of the porch light, as they sat in the tall grass out front, their heads bent together. She watched them for a minute, then shrugged away the expression she briefly saw on her daughter's face.

They seemed to be getting along very well, Susanna thought. She should be happy with that. And Terry's soft-spoken ways might even be a good influence on her brash daughter. Susanna's feeling that Katrina was up to something was probably just her imagination.

The next morning, Susanna awoke seconds before the alarm clock began its insistent beeping on the dresser across the room. Trying to get up to silence turned out to be one of the hardest things she'd ever done.

Susanna was incredibly sore, horribly sore in every muscle of her body, even those you would have sworn had nothing to do with sanding. She groaned as she climbed out of bed and held on to the bed's frame to keep from collapsing. She was still groaning when she emerged from a hot shower a half hour later. The shower helped, but just barely.

She made coffee and toast and stared out the window while she ate. The coffee was too hot, as usual, and Susanna concentrated on that, trying to forget the task that loomed ahead of her. She was certain that if she tried, she could easily talk herself into putting off the rest of the sanding. The very last thing she wanted to do was to climb back up that ladder and use the arm muscles that now barely functioned. But with a sigh, Susanna faced up to it—if she didn't do it, it wouldn't get done. And now that some of the wood was sanded, the rest looked worse than ever.

In her bedroom, Susanna bent over at the waist and caught her long brown hair between her fingers. Deftly, she twisted it and wrapped it into a knot on the top of her head. Then she covered her hair with a scarf and tucked in the loose tendrils. Susanna laughed as she glanced in the mirror, but she didn't really care what she looked like, as long as the paint chips stayed out of her hair. She finally found her sunglasses behind the living room chair and stepped out into the cool, early morning sunshine just as a white pickup truck pulled into her driveway.

Susanna was waiting when he opened the door. "What are you doing here?"

Obviously certain of his welcome, Daniel stepped out and pulled a heavy-looking red toolbox from the back of his truck. "I came over to give you a hand."

The muscles in his arms bulged with the weight of the box, and Susanna forced her gaze back to his face. Thankfully, the Paul Newman eyes were hidden behind his dark glasses. That unsettled feeling was racing through her again.

"Mr. Stephens, I appreciate the thought, but as I explained to you yesterday, I would not feel right borrowing your tools."

"I know. That's why *I'm* here with them. Look, it's not a big deal. Just let me use your ladder for a few hours this morning, and I'll have you all ready to slap up some paint next weekend."

"I'm sorry, but I could not possibly allow you to do that. If I could afford to pay someone else, I would not have been sanding all day yesterday."

Daniel's smile faded. "I'm not expecting you to pay me for this. Terry told me how much she enjoyed being here yesterday—just consider it a 'good neighbor' policy. Maybe sometime you'll have the chance to make it up to me." Then he shrugged, obviously unconcerned with whether she would ever pay him back. "But in the meantime, call me Daniel. I've got to get to work. I promised Terry I would take her to the mall this afternoon, so I'd better get busy."

He wouldn't even argue with her. Daniel simply took the expedient method of climbing the only ladder Susanna owned and perching on the top. Susanna cringed as she remembered closing the car window in his face. This wasn't supposed to happen.

"Mrs. Diaz, if you could just hand me that blue drill, I'll get to work."

Susanna gave in to the inevitable. Picking up the heavy drill, she reached up to hand it to him. "This is awfully nice of you . . ." she began.

"Don't even mention it," he replied. "There's no sense in you wasting whole weekends doing what I can get done in one morning."

She hesitated. "Please, call me Susanna."

The cleft in his chin deepened with humor. "It's a pleasure to meet you, Susanna."

It was impossible not to smile back, and impossible not to feel heated by his gaze. As Susanna turned away, she wished briefly that she wasn't wearing her oldest, most faded Levi's and the ridiculous scarf. Then she pushed the thought away and reminded herself that she didn't care. She was much better off without a man in her life.

She had promised herself, years before, that she would never again put up with the headaches that were part and parcel of having a relationship. Never, ever again. And so far Susanna had stuck to her rules. She dated occasionally, but it never went too far. Besides, there were few men who were willing to share her with both her work, and with Katrina. Her career as an aerospace engineer, and her daughter would always come first. And Susanna wasn't about to give up either.

While Daniel ran the sander against the wood with spine-tingling noise, Susanna found the large clippers in the garage and went to work on the overgrown hedge that nearly covered the sidewalk. She'd been meaning to do it since they'd moved in, but had never gotten around to it. It was hard work, cutting and dragging the tangled branches. And the long needles continually made their way through her work gloves to prick her hands. She had to stop every few minutes to clean the needles from the gloves before she could start again.

Daniel was right about the electric sander; it did make all the difference. In an hour, he had finished more board than Susanna completed the entire previous day. The muscles in his arms danced under the weight of the drill, and Susanna watched, staring without meaning to. For a moment, she forgot all her resolutions about staying out of relationships. Taking a deep breath, Susanna picked up her clippers and turned away.

* * *

He couldn't stop watching her. Even after he ran the sander over his knuckles a time or two, Daniel still found his gaze wandering more than it should.

She sure could fill out a pair of jeans, he thought, trying to turn his attention back where it belonged. He had thought Susanna was pretty when he had seen her at the school, but in her severe business suit, the only curves revealed had been her shapely legs. Susanna Diaz just got more and more interesting. Yesterday Daniel could hardly believe it when he saw her in her worn T-shirt and jeans with all that hair cascading down her back. Hell, he would have come and hauled garbage for her to get a chance to spend a couple more hours staring. Today, praise the gods, her jeans were even older and tighter.

He'd about fallen off the ladder when she bent to scoop the hedge-cuttings off the ground, and left that cute little ass pointed right at him.

After her refusal to borrow the sander for the eaves, Daniel didn't dare offer to take a chainsaw to the hedge she kept determinedly clipping away at. After all, the job did get done—eventually. Besides, maybe that was why she kept such a great figure.

"Well, I guess that's it." Climbing down, Daniel stretched his back. He ran a practiced eye down the length of board, satisfied that the wood could now be painted. It had actually taken less time than he'd expected.

"It looks great. I could never have done as well," Susanna admitted, coming out of the garage. "I can't tell you how much I appreciate your help."

"Sure." Daniel decided that the smile she offered him made the work worthwhile. He was glad he'd agreed to come over this morning. When Terry talked him into it the previous night, Daniel thought he was doing Terry the favor—buying her a couple good meals as Terry put it. But the job had been quick and painless, and the scenery couldn't have been better.

But, Daniel reminded himself, he really needed to leave. Terry would want to spend hours roaming the mall.

"Tell Terry we said hello," Susanna managed to say, as she watched Daniel's muscles flexing under the weight of the toolbox.

"Hey, anyone want some lemonade?"

When Katrina appeared at the back door, Susanna checked her watch. Only ten o'clock? What in the world had roused her daughter so early on a Sunday?

But there she was, dressed in decent clothes, carrying out a pitcher of icy lemonade and two glasses for Susanna and Daniel. Susanna shook her head in amazement. Maybe the Gypsies had come in the night and cast a spell. Whatever the cause, she was pleased.

"That's very nice of you, Katrina. Daniel, do you have time to stay for a glass?"

"There's always time for lemonade."

"I'll just set these on the porch table," Katrina

offered. "Would you like some cookies or chips or something else to have with it?"

Susanna looked again at Katrina—her daughter was definitely up to something. No doubt she would ask to borrow money when this was all over. Daniel however seemed to find nothing strange about Katrina's offer. His "perfect" teenager probably did things like this all the time.

"No, thanks, Katrina. I think we'll just stick with the lemonade."

With a gracious smile, as though she was used to serving others, Katrina returned to the house. Susanna watched warily until the door closed behind her, waiting for the other shoe to drop.

Well, she'd done it again. Somehow his sister had managed to talk him into another crazy date. You'd think he would have learned by now. The last two dates had simply been unbelievable. "Unique" was what his sister, Krissy, had called the first woman she set Daniel up with. Unique was right; she was taller than he was, her hair was shorter, and she had a gold ring that went clear through one eyebrow. The second was even worse. Daniel had told Krissy emphatically that there would be no more setups. Absolutely no more blind dates.

But she had been hounding him for weeks. Krissy swore that this time she had the perfect date for him. That she was sure everything would work out. She said her friend Cathy was too cute to be believed and was just right for Daniel. Somehow Daniel didn't find Krissy's words very reassuring. But here he was again, rushing around, trying to get ready for another date with a stranger—and, knowing Krissy's friends, "strange" was probably exactly the right word.

"I can't believe you're doing this." Terry had been dogging his every step since they'd returned from the mall.

"Darn it, Terry. She's going to be here any minute. Can you just leave me alone and let me get ready?" Daniel was digging through the pile of clean clothes, looking for black socks. When he couldn't find any there, he gave up and headed for the dirty-clothes hamper. Terry determinedly followed him.

"I don't see why you have to go out with her."

"She'll be here in only a few minutes, Terry. Just try to be polite for a few minutes, all right?"

He obviously needed to go out more often. Maybe if he had dated more while Terry was growing up, they wouldn't be having this argument. Daniel's eighteen-year-old niece was coming over to stay with Terry for the evening. With luck, she would arrive early and his date wouldn't have to come in at all—it was really the best way to handle the situation.

"But, Dad, Aunt Krissy always fixes you up with such losers. Why don't you just stay home with me and we'll rent a movie. It'll be a lot more fun than some stupid date."

Daniel decided his daughter was jealous. He was even a little flattered that Terry would feel so strongly about his dating. But when he mentioned it to Terry, she insisted that it wasn't true.

"I've never complained about any of your other dates, but this time is different."

Daniel sat down to tie his shoes. "What exactly is different about this time, Terry?"

"I just don't think you'll like this girl. Why set yourself up for the disappointment?"

Daniel looked up. "Have you ever met Cathy?"

Terry dragged the toe of her sneaker through the carpeting. "Well, no."

"Then how can you be so sure I won't like her?"

"Trust me, Dad. This is one date you should call off. Then we'll all be a lot happier."

"I'm happy already, Terry. And I'm going out with your aunt's friend tonight, even if she looks like the bride of Frankenstein. So maybe you'd better just get used to the idea."

Daniel stood up and headed for the bathroom to comb his hair. He barely made it in time to lock out his daughter, but he could still hear her complaints clearly through the hollow bathroom door. It wasn't until he turned on both the radio and the running water in the sink that he was finally able to drown Terry out.

She wasn't at all what Daniel had expected.

"Hi. I'm Cathy. You must be Krissy's brother."

"Hi." Daniel drank in his first sight of his date. At last his sister had picked a winner—Cathy was very, very cute. The guys on his softball team would go crazy if he brought her to a game. Of course,

Daniel admitted, she looked awfully young for him. "It's really nice to meet you, Cathy."

From her smile as she twitched past him in her short skirt, it was obvious that Cathy agreed. "Are you ready to go?" Cathy walked straight to his liquor cabinet and stood surveying the choices, her long legs and high heels making a tempting rear view.

"Almost. I've just got to wait for my baby-sitter to get here."

"Dad, have you seen . . . oh, it's her." Terry stopped on the staircase. Her disdain couldn't have been more apparent.

Daniel frowned at her. "Cathy, this my daughter. What do you want, Terry?"

Terry returned his look with innocent eyes. "You know, Dad," she told him. "I don't think she's nearly as pretty as the other women that you go out with. Not one of them."

"Stop it right now, Terry!"

"Maybe you should teach your daughter some manners," Cathy said archly. "No wonder you need to hire a baby-sitter for her."

Daniel frowned. It didn't matter what he thought of Terry's behavior, he didn't like anyone else criticizing his daughter. "Cathy . . ." he began.

"Goodness, Cathy, that skirt is so-o-o short. Surely you don't *mean* for your underwear to show?"

"Terry! Go on up to your room." Daniel was appalled. What had come over his angelic daughter?

Terry gave Cathy a last look that spoke volumes before turning calmly and climbing the stairs to her room. Daniel sighed. Cathy looked ready to flay someone alive, and that someone was probably him. But maybe there was still time to salvage the evening—after all, he already had the baby-sitter. "Just let me grab my coat and we'll get out of here," Daniel told her.

"What restaurant are we going to?" Still pouting but obviously willing to be mollified, Cathy twitched her way over to him, standing close enough that Daniel could smell the strawberry shampoo she used on her hair. The same kind his daughter used. Maybe she really was too young for him.

"The Lobster House."

"Well, all right, I guess," Cathy conceded sulkily. "Let's go then."

"As soon as my niece gets here to stay with Terry. She should be here any minute."

Cathy gave a dramatic sigh and moved away.

Although her short skirt and long legs were a lethal combination, Daniel figured this would probably be their only date. Even her legs couldn't disguise the fact that he and Cathy really had nothing in common. But he was damned if he was going to tell that to Terry.

Three

"Mom, we really need to go to the grocery store tonight after dinner."

Susanna looked up from her meat loaf and ran a quick tally in her mind. "It can wait until tomorrow. I'll stop on my way home from work."

"But I need a sheet of poster-board for a project." Katrina looked guilty.

Susanna frowned. "And just when is this project due, Katrina? Tomorrow?"

Katrina nodded.

"Como siempre," Susanna muttered.

"I'm sorry, I know I shouldn't have waited to the last minute."

The apology and accompanying logic were so unprecedented that Susanna stopped. "That's right, you shouldn't have."

"But I have the project all done. It just needs to be pasted on the board," Katrina offered. "The teacher said that the ABCO on Broadway has the right kind."

"Well, we'd better get glue too." Susanna gave in to the inevitable. After work was "rush hour" at the grocery store anyway. She'd just as soon get the shopping done tonight. "We'll go right after dinner."

"Actually, I have to watch the news for part of the report," Katrina replied rapidly. "After that, okay? Maybe about six-thirty?"

Susanna glanced at her daughter, but Katrina didn't *look* guilty of anything. There was just something in her voice.

"*¿Katrina, hay algo que no me estas diciendo?*"

"No, Mother, I'm telling you everything. I just wish I didn't have to do the stupid report at all. Gosh, you never trust me about anything!"

The sarcastic teenager was back, and all was right with the world. Susanna shook her head and returned her attention to her dinner. The experts said in another five years Katrina would be a reasonable human being again. If Susanna could stand it that long.

"So what do you need to buy tonight?" With a hard yank, Daniel managed to free the cart from the stacked line outside of ABCO.

"Just some paper and stuff," Terry replied. "But let's buy lots of food too. Stuff that has to be cooked." After a minute, she added seriously, "And we'd better get a couple of cookbooks while we're here."

Daniel didn't know whether to laugh or berate his daughter for this candid appraisal of his cooking ability. It was true that he wasn't much of a cook, but he'd always thought Terry was happy with the macaroni meals he managed to throw together. Obviously not.

Instead he gave in. "Just get whatever you want, princess. I'm only along to write the check."

Terry grinned and they were off.

To Daniel, the grocery store was a place you went when you needed something specific. Like milk. It was easy to tell you were out of milk—when there was none in the refrigerator, you went to the grocery store. But what he could never figure out, was how people could buy for whole weeks in advance. Heck, he didn't even know yet what he wanted to eat tonight, much less next Thursday.

Many years before, for a brief time, he had been given the gift of care by his wife, Carla, Terry's mother. Daniel remembered the stocked refrigerator, the bulging cabinets, the wonderful aromas that had filled the kitchen in the small house they shared. Carla was a great and enthusiastic cook, and Daniel quickly became used to the regular, delicious meals his wife prepared, sometimes calling from work just to ask what she was making for dinner.

And then Carla became ill and Daniel was back on his own, this time with a baby daughter to care for.

But maybe, he thought hopefully, Terry had inherited some of her mother's cooking ability. When they reached the bookshelves, he insisted his daughter buy all four of the cookbooks she was considering.

* * *

"Oh, hi, Katrina. Hi, Mrs. Diaz."

Daniel's gaze snapped up from the row of cakes.

"Hi, Susanna. Hi, Katrina," he echoed. Damn! Susanna really looked good. He'd been thinking about her dark hair and her soft brown eyes, but he'd forgotten her dimples, and her creamy skin, and the soft pout of her lower lip.

"Isn't that right, Dad?" Terry's voice pulled him back. Daniel wondered if they'd all noticed him staring at Susanna's lips. He grinned at the thought.

"Whatever you say, princess," he agreed smoothly. Susanna's long hair was down, a shining, curling mass that fell all the way to her hips. And she wore a tight blue sweater that emphasized her curves. This was really his lucky day. "It's nice to see you again, Susanna." Daniel meant it. Susanna Diaz was certainly a pleasure to see.

Terry and Katrina immediately began chattering, leaving Susanna and Daniel to watch.

Susanna smiled. "It's nice to see you too." With a glance for her daughter, she added apologetically, "I won't be able to drag Katrina away, but I need to get the shopping done."

"Sure." Daniel fell into step beside her as Susanna continued moving her cart through the rows. "I guess the girls are getting along better now." At least the teenagers gave them something to talk about.

"I guess," Susanna answered wryly. "Terry is all I

ever hear about, and I can't seem to get Katrina off of the phone at night."

"Really?" Daniel was surprised. "I didn't notice that Terry's been on the phone."

"Well, I know it's Terry, because I usually answer. It's been pretty late, sometimes after ten," Susanna added, glancing at him. "I wondered if you knew she was up."

Obviously, he was leaving Terry too much to her own devices, Daniel thought. He gave her a phone in her room for her thirteenth birthday, but until now, he hadn't noticed Terry using it much. "I'll start setting a telephone curfew," he offered. "I'm sorry she's been calling so late."

They were silent for a moment as Susanna surveyed the soups. "I'm just glad Katrina has found a good friend," she told him. She dropped the cans into her basket with a clatter. "And Terry is such a nice girl."

Susanna's smile brought her dimples into view. I'm just glad you're Katrina's mother, Daniel replied silently.

When Terry and Katrina rushed up just then, Daniel had almost made up his mind to ask Susanna out. She was simply too good of a thing to pass up. Daniel liked her gentle smile, her innate composure, the soft accent that brushed through her perfectly correct English. Terry would probably never forgive him, but if he took it slow, maybe it would take Terry a while to notice. The last thing he needed was his daughter on the warpath.

* * *

"It was nice to see you, Daniel," Susanna told him honestly. Then, realizing her omission, hastily added, "And you, too, Terry." Katrina didn't say a word, but she cleared her throat and Susanna could feel herself turning red. "We really need to finish our shopping and get home. Katrina still has a project to do for school tomorrow."

"Yeah, Terry has some kind of paper too." Daniel nodded, but still he just stood there, and Susanna felt again that jolt of attraction that went through her every time she was around Daniel Stephens. That dangerous, seductive jolt she hadn't felt in a long, long time.

Susanna said a hasty good-bye and dragged a protesting Katrina off with her. Grabbing the last few things she needed, Susanna herded her daughter out the door, determined to forget all about Daniel Stephens. But she saw him again as she unloaded the groceries into her car. From across the parking lot he sent her a tentative, questioning smile. When Susanna smiled softly back, Daniel's look became more certain, more promising, and Susanna felt heated from the toes up. She thought about that look all the way home.

It was too much, Susanna decided as she finally pulled into her own driveway. Daniel Stephens was a danger to her peace of mind. Every time he was around, her brain seemed to turn to mush, and all she could do was stare. Of course, he was so handsome that women probably stared at him all the time. But the burning looks he returned when he caught her staring, they were just too haunting—

they made her think of things she was doing fine without.

And yet, she'd thought of little else in the days since he'd come with his toolbox and his muscles and smiled at her over the lemonade. Susanna was certain the attraction would fade as soon as she stopped running into him all the time. It just seemed that in the brief time since she'd met him, Daniel Stephens was turning up everywhere.

When the phone rang that night, Susanna had just turned out the light. She glanced at the clock and sighed. Ten P.M. again. Obviously, Daniel hadn't yet implemented his telephone curfew. She hit the mute button for the television and reached across her bed to answer the call. Katrina had already been in bed for over an hour; Susanna would have the talk with Terry herself. "Hello?"

"Susanna?"

Susanna frowned. This certainly wasn't Terry.

"Yes. Who is this?"

"Daniel Stephens. Sorry about calling so late. I hope I didn't wake you."

Over the phone, his voice sounded deep and smooth and rich—and incredibly sexy! Even without that slow smile to heat her, the butterflies started in Susanna's stomach. She felt like a schoolgirl with her first crush.

"No, Daniel, you didn't wake me. I was just watching the news."

"Never touch the stuff myself. Too depressing."

Susanna smiled; she already knew that he worked as a photographer for the newspaper. "Very funny."

"Well, Susanna, I guess I'll see you on Saturday."

That was it? "Daniel, there must be some reason why you called."

"Actually, I walked into the kitchen and caught Terry when she'd already dialed. I guess she and Katrina had this call planned. Terry seemed sure that Katrina would answer."

"Whatever they planned, they didn't plan it very well. Katrina has been asleep for an hour."

Daniel laughed. "It figures. I guess that's the way a lot of big plans work out when you're a kid."

"Yes," Susanna agreed. "I used to try to stay awake for midnight on New Year's Eve. I expected great things must happen when the clock struck twelve, and I always made big plans—but I could never stay awake to find out."

"So now do you go out every year and celebrate?"

"No, now I stay home on purpose and go to bed at a regular time. My resolutions usually amount to trying to remember to use the new date and to forget that I'll be another year older. How about you, Daniel? Did you ever make it to midnight?"

"I grew up with five brothers and one sister, and we *all* stayed up past midnight, every year, on New Year's Eve," Daniel remembered warmly. "Our parents would go out, and we would run some baby-sitter so ragged that she would refuse to ever work for us ever again. It was great."

"And didn't the poor woman tell your parents when they got home?"

"Yeah." Daniel laughed. "But there were so many of us that the baby-sitter would never remember who did what. Our parents would set out to punish all of us, and end up forgetting altogether. Then the next year, they would make us all promise to be good—and we all would promise solemnly—and it would begin all over again."

Susanna snuggled down into her pillow and closed her eyes, listening to the rumbling timber of his voice. This accidental telephone call was turning into the nicest moment of her entire day.

"So I guess you still go out every year?"

"Most of the time. It just doesn't seem right to let the new year in without a big party somewhere. But usually Terry is with me, so we leave right after midnight."

"That's one good thing about having kids," Susanna said, "you always have a date."

"Now, Susanna, a beautiful woman like you must have men lined up to ask you out." Daniel's voice was warm and appreciative.

"What a nice thing to say, Daniel. Your talent for storytelling is showing."

"Just the facts, ma'am. In this case, there's no exaggeration required. Just the facts."

"Thanks Daniel," Susanna said softly.

There was a long silence.

"I won't keep you up, Susanna. Although I admit I'm very glad I caught Terry on the phone; it was lucky timing. I'll be looking forward to seeing you on Saturday afternoon."

Susanna could barely speak. But when she did, it was unguarded and honest. "Me, too, Daniel. I'll be looking forward to seeing you too."

* * *

"There it is, Mom, Alameda Street."

"Am I supposed to take a left here?"

Katrina studied the white sheet of paper. "Yep, turn left and go to Artesia."

It was a beautiful area. Susanna studied the two- and three-story homes with their manicured lawns and low walls. It was where she wished *she* lived. "Artesia. Now what?"

"Turn right and they're at 5735 West Artesia."

"All right." The house numbers were conveniently painted on the curb, so there was no problem finding the right one. Susanna pulled up to the split-level, white house and turned off the engine. "This must be it."

"Wow!"

Susanna followed her daughter's gaze out the window. Wow, indeed.

Daniel Stephens obviously enjoyed gardening. Susanna ran her eyes over the perfectly cut lawn and the bright borders of flowers surrounding the small pine trees that dotted the yard. Everywhere, a riot of colors displayed the talent of the gardener. It was a breathtaking display worthy of spring or late summer—certainly not a chilly Colorado autumn, when a trip to the store already required a coat.

And not only the growing things reflected the care of the enthusiastic homeowner. Other touches completed the picture, giving the scenery the wistful sweetness of a Norman Rockwell painting.

A miniature, white picket fence formed the border

of the yard, and wove throughout, separating the gardens and play areas in whimsical fashion. From the strong arm of the one towering birch that graced the yard, hung a tree-swing, and nestled in the grass was a small playhouse with blooming flowers in the window boxes to complete the image of perfection. Susanna smiled at Katrina's girlish squeal when she saw the playhouse and swing. She hadn't seen Katrina this enthusiastic about anything in a long time.

"Oh, Mom, this is just perfect. Don't you think Terry's dad is absolutely wonderful?"

Susanna glanced sharply at her daughter; that statement seemed awfully out of character for the Katrina she knew and loved. Although truthfully, Susanna found herself liking Daniel Stephens far more than she'd ever expected. "He seems very nice, Katrina," Susanna replied carefully. "He certainly has done a tremendous job out here." Once out of the car, the fresh breeze wrapped them in the sweet scents of the flowers and grass and stirred an unseen wind chime. Susanna breathed deeply and sighed. It was heaven.

"And he works for the newspaper; did you know that? And he takes Terry to play baseball, and drives the coolest truck you ever saw, and he doesn't have a girlfriend—"

"Katrina," Susanna interrupted, "maybe you should knock on the door."

Her daughter's expression changed immediately to mutinous, and Susanna was almost sorry she had not let Katrina continue. After all, what did it matter that Katrina thought Daniel Stephens was wonderful?

"Hello, ladies." Mr. Wonderful himself opened the door. He looked like he had just showered, and drops of water still glistened in his short blond hair. The collar of his white shirt was damp, too, and so were the golden curls she could see in the V-neck. Susanna glanced at her daughter—and hoped her own expression didn't mirror the adoration so visible in Katrina's face.

"Hi, Daniel."

"Hi, Mr. Stephens," Katrina chimed in. "Is Terry here?"

"Sure, Katrina. Her bedroom is upstairs. Go on up."

Katrina slipped through the door and ran full-tilt up the stairs. Susanna shook her head, she just couldn't keep up.

"She seems excited."

Susanna shrugged and grinned in defeat. "Her moods change by the minute."

"Yeah, I know how that goes," he commiserated. "Can you stay for a Coke?"

"No, I really can't," Susanna hedged. As tempting as it sounded. "I have to drive in to work for some papers."

"You're an engineer at Allied Aerospace?"

Susanna smiled. Obviously, Daniel heard as much about her family as she did about his. "Yes, and you work for the newspaper."

The conversation reminded Susanna of Katrina's last piece of information. He didn't have a girlfriend. The next time their gazes met, Susanna could feel herself blushing. It was amazing, Susanna thought. Every time she was around Daniel, she felt as out of control as her daughter.

"Well, I really have to go," Susanna repeated, determined to get away before she embarrassed herself. "It'll take me almost exactly two hours to get there and back, so I'll pick up Katrina a few minutes before six."

Daniel leaned his tall frame against the door, moving several inches closer to Susanna in doing so. Susanna caught her breath at the lazy grin. Heavens, she thought. The day all of her wishes came true . . .

"Well, when you get back, maybe you could stop in for a few minutes. I've got a bottle of wine I've been meaning to open, and I'd love to have the company."

There was no way. She just couldn't. "That sounds great, Daniel." Gathering her little remaining composure, Susanna said good-bye and waved once briefly before driving away. Even when she waved she kept her gaze from the perfect house, and the man framed in the light of the doorway. She didn't need to look; the long, lean image of Daniel Stephens was burned permanently into her mind.

Daniel watched Susanna wave and smiled to himself. Susanna Diaz was different from any woman he had dated since Carla, although he probably shouldn't have asked her in for the wine. He had purposely stayed far away from all of Terry's teachers and friends' mothers. Terry would have a fit, no doubt about it, but what the hell.

Susanna . . . was different. Daniel found himself actually wanting to *talk* to her, for one thing—well, that and a lot more. Then he grinned. The guys at softball would flip when they saw Susanna. Her obvious class relegated even Cathy to the backseat.

Daniel went back inside to get his wallet and to tell the girls that he would be right back. He needed to run to the liquor store and buy a bottle of wine.

By the time six o'clock rolled around that evening, Daniel was ready. He'd bought two nice bottles of wine at the store and stuck them deep in the freezer to cool. Then he ran madly around the house, trying to stuff clothes, dirty and clean alike, into the hampers where they would be out of sight. He didn't dare ask Terry for help. He hoped to convince his daughter that Susanna's arrival was only to pick up Katrina. And that then he convinced Susanna to stay for a moment.

It was going to be tricky. Daniel shook his head as he threw the dirty dishes into the dishwasher. Getting to know Susanna without Terry realizing what was going on was going to take some planning, but Daniel thought he could pull it off. There was an Open House at school next Tuesday. Maybe he could "accidentally" meet Susanna there, too—all kinds of possibilities were opening up. Daniel glanced again at the clock. Six on the dot. If he was lucky, she would be late.

It was six-eighteen when the doorbell rang. He'd even found time to vacuum. Daniel congratulated himself. His house was certainly the cleanest he had seen it in a while.

He leaped the last three steps to the landing to answer the door, and nearly ran down Terry as she came up the other stairs from the kitchen.

"Oh, sorry, honey." Damn! What a time for her to be around. "What are you doing?"

Terry looked at him strangely. "The doorbell rang. I thought I would answer it."

"Oh, don't bother, Terry. I'll get the door—you should go back up with Katrina."

Terry shrugged and retrieved the bowl of chips from the sideboard. Daniel waited until she had disappeared into her bedroom and the door closed behind her. Great. The children were out of the way, the wine was in the freezer, there was a beautiful woman at the front door—all was right with the world.

"Hi, Susanna, come on in."

The real welcome in his voice made Susanna relax a little. She had spent the whole drive to work telling herself she would not go in, and the drive back hoping that Daniel hadn't changed his mind about the invitation. It would be nice to spend a few minutes with him. No, that was an understatement. It would be more than nice. She had been looking forward to seeing him all week, ever since their late-night phone call. Heaven knew they would be well chaperoned; with the two teenaged girls, she and Daniel probably wouldn't get a word in edgewise.

"Thanks. Sorry I'm so late.

"I'll take whatever I can get."

He said it innocently enough, but his gaze left her heated.

"You're just afraid I'll leave Katrina here permanently," Susanna joked, looking away. The tension in the air was too thick. "Where is she?"

"The girls are up in Terry's room, doing God knows what. But at least they're occupied for a while. I think if we sneak downstairs, we might actually have time for a glass or two of wine before the invasion." Daniel smiled conspiratorially at her and put his fingers to his lips: "Shhhh."

Susanna laughed. It felt so funny to be hiding from the kids, usually it was the other way around. She followed Daniel down the steps, enjoying the chance to study him—without feeling the heat of those blue eyes in return. And the view was perfect.

Daniel's shoulders were very wide, nearly brushing the sides of the stairwell. The muscles in his back narrowed to a slim waist and a perfect butt that left Susanna's mouth dry every time she looked at it. And he was tall. Even going down the stairs, he towered over Susanna, and he had to duck briefly to avoid the landing above. He had to be over six feet tall. And he was an amazingly gorgeous man.

"How tall are you?" Susanna couldn't believe she'd said it aloud. She should be commenting on the house, the surroundings, not proving beyond doubt that she couldn't take her eyes off him.

"Six foot two."

Daniel stopped on the bottom step and turned to

answer her, and Susanna almost ran into him. Almost. Except that he caught her, steadying her with his hands on her waist. And just as naturally, her arms ended up braced on his shoulders, wrapped loosely around his neck. Positioned as they were on the steps, they were now exactly the same height.

His eyes were so very blue, was the first wayward thought that assailed her. And he had a beautiful mouth, one that made her lips ache for one of his kisses. He would probably be a wonderful kisser.

Susanna snapped her gaze back to his eyes, her overactive blushing response heating her cheeks and, no doubt, painting them a telling red. His small smile was reflected in the crinkling of the thickly lashed corners. And there was an awareness there, too, an awareness that seemed so full of promise.

"How tall are *you?*" It was the sexiest thing anyone had ever asked her. Susanna caught her breath. She was silent for whole seconds before her brain finally kicked in. "Five foot six."

His gaze warmed. "Just about perfect, I'd say."

She barely heard him. He said it under his breath, as though to himself. But she thought, she knew, she was supposed to hear him. And she knew—that he knew—that she had. It was there again, that awareness. Susanna thought she might burn from the knowledge alone.

Susanna wasn't sure later who leaned forward to breach the inches that separated their lips, but she thought maybe it was her. It was simply all she could do. She was mesmerized by his lips as he spoke, so perfectly on level with her own, brushed with the slightest suggestion of a soft blond mustache. But if Susanna initiated the kiss, Daniel quickly took control.

Pressing his weight against her, Daniel leaned against her, pushing Susanna back against the wall, surrounding her with his body, and trapping her with the hard muscles of his arms. As soft as silk, his hands slid across her face, threading through her hair, tangling in the length of it. His mouth was soft and gentle at first, but questing, insistent that she open hers to him. And the hot stroke of his tongue set Susanna on fire. Her moan was unconscious, uncontrollable, and it was captured in Daniel's mouth.

Her hands ran over the hard muscles of his back and arms, muscles she had been aching to touch, that she dreamed of touching. Her hands moved through his hair to hold him closer, as if he might try to pull away. His tongue stroked hers, tracing the line of her lips then moving back inside her mouth to war intimately with her own. Then his magical lips traced a hot path across her cheek and down the side of her neck even as his hand reached up to brush the underside of her breast. Susanna caught her breath as the waterfall of sensations flooded her body. She groaned with desire and swept her hand down his broad chest, stroking him, pulling him closer, and knocking them both off balance.

With a cry, Susanna tumbled backward to fall against the step behind her. Daniel landed nearly on top, his arms bracing his weight, his hardness pressing against the juncture of her thighs. The position was inviting and erotic and demanded fulfillment. Susanna stared into Daniel's heated eyes, knowing that she wanted him, and he wanted her, and that the moment was here.

Then sanity returned.

How could she even consider it? Their children could walk down at any time. But even more than that, the man was a veritable stranger. He was, perhaps, used to women falling in his arms, welcoming his advances, but Susanna was not used to behaving like that kind of woman. Surely a fire could burn no hotter than the embarrassment that swept Susanna's face.

"Please, you must let me up." Pushing against the muscled arms that imprisoned her did no good. Susanna shivered as Daniel dragged his tongue along her collarbone. "Please," she repeated shakily. "This is unbelievable. The girls are right upstairs. They could come down at any second."

That thought seemed to sink in, because with a groan Daniel's head dropped to rest against her neck, unmoving for a long moment. He shifted his hips once, and Susanna gasped in response, then he released her. Daniel rolled to his feet in one smooth motion and took a deep breath as he looked down at her. Susanna accepted the hand that was offered, only to be pulled right back into his arms as she stood.

"Daniel," she began warningly, very aware of how close she had come, and how close she wanted to be, and how very impossible it was.

Daniel grabbed a quick, hard kiss before setting her slowly to her feet on the stair above him. "I'll have to remember this staircase," he said slowly, with a smile that could have ignited water. "It can be very accommodating."

Susanna's hand was shaking as she pushed the hair from her eyes. She couldn't even look at him. She had been making out on a staircase with two children right upstairs. "Unbelievable," she muttered. "What must you think of me?"

She didn't mean to say it aloud, but Daniel heard her. His smile faded and his blue eyes darkened as he answered her quite seriously. "I'm not sure yet, but I intend to find out, Susanna Diaz. I certainly intend to find out."

Then he simply turned his back to her to continue down the steps. Susanna wasn't certain if she was disappointed or relieved. His words held a promise, an interest, that a week ago she would have sworn she wanted nothing to do with. Now she wasn't so sure. Shaky from the hot kiss, Susanna followed him, still trying to make up her mind.

"Your home is very nice." This time Susanna managed to say the right thing, and she meant it. As she followed Daniel through the formal living room to the informal family room beyond, she noticed all the artistic touches that pulled the home together. Tall plants took advantage of the high ceilings and spread in a canopy in the corners of the rooms. And the areas blended into one another with a casual lack of dividing walls. It was all openness and space.

"Thanks. We were lucky to buy in this area when

they were first building fifteen years ago, so we got to help design our own floor plan."

"And the photographs are yours." There was no question in her mind. The framed shots that graced the walls were all pictures with the same kind of quiet beauty inherent in Daniel's gardening.

"Yeah. Just some things I've collected over the years." Daniel dismissed the works lightly. "I have either red wine or Chardonnay. Which would you like?"

While Daniel opened the wine, Susanna enjoyed studying the work he had so easily brushed aside. She drank in the beauty of the picture holding the place of honor over the stone fireplace. It was of an enormous waterfall, captured so close that Susanna could almost feel the coolness of the spray above her. Daniel must have been standing nearly underneath it to capture the feel of it that way. It was magnificent.

"Hi, Mom." The sigh of the leather couch announced her daughter's arrival. So much for hiding from the kids. In reality, Susanna knew that never worked—kids seemed to have radar to tell them when you would really like to be alone. Then she stiffened. Thank heavens, Katrina hadn't come down a few minutes earlier—when her straightlaced mother was making out on the stairs. Susanna forced that thought aside and tried to switch gears to motherhood.

"Hi, Katrina. Did you get anything accomplished?" Although Susanna was happy just to have Katrina spending time with Terry, it was an added bonus to not have to yell about homework over the weekends.

"Yeah, we finished the English project that was due, and Terry helped me with my math homework."

"So do you have anything left to do before Monday?" Not that Katrina would tell the truth anyway; Susanna always called the homework line herself to check.

"Nope, that's all." Katrina gave the expected answer, and Susanna made a mental note to call when they got home.

"Great. Where's Terry?"

"She'll be down in a minute. She just has to finish her own math. She sent me downstairs 'cause she said she couldn't think with me talking."

Susanna grinned. She was willing to bet that Katrina never opted for homework over conversation. At least one of the girls stayed focused.

"Here we go."

Daniel stopped in the doorway. In his hands was a lovely silver tray, bearing an ice bucket and two glittering wineglasses. The comic look of disappointment that painted his face when he saw Katrina was almost too much for Susanna's composure.

Katrina looked strangely at the tray, and then at her mother. A slow smile curled her lips. With a sudden enthusiasm, she leaped up from the couch. "Well, I'd better get back to my homework."

"I thought you said it was finished?"

Katrina turned around on the bottom step and gave an innocent shrug. "I think I forgot to do my science. Gosh, even with Terry's help, I'll bet it will take another hour."

She turned and ran upstairs without another word, and they could hear her footsteps pounding until Terry's door closed with a slam.

Susanna sighed. "I can never get her to simply close a door. It has to be slammed."

"Well, that was very accommodating of her," Daniel said, setting the tray down on the coffee table. "I wish I could teach Terry that disappearing trick. Usually, the more I want her to go away, the more she insists on staying close by. It makes me crazy."

"Well," Susanna answered slowly, "Katrina, too, usually. But lately, she's been acting a little strange. Only in good ways though, so I hate to complain, but I've never seen her worried before that her homework wouldn't get finished."

"Terry worries about it something fierce. Maybe it's just rubbing off."

"Maybe." Susanna was dubious, but it was the old "gift horse" theory—she wasn't sure she should question her good luck too closely.

"And anyway, it gives us time for the wine." With a loud *pop,* Daniel pulled the cork free and filled the glasses with the clear Chardonnay. Susanna watched silently as Daniel poured the liquid into the fragile glasses, mesmerized by the sight of those strong brown hands gently cupping the glass, sliding across the bottle, pushing the cork deep inside.

Susanna shivered. Then Daniel handed her the glass and his fingers brushed hers.

The desire hung between them, dense and overwhelming, an electric jolt of attraction, an undeniable wanting. Daniel made no move toward her, but Susanna felt devoured, blasted by the heat of his gaze, gifted with a promise. He slowly leaned forward, and Susanna let her eyes drift shut, waiting for the feel of his kiss.

The chime of the doorbell pealed through the house.

"Damn!" Daniel muttered against her lips. "Save my place." Unfolding his long legs, he stood up and headed for the steps.

But Terry was faster. Upstairs, a loud bang announced the door of her bedroom crashing open, and another loud crash told of Terry's leap to the landing.

"Geez, Terry, take it easy," Daniel called as he watched, frowning, from the bottom.

Susanna smiled; maybe Terry and Katrina weren't all that different after all.

"I'll get it, Dad. You can go back in the living room."

Daniel returned, shaking his head. "Well, at least I always know someone will answer the door and the phone around here. No matter how fast I move, she always gets there first."

"I think it comes with the hormones. Just like sleeping until noon."

The voices drifted down from the landing, indiscernible at first but grew steadily louder. Susanna ignored them until Daniel's frown showed that his concentration was still centered above the stairs. Finally, Terry's tense tone drew both their attention. "I told you, he's not home!"

Daniel started for the steps. "Terry, honey, who is it?"

"Daniel? Is that you?"

"Damn!" Susanna heard Daniel groan. Upstairs the front door slammed closed.

She was awfully young. That was Susanna's first thought when the blonde girl came bouncing down the stairs. "Daniel!" At seeing Daniel, a smile lit the perfect features, an assured smile, a teasing, come-hither smile, and Susanna reassessed her opinion—the girl was certainly old enough! The blonde crossed the room and stood on her tiptoes to give Daniel a kiss in greeting. On the lips.

For Susanna, that kiss said it all. She thought she might be sick. She was absolutely certain she needed to leave.

"I've really missed you, Daniel. I was hoping we had a date tonight?" The cheerleader smile went perfectly with the short-shorts and pom-pom socks. Her blond hair curled on her shoulders as though she had just come from the salon. She looked tiny and petite and oh-so-young.

Susanna saved Daniel the trouble of replying. "I'm afraid I've overstayed my welcome. I need to collect my daughter and go home."

The girl stared pointedly from Susanna to Daniel, then her gaze lowered to the silver tray, the wine, the glasses. "You're right about that," she said with a saccharine smile. "It looks like you've been here much too long."

And then all hell broke loose.

Terry leaped the last few steps to yell loudly at the girl's back, and she turned on Terry like a spitting cat. Daniel jumped into the middle of the fray, trying to separate the pair and calm them down. Katrina appeared on the landing above and added to the general noise, demanding loudly that someone tell her what was going on.

It was too much.

Although she was certain no one could hear her, Susanna thanked Daniel in a calm, rational voice before gathering her purse from the couch. Then she grabbed Katrina by the arm as she passed her on the stairs. Katrina continued to argue and shout, determined to be part of the scene below, but Susanna was having none of it. It was time to go home.

"Come *on,* Katrina. We are leaving right now!"

Susanna could still hear the raised voices downstairs as she closed the door behind her.

"*¡No lo creo!*" Katrina muttered.

Susanna looked at her daughter in surprise. Had Katrina actually spoken Spanish? "What can't you believe?"

"That *that* woman had the nerve to burst into Terry's house like she did."

Susanna turned her eyes back to the road and tried to keep her voice calm. There was humor in here somewhere, and she was certain that she would see it with time. Maybe in fifty years or so.

"She didn't exactly burst in, Katrina. She rang the doorbell and waited for someone to answer."

Katrina wasn't paying any attention. "And then she had the nerve to go up to Terry's father and kiss him!"

Katrina had managed to drag most of the scene from her mother. And although Susanna had, of course, said nothing of the moments before the doorbell rang, her daughter seemed to share Susanna's outrage. In fact, she was very verbal in her dislike of Cathy.

Susanna felt almost the same way, but she couldn't say that to her daughter. Besides, the rational part of her brain reminded her, the woman really hadn't done anything wrong. It was Daniel who was at fault. And herself—she had known better than to trust him. That was how the rational side of her brain felt. The irrational side wanted to see them both fed to sharks.

"It's not unusual for a man to kiss his girlfriend, you know."

"He didn't kiss her, Mom, *she* kissed *him!* And besides, Cathy is not his girlfriend. He's hardly even dated her."

Susanna shot a glance at her daughter. "How do you know so much about Cathy?"

Katrina looked uncomfortable. "Terry has told me some. She really hates Cathy."

Susanna rolled her eyes. "Well, I'm sorry for Terry, but it's really none of our business. And from the look of things, I would say you're both wrong. Cathy is definitely his girlfriend."

Katrina continued to mutter, but Susanna ignored her. Today was about all the stress she could handle. Truthfully, she was glad Daniel's girlfriend had put in her surprise appearance. It was better to know than to wonder—and it was certainly better than making any more of a fool out of herself. At least that was what she told herself on the drive home. And by the time she reached her house, Susanna almost believed it. But it still didn't kill the disappointment.

Four

"Are you ready to go?"

It was the fourth time in fifteen minutes that Katrina had stuck her head in to ask that question. Keeping control of her temper, Susanna gave the same answer she'd given the last three times. "Almost, Katrina."

The Open House at Katrina's junior high school was this evening, and her daughter had been reminding Susanna all week. Today, it began the moment Susanna pulled into the driveway. Katrina emerged from the house even before Susanna could get out of the car. "Did you remember that the Open House is tonight?"

When Susanna pointed out that she would at least like a chance to change clothes, Katrina sighed dramatically. When Susanna mentioned eating dinner before they left, Katrina whined, then bribed and cajoled her way out of that. Susanna finally gave in and agreed that they could grab a bite afterward. But, she insisted, she was still going to change first. Katrina gave Susanna exactly three minutes in her bedroom before beginning the "hurry-up" ritual.

Susanna was beginning to think they might not go to the Open House at all—she might just put duct tape over her daughter's mouth and stick her in a closet.

"I think you should wear your hair up tonight, Mom. It looks so sophisticated when you do."

Katrina had finally given up popping in and out, and was now stationed across Susanna's bed where she could remind Susanna to hurry even more often.

Susanna shook her head upside down, the numb feeling from having her hair up all day beginning to fade.

"No way," she replied. "Having it up twelve hours a day is more than enough."

"Just wear it down then, but let's go. We're late already. If we don't hurry, we might miss it altogether."

Susanna sighed. "The Open House lasts until nine o'clock. I doubt that we could miss all of it, Katrina. We have plenty of time."

"But then I'll get to bed late," Katrina whined. "And I'm tired already. Let's just go, okay?"

Susanna finally gave in to the inevitable and grabbed a jacket from her closet. *"Vámanos."*

The Open House was in full swing when they reached the school, and more cars were arriving every minute. It was obviously a popular event; the parking lots were completely full, as was every possible parking spot on the street. Susanna found a spot over a block away and immediately regretted the dress and heels she was wearing. Sometimes she forgot the one glaring difference between Phoenix and her new home in Colorado—it was a lot colder in Colorado. Facing the walk to the school and back, Susanna wished she had opted for jeans and tennis shoes like her daughter.

"Would you slow down?" she asked Katrina for the tenth time. Susanna picked her way carefully across the rocky, uneven asphalt in her slim heels and slick soles, but Katrina was practically running down the dark road. "I wish I could get you to hurry to school like this in the mornings," Susanna mumbled, but Katrina was already too far ahead to hear.

"Come on, Mom!"

Now Susanna could see her again, silhouetted by the streetlight, her pink down jacket turned to an orange flame beside the flagpole. "I'm coming, I'm coming," Susanna muttered in response. Usually, it was she who tried to be excited about these Open Houses, and Katrina who practically had to be dragged to them. This was definitely a switch.

The moment Susanna reached the flagpole, her daughter was off again, running ahead to open the door to the blessed warmth of the school. "We're here now, Katrina, you can slow down," Susanna said when she drew close enough. "Why in the world are you in such a hurry?"

"Because, Mom, I'm really anxious for you to meet my teachers."

That answer made Susanna stop, still outside the warm building, and try to get a look at Katrina's face. Maybe she had the wrong daughter. But Katrina's expression seemed innocent enough. This was the behavior she had always wanted, Susanna reminded herself. Still, she moved quickly to follow Katrina down the hall. Whatever Katrina was up to, Susanna wasn't letting her daughter out of her sight.

"We've been here almost two hours," Daniel said. "I've had enough, let's go home and eat dinner."

"Have another cookie, Dad," Terry told him absently. "Oh! There's my friend, Michelle, with her parents. I have to go and say hi."

It had been that way all night. First Terry dragged him here, even before the doors were open, and now she seemed determined to stay to the bitter end. For someone who complained that she had no friends, Terry certainly found a lot of people that she needed to say hi to. Daniel had munched enough butter cookies to last him all the way through Christmas, and dutifully studied all the art projects that lined the walls of the cafeteria. But he had simply had enough. And they hadn't run into Susanna Diaz, yet, either—the one reason he really wanted to come in the first place.

It had been nice having Susanna over Saturday evening. Real nice. Great legs and a great brain didn't often go together. With Susanna, Daniel discovered the one thing his dates had all been missing—the ability to talk. And not just to talk about themselves, but to converse: the art of conversation.

And that brain was certainly wrapped in a pretty

package. When he had turned abruptly on the steps and found Susanna only inches away, Daniel had known he simply had to kiss her. He had been waiting for that moment, anticipating it, but the explosion of passion took him by surprise. And if it hadn't been for the teenagers upstairs, there was no telling what might have happened. That kiss stayed with him, haunting him all week. It had been one hell of a kiss. Daniel had been thinking about that kiss an awful lot.

And then Cathy had appeared. What a way to end the evening. It was all his own fault, Daniel reminded himself sourly. He'd told Krissy that his date with Cathy had gone just fine. He'd meant it as a little white lie, but Krissy had taken him at his word. And she urged Cathy to stop by.

Daniel supposed the big kiss was really for Terry's benefit, but Daniel could imagine how it had appeared. And he imagined that it had damned well destroyed his chances with Susanna.

"What time is it, Dad?" Terry's voice pulled him back to reality, and Daniel checked his watch for what must have been the twentieth time that hour.

"It's almost seven-thirty, Terry. And we really should get going, especially if we're going to stop and have dinner somewhere."

"Oh, but we haven't gone by to see my music teacher, Mrs. Blanchard." Terry grabbed his hand and tried to pull Daniel out of his seat. "Come on, I definitely have to introduce you to her before we go."

Terry had never even mentioned her music

teacher the entire semester, but Daniel didn't comment. Terry was always so excited about these Open Houses, that he tried to be as enthusiastic as possible. After all, Daniel reminded himself firmly, he rarely had to tell Terry to do her homework, and all of her teachers relayed glowing reports of his daughter. The least he could do was walk around and listen to her brag for three hours each semester.

"Okay, princess. Let's go and see your music teacher. But after that, we really have to go, Terry. I'm starved and I just can't face another cookie."

Terry mumbled some reply, but when Daniel rose, she forgot all about him. "Oh, there's my friend, Susan, from P.E. Just a minute, Dad, okay?"

She was gone before he could answer, and Daniel sighed. Another twenty minutes, he promised himself, looking again at his watch. He could stand another twenty minutes.

"What time is it, Mom?"

Susanna pushed up the sleeve of her suit jacket to look at her watch again. They were just leaving Katrina's social studies teacher, and Katrina asked twice while they were there.

"It's seven forty-five. Who do I get to meet next?"

"My music teacher," Katrina threw over her shoulder. "Come on."

And they were off again, with Katrina racing ahead. Susanna hurried after her, following her daughter through the labyrinth of halls and past a crowded cafeteria. Susanna glanced longingly at the punch and cookies set out for the occasion, but there was no way she could stop. Katrina was already out of sight. They passed plenty of open doors as they sped down the halls, and Susanna was sure she recognized many of the teachers' names. But Katrina wouldn't listen; she wouldn't even slow down.

"Mr. Curtis," Susanna read. "Isn't he your homeroom teacher, Katrina? Let's go in."

"But I want you to meet Mrs. Blanchard first," Katrina complained loudly. "Just this once, can't we do something that *I* want to?"

The last thing Susanna wanted to do was to argue with her daughter in a hall full of people. So when Katrina pushed open the set of double doors and went back outside, Susanna followed, resigned.

The auditorium was situated in the center of the square formed by the school buildings, rising three stories above those surrounding it. Susanna shivered as she stood just inside the huge double doors. The auditorium shielded them from the biting wind, but that was the most that could be said for the heating. All the warm air was probably up at the ceiling, twenty feet above. It certainly wasn't down where she was.

In the center of the room, a diminutive woman was surrounded by children, their dutiful parents standing by. There was a growing crowd waiting to talk to the teacher, and Susanna knew it would be a long time before she and Katrina could work their way to the front of that line. She was going to freeze, and her feet were hurting just thinking about it. Next time, she was definitely wearing tennis shoes.

"Look, Mom, there's Terry."

¡Dios! Susanna hadn't even considered that they would see them tonight. Two thousand students attended the huge junior high. Even if they had been trying, the chances of running into Terry and her father were slim. And Susanna certainly hadn't been trying!

Looking where Katrina pointed, Susanna could see the pair of blond heads coming in the opposite doors. Maybe there was still time to escape.

"I'm freezing, Katrina. Let's go meet your other teachers until the crowd thins out here." Susanna reached for her daughter's arm, meaning to drag her back out the door if necessary, but she wasn't quick enough. Susanna got only a handful of Katrina's slick jacket, which quickly slipped from her grasp.

This was obviously not her night.

Katrina was off, making a beeline across the auditorium, heading directly to Terry and Daniel. Susanna wished she could just leave. She never wanted to see Daniel Stephens again. Or to remember that she had practically attacked him.

In the two weeks since her disastrous visit to Daniel's house, Susanna had tried hard not to think of Daniel Stephens, not his smile and especially not his kisses. She wasn't succeeding very well. It was amazing to Susanna that a man she had known such a short time could implant himself into her thoughts so thoroughly. Susanna had never even allowed herself to be tempted; she had Katrina to think of. But with Daniel, all Susanna's careful planning, all her years of reserve had flown out the window.

Susanna had never even thought to ask Daniel if he had a girlfriend—she had taken Katrina's word on that, surely a mistake. And Susanna was through making mistakes. The study-partner arrangement ensured that their daughters would spend time together every week, but that didn't mean that Susanna would necessarily have to see Terry's father. Last week, Susanna had managed to be occupied in the back of the house when Terry was dropped off and picked up and had avoided Daniel completely. She had thought that perhaps she might be able to go weeks without actually seeing him.

Maybe she could get lost in the crowd. One thing was certain—the minute she introduced herself to Katrina's teacher, Susanna was out of there, whether her daughter was with her or not.

He saw Susanna when she entered the room, his eyes immediately picking her from the crowd. Her beautiful hair was down, but she wore one of those precise suits as she had the first time he met her. Daniel smiled slightly. That kind of suit said a woman was all business. But in Susanna's case, Daniel knew that wasn't true; it just meant that he had a lot of ground to make up.

He watched as Susanna looked in his direction—and turned away. Daniel groaned. It was exactly what he had expected.

"Look, Dad, there's Katrina." Terry's enthusiasm demanded some response.

"I see her, Terry."

"But I don't see Mrs. Diaz," she added worriedly. "She has to be here somewhere."

"It's probably for the best," Daniel mumbled. "Somehow, I don't think she will be real interested in seeing me again."

Terry gave him an appraising glance. One which made Daniel wonder what she was thinking. "Come on, Dad, we have to at least say hi to her," she insisted.

"Terry, we're here to see your teachers, so let's do that and get out of here. All we have left is this woman, Mrs. Blanchard, and your homeroom teacher. Can we just get it over with?"

Terry looked so disappointed that Daniel thought she might cry. Immediately he regretted jumping on her. It certainly wasn't Terry's fault that Susanna Diaz probably hated him. "I'm sorry, Terry. I really love your Open Houses. Say hello to Katrina, and we'll go down and meet your teacher."

Daniel followed behind Katrina and Terry, and the girls stayed far ahead of him, whispering intently behind their hands, as they walked down the steps to the crowd below. They had certainly gotten to be close friends, Daniel thought. If they weren't together at school or on the weekends, they were chattering across the phone line. Tonight, they were acting as if they hadn't seen each other in weeks. Daniel was just thankful that Terry had someone else to chatter to. It gave him time to figure out what he would say to Susanna.

"Mom, over here!" Katrina's yell echoed through the dome, drawing the attention of half the women in the place.

Daniel shrugged. Maybe it wouldn't be as bad as he thought. Maybe he was reading the worst into this. Maybe if he just apologized to Susanna and explained . . . no, explanations were a bad idea. He would just stick with the apology and hope it worked. Taking a deep breath, he began working his way through the crowd.

"Hi, Susanna."

She obviously didn't see him until he spoke. Then her dark eyes narrowed as she nodded stiffly. "Daniel."

At least she wasn't back to calling him Mr. Stephens.

"I just want to apologize—" he began, but she interrupted him.

"Thank you," she said. And she turned away.

"Listen, Susanna—"

She held up her hand. "There is no need for explanations. I understand perfectly."

"Yeah, you understand that I'm a jerk," Daniel said sarcastically.

"If the shoe fits, Mr. Stephens."

Why had he seen that coming? "Look, I just want to explain."

"Your personal life is none of my business. Let's leave it that way."

And she brushed past him, leaving no opportunity

for Daniel to say the things that he really hadn't wanted to say in the first place. She was so angry, her brilliant brown eyes were flashing. Now was definitely not the time.

And there probably wouldn't be a time in the future, either, Daniel admitted, as he watched her long, lovely legs walking away. Even with Katrina and Terry as an excuse, Susanna could find plenty of ways to avoid him. He'd been lucky so far, running into her everywhere. But it looked like his luck had finally turned.

It was even colder on the walk back to the car. Susanna was freezing by the time she finally got the heater going. It was pretty frosty inside the car, too—Katrina was in a typical snit, refusing to even speak. Getting her out of the auditorium had been very embarrassing, and they didn't stop to meet any of her other teachers on their way out of the school. They simply walked down the hall, side by side, eyes straight ahead, and Susanna tried to remember that she truly loved her daughter.

"I don't know why you should be so upset," she told the back of Katrina's head. "We went there to walk around and meet your teachers, and that was all I was trying to do. What got into you in that auditorium anyway? I can't believe you embarrassed me like that!"

That remark finally got a response. *"I embarrassed you?* My gosh, Mom! You wouldn't even talk to Mr.

Stephens. He was trying to be so nice, and you just completely ignored him."

"What difference does it make to you if I talk to Daniel Stephens or not, Katrina? We hardly know each other." Except for some pretty heavy kissing, Susanna amended silently.

"And all that is beside the point anyway," Susanna remembered. "We were supposed to be there so that I could meet your teachers. When we finally got to the front of the line, you wouldn't even introduce me to Mrs. Blanchard. And I wanted to talk to your homeroom teacher and your science teacher. What did we even go for if not that?"

There was no answer. In the passing headlights, Susanna could see the stubborn set of Katrina's jaw. The girl was more like her father than she would ever know. "Anyway," Susanna finished softly, "it would have been nice to have at least stopped for punch and cookies."

Katrina sighed loudly, the stiff anger melting from her shoulders. "I'm sorry, Mom," she mumbled, turning in her seat to face Susanna. Then she continued, more clearly. "I guess you don't like Mr. Stephens anymore, huh?"

"It was never really an issue," Susanna lied. For a brief time, she had liked him a great deal. "I suppose I like him as much as I ever did. But I didn't go there tonight to see him, I went to be with you." And it simply had to stop. Somehow she had to avoid seeing Daniel Stephens. She couldn't go on falling to pieces every time she attended a school function with Katrina.

Five

"So how was school today?" Susanna collapsed on the couch, thankful to be home. There had been a wreck on the freeway, which had slowed the traffic to a standstill, and her nerves were stretched as tight as they could go.

Katrina's gaze stayed glued to the television, and Susanna received only a shrug for a reply. Susanna sighed. She tried hard to keep the lines of communication open, but sometimes it was difficult.

"Well, *something* interesting must have happened in the twelve hours since I left. How were your classes?"

"The same. Oh, Mom, you won't believe what they told us today."

Katrina actually broke her fusion with the TV for whatever was coming, so Susanna was warned. "What?" she asked carefully, waiting for the bomb to drop.

"I have to go on a stupid eighth-grade camp-out. It really stinks." Katrina's voice rose as she warmed to the subject. "Every year they make the eighth graders go on a dumb camp-out, and I didn't know anything about it. It's not fair, Mom, and I don't see why they can force us to do this! I don't want to go!"

"Mas despacio, Katrina. What are you talking about?"

Katrina gave a dramatic sigh that said the end of the world had come and flopped back against the couch. Susanna waited. "Mr. Butler says we have to go on a camp-out. To visit some stupid rangers' station on the mountain. Everyone has to go, or you flunk. And I don't even like him. He's, like, a nature freak, Mom. It sounds awful."

"Who is Mr. Butler?"

"He's my science teacher. And you know how much I hate science."

"In that case, you should definitely go. You certainly can't afford to flunk." At Katrina's wail, Susanna determinedly continued. "I think a camp-out on the mountain with a bunch of kids sounds like a lot of fun. Just think, a night out under the stars, singing around the campfire. You'll have a wonderful trip." And Susanna would have a night to herself. It had been a long time.

"Two nights, Mother. And if you think it's such a great idea, then *you* come."

"That's not what I meant. It's a great idea for you, Katrina, not for me. You should go and be with the kids."

"You see? You don't want to go either. Other parents are going, you know. Lots of other parents."

It wasn't Susanna's idea of fun. To go out for two nights meant three days with a group of thirteen-year-olds. Heaven help her, Susanna was barely able to handle three continuous days with Katrina, much less somebody else's kids. There was no way. And she would be dirty and she wouldn't get any sleep, and she would have to miss a day of work. There was simply no way.

"I knew you wouldn't," Katrina told her, watching her face. "You never do anything like this."

Her daughter's tone was accusing, and Susanna silently agreed—Katrina, no doubt, had known she would say no. And it was true, they'd never done anything remotely like this.

"I would love to go with you." Susanna couldn't believe she had said it, but there it was. Pride would not allow her to prove her daughter right. Susanna even managed to smile and hide the cringe when the words came out.

Katrina looked at her with obvious disbelief. "But . . . ?"

"No buts. Sign me up. You'll have to bring me home a complete schedule so I know when I'll be missing work." Susanna had at least the satisfaction of seeing her daughter actually smile. Really, it warmed her heart that Katrina wanted her along. Maybe it would all be worth it.

Katrina jumped up from the floor. "I've got all the information in my backpack. I'll get it for you."

After Katrina had gone to bed, Susanna read over the description of the class trip. It was even worse than she had expected. Not only did they have to camp, but they had to hike to reach the camping area. And not just a walk through the park either. They were talking about a seven-mile hike that would be mostly uphill on the way there. Susanna had never seen the attraction in camping or hiking. Katrina was right; this guy was some kind of nature freak.

And that wasn't all. Reading further, Susanna discovered that the parents attending were to provide their own tent and sleeping bags, neither of which she owned. So it meant shelling out fifty bucks or so even before they set off. They were leaving from the school in two buses at noon on Friday and would be returning at noon on Sunday. All Susanna could think about was that to make it back seven miles by noon on Sunday, they would have to get up at dawn, and even then it would be no leisurely walk. What had she agreed to?

"Hey, Dad?" Terry's voice echoed through the house.

"I'm in the garage, Terry," Daniel hollered back from beneath his truck.

The garage door opened. "Dad?"

Daniel smiled. "I'm under the truck, princess. What do you want."

"Oh, that's okay, it can wait for another time if you're busy."

There was something in her voice that made him wonder. Daniel slid out where he could see his daughter's face and sat up. "No, ask me now, Terry. I'm not doing anything that important."

"Well, it's no big deal . . ." Terry began, but she was wringing her hands, so it obviously was.

"What, honey?"

"Well, my science class is going to camp out on Mount Raymon, and they're looking for parent volunteers to go along. I told them that you probably would say yes."

Terry looked at him so pleadingly that Daniel could only agree. "It sounds like fun. When is the trip?"

"In two weeks. We're going to hike up and camp by the waterfall on Friday, then climb to the rangers' station on Saturday."

Daniel nodded. He and Terry had taken the same route many times. The waterfall was one of their favorite places to camp.

"Sure, honey, I'll go. Just tell me when to be there."

"Oh thanks, Dad, you're the best!" Oblivious to the oil on Daniel's hands and shirt, Terry threw herself into his arms.

Daniel hugged his daughter back, glad that she still considered him so important in her life. Her tawny head came to his chest already, it wouldn't be long until she was grown and gone.

"It will be great, honey. We haven't taken that hike all year. I can't wait." And Daniel meant it; a long weekend to spend with Terry. What more could he ask for?

Six

Susanna walked once more around the house before picking up her car keys and sunglasses. It was so strange to have the house all to herself—and to be home in the middle of the morning. If she wasn't dreading the day ahead so much, she could have really enjoyed this.

Her car was already packed with two brand-new sleeping bags and the small tent that was "absolutely guaranteed" to be easily set up and taken down. With these added to the single backpack of clothes and necessities that they were each allowed to bring, her backseat was crowded. Susanna had no idea how she was going to get it all up the mountain. At least the food was provided, so she didn't have to carry that.

All the way to the school, Susanna tried to assure herself that the weekend wouldn't be so bad, that a few days in the mountains might even be fun, that being around all those teenagers wouldn't really drive her crazy. Besides, the school officials had been holding these camp-outs for years. No doubt the trip would be well organized and everything would run as smoothly as silk. But as Susanna pulled her car into the junior high school parking lot, reality set in. The scene was utter chaos.

Two long yellow buses stood patiently, while bags and bewildered parents were moved in and children ran in and out. Susanna parked the Nissan as far from the milling mass as possible, then searched for her daughter's tall figure. She should have known, Susanna thought as she began unloading the pile from the backseat. It would be just like Katrina to leave her to carry all of this.

"Hi, Mrs. Diaz."

Susanna turned and shaded her eyes with her hand. "Hi, Terry." Terry certainly looked dressed for camping. She was wearing jeans, hiking boots, and a wide-brimmed hat. "Are you going today? I'm surprised that Katrina never mentioned it."

"Yes, well . . ." Terry seemed uncomfortable. "I wasn't really sure at first." Then Terry smiled a huge, sunny smile. "But I'm so glad we get this chance to be together."

Terry threw her arms around Susanna in a sweet hug, and Susanna thought again how glad she was that Katrina had found such a nice friend. Despite that friend's father.

"Did your father drop you off, Terry?" Susanna asked cautiously. But even as she asked, she saw his tall, blonde figure.

"No, he's right there. Dad!"

Terry yelled practically in her ear, and it was only a second before he saw them. Susanna watched a determined smile deepen the cleft in Daniel's cheek. His gaze swept to the sleeping bags piled at Susanna's feet, and the smile widened.

He came toward her in the afternoon sun, his stride quick and easy, as though she would be happy to see him. And, despite the fact that she was far from happy, Susanna couldn't help admitting how great he looked. He wore a Levi's jacket that was faded to a soft white-blue, like clouds in a summer sky. The jacket showed off his lean lines and the strength of his shoulders, the cuffs were rolled back to display his long hands. With the jeans and the scarred boots, he looked like a model, a picture, a television ad for the real outdoors. And the smile on that perfect mouth, and the heat in those blue eyes were directed at her. Susanna stood straighter. She would not to be charmed and deceived yet again.

"Susanna, how very nice to see you." Even that simple sentence seemed fraught with innuendo. "This must be my lucky day." The sexy look he gave her made her stomach turn inside out, damn him. "Terry, why don't you scope out a couple extra seats on the bus for Susanna and Katrina."

Daniel didn't move, but Susanna felt trapped.

She purposely looked away, paying careful attention to the locking of her car doors. "Well, it's obviously *not* my lucky day. As if this trip wasn't going to be bad enough," Susanna muttered, slinging the two backpacks over her arm. Daniel bent to retrieve the sleeping bags. "Just leave those alone, I'll come back for them."

"It's not a problem." Susanna started to argue,

but he stopped her. "I'm only carrying a bag for you, Susanna. Can't I at least do that much?" She just kept walking, finally he sighed. "Look, I'm really sorry about that night. I mean I'm sorry about Cathy, and the way things worked out. It was all a mistake. I'd like to start fresh with you."

"No thanks," Susanna said, turning to face him. There was no room in her life for six-foot-two mistakes. "I'm not interested in starting fresh, or any other ideas you might have." She reached out to take the sleeping bag from his hand, but Daniel didn't release it. Instead, he used Susanna's grip on the bag to pull her closer.

"I've got some ideas, all right," he told her softly, his gaze never leaving hers. "Some damned fine ideas. And some I think you would like too." He waited a pulse beat for that to sink in. "In fact, I would love to try out all of my ideas on you."

Susanna couldn't believe that he had her blushing when what she wanted most was to not react at all. "Look," she said angrily. "I am here to spend the weekend with my daughter, and I just want you to leave me alone. We have absolutely nothing to say to one another."

Holding the bulky bags, Susanna headed toward the buses. But Daniel's last words reached her anyway.

"It's not what I want to *say* to you that I keep thinking about, Susanna. It's what I want to *do* to you, with you, that's keeping me awake at night."

She was blushing again. Susanna could feel the heat burn across her cheekbones and up to her hairline. She was very glad she had parked far from the buses—it would give her time to cool off before facing anyone.

It was completely awful, Susanna thought sourly as the bus lurched over another hill and she grabbed the seat in front of her to keep from falling. She should have just stayed home and dealt with Katrina's anger. She could have been all alone for three whole days. Instead, she had landed in her very own idea of hell.

There were not very many parents accompanying the group, despite Katrina's assurances that lots of the other parents were going. Besides herself, Daniel, and the bus driver, there were only two other grown-ups on Susanna's bus. And it had come to light that she was not there just to accompany her daughter on the trip. In fact, she had barely seen Katrina since her daughter had arrived, late. Instead, Susanna was wearing a white badge that read proudly PARENT VOLUNTEER, with her name scribbled below it, and was one of six grown-ups responsible for handling the thousands of children crowded onto the two buses for the trip. Well, maybe thousands was a small exaggeration, but not by much.

The noise was louder than any OSHA safety standard would have allowed in a pit mine, and Susanna wished vainly that she had thought to pack earplugs. In the seat next to her, a short boy with clothes that would probably have fit a six-foot-six, two-hundred-pound man was banging his head repeatedly against the back of his seat in response to the sounds pouring through his headphones. The screeching, thumping noises bleeding from the headphones didn't sound like music to Susanna. It sounded like a machine room while all the machines were working.

In fact, most of the children had headphones attached to their ears, and most of those headphones were turned up so that even Susanna could hear them. Susanna shook her head. All these children would be deaf before they hit their twenties. Did she say children? No child of hers would ever look like this.

In sharp contrast to the demure Terry, and even the outright sloppiness that Katrina seemed to favor, most of the "angels" Susanna was surrounded by looked like something from a horror movie.

Blue hair, black lipstick, white face powder—she glanced at the girl seated across the aisle. What kind of mother would allow her daughter to leave the house looking like that? Or to dye her hair blue to begin with? And she was the rule rather than the exception. Huge clothes seemed to be the choice of all, girls and boys alike sported enough earrings to circle their ears, and here and there she caught a glimpse of a teenager with some other, more unusual part of their anatomy pierced. And to think, Susanna admitted morosely, one of the reasons for her decision to leave Phoenix had been to surround Katrina with a good, stable town full of family values. She'd sure shot wide of the mark with that one.

"Can you let me by?" Susanna barely heard the demand through the din. Her gaunt, longhaired seat-mate, earphones dangling around his neck, stood and waited to pass. His back was curved against the ceiling, neck bent, and he looked for all the world like a vulture bending over her. Susanna suppressed a shiver and moved her knees aside.

She would have assumed that the kids would be told to remain in their seats for the sake of safety if no other reason, but here again her common sense had been mistaken. At any given moment, there were probably more kids roaming the aisles than seated, and though a wide turn sent half of them sliding wildly, they would immediately return to the aisles. Susanna shuddered at the thought of an accident and peered through the roaming bodies to assure herself that at least Katrina was remaining fixed in her seat.

After Katrina's insistence that Susanna accompany her, Susanna had thought this trip would be a period of quality time for her daughter and herself, time to spend together. Instead, Katrina had pretty much abandoned Susanna to the tender mercies of the other eighth graders, waving her a brief hello before taking a seat next to a, thankfully, reasonably normal-looking girl up front—and leaving Susanna open to a changing sequence of seat-mates.

There would be at least one good thing she

learned from this trip, Susanna decided, laying her head back against the seat cushion: Katrina was doing just fine. Her hair was brown, she still didn't wear any makeup, and her ears were pierced only once. Susanna glanced at her watch. Another hour. She'd never make it.

"Hi, can I sit down?"

She hadn't seen him coming. Susanna jumped, banging her knee on the metal frame of the seat in front of her. She gritted her teeth against the sudden pain, certain that this, too, was somehow Daniel's fault. "Don't you already have a place to sit?"

Daniel gave her one of his handsome, lopsided smiles. "I'm afraid I'm persona non grata in Terry's world right now. She's just dying to socialize with all of her friends, and I'm cramping her style."

Susanna knew just how he felt, but she still didn't want him sitting beside her.

"Please can I sit down, Susanna?"

It was ridiculous to cause a scene. Susanna gave up; he always brought out the worst in her. She scooted over to the seat by the window, but she didn't say anything to welcome him. She wanted to make it very clear that he was persona non grata in her world as well.

"So what do you think of all of this?" Daniel waved his hand to indicate the milling children, the noise, everything.

It seemed a safe question, one parent to another, and Susanna answered honestly. "I think I'm very lucky to have Katrina. And that maybe she isn't the behavior problem that I sometimes think she is."

Daniel laughed, and Susanna smiled.

Then she turned and looked out the window. She'd forgotten again. She would be nothing more than polite.

Susanna watched the passing scenery, awed, as always, by the fierce beauty of the endless mountains and verdant green hillsides. Surely when God had finished making Colorado, he had counted it a job well done; the beauty alone was a testament to his grandeur. Gradually, Susanna began to relax as she watched the miles of forests and pale meadows race past. Small, winding dirt roads disappeared into the hillsides, and occasional rustic cabins sent trails of smoke rising into the air. It was a view to inspire serenity. Thankfully, Daniel said nothing further, and when Susanna finally glanced back at him, he had a novel in his hands, his concentration centered on the pages.

Susanna was tired and wished vainly for earplugs to shut out the noise of the competing radios. The headache that had begun when she saw the throng of teenagers surrounding the buses had worsened, and a dull ache thrummed in her head. She closed her eyes and put her fingertips up to cover her ears. It was a little better.

"Here, try this."

Susanna opened her eyes. Daniel was holding out a small cassette player with headphones.

"No thank you. It isn't necessary."

"Come on, Susanna, are we going to go through

this again? Look, I'm sitting right next to you, so it's not really like you're borrowing anything."

How dare he read her so clearly? She knew the truth: He was just being nice to drive her crazy.

"I can't believe you," she sputtered. Then she stopped. "This is a stupid conversation," she told him, teeth clenched. Now her head was really starting to pound.

"Yes, it is." His response stopped Susanna in mid-sentence. She wasn't sure what to reply.

Watching him warily, she leaned her head back against the seat and waited until Daniel returned his attention to his book. Only then did she close her eyes. And felt the cool plastic as it was laid in her palm. It was obvious that she wasn't going to win. Sighing, Susanna gave in and slipped the headphones over her ears.

It was already playing softly. A beautiful, classical piece sprinkled down into her soul like a summer rain. The headphones were miraculous; in addition to providing the music, they blocked the other noises of the bus and its occupants. Susanna smiled and glanced over at Daniel to thank him. He wasn't even looking at her.

The bus ride was easier after that; Susanna was isolated from the children by Daniel's body and from the noise by his headset. If she shut her eyes, she could almost pretend she was somewhere she wanted to be. If she hadn't already known the truth about him, Susanna probably would have been happy for the excuse to travel beside this handsome man. But she did know the truth: Daniel already had a girlfriend, a bombshell with whom Susanna could never compete. Not that she wanted to compete, Susanna assured herself, she just wished she hadn't made such a fool of herself.

She jerked awake when the bus suddenly stopped. Daniel's warm fingers brushed her cheek as he pulled one earphone from her ear. "Wake up, princess, we're here."

"Princess," it was what he called his daughter. Susanna smiled sleepily, forgetting for a moment that he wasn't hers and that she didn't want him. It was the last thing she would have to smile about all day long.

The buses had parked at the nape of a natural valley, and the ground rose steadily into hills, then into huge mountains. Susanna took a deep breath, inhaling the sharp, pine-scented air that swirled around them. It was cold here. The wind blew down chill from the mountains, fresh with the smell of high peaks and damp ground. The scenery was incomparable, and the view reminded her of the scenery from *The Sound of Music.* But Susanna didn't feel nearly as confident as the young Julie Andrews had been. And the Von Trapp family hadn't had quite so many kids.

The teenagers were tumbling out of the buses, permeating the pristine wilderness with endless chatter, wildly digging for their backpacks and sleeping bags in the growing pile beside the road. Susanna watched Daniel and a pretty, blonde woman unloading the bags from beneath the bus and was impressed with how easily the two handled the pushing, grabbing teenagers who swirled about them. She admired their fortitude. Although she supposed that her volunteer badge meant she should help, Susanna had no idea what she could possibly do, so instead she stayed out of the way.

"Mrs. Diaz?" A tall, dark-haired man with a clipboard strode to her through the kids like Moses parting the seas. "I'm John Butler. Thanks so much for agreeing to come with us this weekend." His smile was that of a man comfortable in mass confusion, and was both kind and reassuring. He sported a worn, wide-brimmed hat and hiking boots that were stained and scarred with age and use. Around his neck dangled a pair of dark sunglasses. From the hat to the boots, everything about the man announced that being in the outdoors came naturally to him. He inspired confidence. Susanna began to feel a little better about the trip.

"Yes, Mr. Butler, I just hope you won't find me more of a hindrance than a help. I'm afraid this is all a little beyond me."

The teacher laughed understandingly, his white teeth flashing beneath the thick, dark mustache. "Please, just call me John."

"And I'm Susanna. You're a brave man, John. This seems like an awful lot of kids to take camping. I can't imagine how you'll keep them out of trouble."

"There really isn't all that much trouble up here for the kids to get into," he assured her. "And besides, they'll be way too tired to cause any real problems."

Susanna smiled, but that didn't sound very reassuring to her. If the hiking was going to wear out the teenagers, who were running wild with excess energy, what would it do to her out-of-shape, thirty-something body? It didn't even bear thinking about.

"How far are we hiking today?"

"It's an easy seven miles this afternoon, but we'll put the screws to them on the way to the rangers' station tomorrow," he told her, grinning. "That climb usually slows down the best of them."

"Wow," Susanna replied. What else was there to say? She was going to die.

"If you could just bring up the tail of our little parade, Susanna, I would certainly appreciate it. Nudge along the stragglers, so to speak, make sure we don't lose anyone along the way. We're not in any big hurry, but I'd like to get everyone up there by dark."

"No problem," she assured him, and maintained her smile until he had turned away to begin his "little parade." As far as she could see, there was no way anyone could possibly go slower than she would. And there was no need to worry about stragglers; if someone collapsed along the way, Susanna would be right there beside them.

"Well, the scenery around here is certainly improving," a voice drawled close beside her ear. Susanna jumped and turned to find a pair of assessing dark eyes studying her from above a perfect, practiced smile. He was far too close, and she took a large step backward. Like Susanna, the man wore a PARENT VOLUNTEER badge. His had "Perry" scribbled across it. "Allow me the pleasure of introducing myself. I'm Perry Westlake. My son managed to talk me into this trip, but I can't say that I've been looking forward to it, until now. Of course," he continued silkily, "if I'd known there would be a beautiful woman like you along, I would have signed up just like *that.*" He snapped his fingers a few inches from Susanna's nose.

"I see you've already met John Butler. God, what a bore. But now that you're here, I'll have someone far more interesting to talk to. No, indeed," he continued thoughtfully, studying Susanna as though she were a prize horse on display, "maybe this weekend won't be so bad after all."

Slightly taller than Susanna, Perry Westlake was a very good-looking man—a fact he obviously knew. His sandy-brown hair and dark eyes were set off by long lashes, perfect teeth, and a tan that spoke of summers somewhere far away. His accent hinted of Europe. Instead of the Levi's or sweatpants worn by the other parents, he was dressed in neatly pressed, tan Dockers, and a thick sweater was tied loosely around his neck in the preppie style.

Susanna didn't like him.

She nodded briefly at the introduction, then turned away, hoping he would leave. Perry Westlake didn't take the hint. "And you are . . ." He looked at Susanna's badge. "Susanna?"

What could she do but nod—and regret that her

name was displayed for all the world to see. "I think I'll go see if I can do anything to help . . ." Susanna began. At this point, even the mass of teenagers was beginning to look like good company.

Perry Westlake stepped sideways, just enough to be directly in her way. "All you'll need to do on this trip is look as beautiful as you do right now," he told her, moving too close again. "You have any problems, just let me know. You can trust me to fix everything just like *that.*" He snapped his fingers again, directly in her face.

Susanna thought seriously about slapping him.

"Mom!"

She finally saw her daughter as she broke through the crowd. Katrina had a backpack slung over each of her arms and was dragging the two sleeping bags behind her.

"Excuse me." Susanna had to actually step around Perry to get past him.

"No problem, Susanna," Perry called loudly after her. "After all, we have three whole days to spend together. There will be plenty of opportunities for us to really get to know each other."

What a weekend this was turning out to be. Susanna thought about turning around and explaining emphatically that they would not be spending any time together, this weekend or any other. Then she decided she would only be wasting her breath. Shrugging off her anger, Susanna settled for moving farther away from him and relieved Katrina of the two sleeping bags.

"Thanks, Mom. Where have you been? I've been looking everywhere for you!"

"Yeah, right."

"Really," Katrina insisted. "Mr. Butler needs to talk to you."

"He found me," Susanna assured her. "I'm supposed to bring up the rear and make sure no one falls too far behind. Are you going to stay around and walk with me? After all, this whole trip was all your idea. It would be nice if we could spend some time together."

Katrina had the grace to look slightly ashamed. "Sure, Mom, I'll walk with you awhile. Who was that guy you were talking with?"

Susanna glanced over her shoulder. Perry Westlake still watched her. He winked and smiled when he saw her looking. Susanna frowned. "One of the fathers. Do you know any kids named Westlake?"

"Sure. Jason Westlake. I've got him in a couple classes. He's a real weirdo."

"It figures."

"I think you should stay away from him, Mom. I don't like his smile."

Sometimes kids really cut to the heart of the matter. "No? Well, neither do I, Katrina, or his attitude. He's an arrogant, condescending ass."

Katrina obviously liked her mother's reply. Her expression became so smug that Susanna looked back over her shoulder to where Perry still stood. Was there a reason that she wasn't *supposed* to like Perry Westlake, beyond the obvious fact that the guy was a complete jerk?

"Do you know him, Katrina?"

"No, I've just seen him a few times, Mom. Trust me, he's not for you."

Seven

Most of the kids were already on the path up the mountain. Susanna was still trying to figure out a way to attach her sleeping bag to her backpack so that she didn't have to carry it. She had been unwilling to shell out the money for new backpacks for this one trip, and had insisted to Katrina that they would simply have to make do with what was already around the house. Now she wished she had spent the money.

"Well, here goes nothing," Susanna muttered. The sleeping bag banged into the back of her knees with every step. Katrina laughed, but Susanna ignored her. Katrina had chosen to carry hers—Susanna didn't think that would last very long either. Determined to not be the first to collapse, and holding that as her only goal, Susanna fell in beside Katrina at the back of the crowd of teenagers.

At first the kids had been closely knotted together, and Daniel was able to catch a glimpse of Susanna without being obvious. But as the group thinned out, the line had grown longer. Now

Daniel had to crane his neck to even see her. And craning his neck was definitely out. For some reason, Terry was sticking beside him like glue, and Daniel couldn't be too obvious, or he would never hear the end of it.

"Daniel, is that the pass we'll be taking?" The pretty Patricia Kerrigan slowed down and fell into step beside him again.

Daniel returned his gaze to the front and looked up where the path zigzagged its way to the cleft between the mountains. Mentally, he calculated the time it would take this group to get there. Considering how far back the line already stretched, he knew that Susanna would be lucky to make it by dark.

"Yeah, we'll probably be stopping just on the other side of the pass to camp. There's a real nice spot there where Terry and I always go."

"Oh? You and your wife come up here a lot?"

"Nope. It's just me and Terry." He reached out and ruffled his daughter's hair. "We usually manage to get up here once or twice a year."

"I'm not married either. Ellen and I don't go camping very often, I'm sorry to say."

"Dad. The strap is loose on my backpack. Help me, would you?" Terry stepped out of the line of moving children and lowered her pack to the ground.

Daniel smiled apologetically to Patricia and fell back to help Terry. "What's the matter?" he asked when he finally got to where Terry perched on a boulder, her concentration centered on the black straps.

Terry looked up and smiled. "Nothing, I fixed it." She stood and Daniel helped her resettle the pack on her back. "Sorry for slowing us down."

"Oh, I don't mind, honey."

Actually, he was glad for the excuse to move toward the back of the line; it made it a little easier to get an occasional glimpse of Susanna.

At least he'd been able to spend the bus ride beside her; it had been the perfect opportunity. When he had seen Katrina abandon her mother, Daniel began watching the seat adjoining Susanna's like a hawk, waiting for his chance. Terry's girlfriends had been hanging all over his seat anyway. It didn't take much convincing to get Terry to insist that he was in the way.

Of course, Susanna didn't exactly welcome him with open arms, but she did invite him to sit down—kind of. It was a start. And from there, he had progressed very smoothly, Daniel congratulated himself. In fact, he thought he had held out pretty well. He'd been able to ignore the constant caress of her hair against his arm, the sight of her long curls lying dark against the blue denim of his shirt. Somehow, he'd managed to pretend not to notice. And somehow, he managed to ignore the memory of how luscious Susanna was to kiss, although the memory of that kiss had burned at the edge of his consciousness for weeks. But even when Daniel wasn't looking at her, the soft, subtle smell of Susanna's perfume called to him. The delicate scent teased his senses, drawing him nearer, making promises he knew Susanna had no intention of keeping. Despite his best efforts, Daniel's entire attention had remained focused on the woman whose leg pressed lightly against his own. And, although he stared at the novel in his lap, he wasn't able to understand one single word.

Daniel had given up trying to get Susanna Diaz out of his mind. He'd taken a lot of cold showers since he met her. Just walking down the stairs in his house was enough to make him remember their session on the steps—and make him wish they'd finished what they'd started. Except she'd really hate him then.

Considering how often their paths once crossed, it had been obvious the past two weeks that Susanna was avoiding him. And Daniel hadn't been able to think of any way to breach her defenses.

Until this morning.

When he realized the significance of the sleeping bags at Susanna's feet this morning at the school, Daniel knew that he was being given a gift from the gods. He and Susanna would be together for three whole days, and there was no way she could ignore him. It would be just her and him, together, without anyone but the teenagers to contend with.

At least that was the way it was supposed to work, but so far the trip didn't seem to be turning out quite as he'd hoped. Instead of being stuck with only Daniel to talk to all weekend, Susanna was turning out to be the belle of the goddamned ball.

Practically every time he had seen her since getting off the bus, she was accompanied by one admirer or another. Even now, that cocky bastard, Perry something, was moving back up to his place at the front, after spending more than a half hour back with Susanna. Hell, what kind of name was "Perry" for a grown man anyway. Daniel just couldn't figure out what Susanna could possibly see in that effeminate wimp. Daniel had met the man's son once or twice—he didn't like *him* either.

And then there was the teacher, Mr. Butler. His greeting had been brief and to the point with Daniel. Not so with Susanna, Daniel couldn't help noticing. *He'd* dropped back twice himself to talk to Susanna. Granted, maybe the man was just being nice, but Daniel didn't think so. And he certainly didn't care for the occasional glances he managed to get of the man's dark head bent down beside Susanna's. And, most maddening of all, she was already calling them "John" and "Perry" when it had taken Daniel two days to get her to say his first name. In fact, it seemed that *he* was the only man on the trip who didn't get to walk with Susanna Diaz, because Daniel had a watchdog for a daughter.

"Mom, I'm going up to talk to Terry."

Susanna frowned. Katrina had been wonderfully rude to Perry. Susanna hated to lose her interfering presence. But before Susanna could object, Katrina was gone. "Thanks a lot," she muttered.

Her feet already hurt. Her watch insisted that they had been walking barely over an hour, but it had been a very long hour. The thin straps of her overloaded backpack were cutting steadily into her shoulders, and the sleeping bag banged against her legs with every step. Susanna wasn't really tired yet, but the road rose ahead of her at a steady climb, and she knew for certain that she would be a limping, useless lump of flesh before the day was through.

At least Perry Westlake had finally taken her daughter's not-so-subtle hints and returned to his place up front. Susanna hadn't thought she could take another minute of his arrogant chatter. And if he snapped his fingers in front of her face one more time, she was going to break them off.

"Hi, Susanna."

From the brush at the side of the road, John Butler unfolded his long frame. Susanna smiled. "Hi, John."

He had fallen back twice now to talk to her, and Susanna was thankful for his company. The first time, he managed to get Perry to resume his place up in front, insisting that his son needed to speak with him. The second time, John watched Katrina perform the same task, and congratulated Susanna later on her daughter's resourcefulness.

"It's considerably more quiet back here with him gone."

"Yes, thank you so much for that."

"That's okay. My wife told me you'd appreciate it. She doesn't care much for Mr. Westlake either."

"Wise woman," Susanna agreed. She hadn't met John's wife yet, but already knew she would like her. "Is the line moving too slowly for you?"

John had confessed on his first trip back that the line was moving at a snail's pace compared with the hiking he was accustomed to. So, rather than holding himself back to hike at a pace that the kids could keep up with, he chose to roam through the hikers, treating the afternoon as a social event, rather than exercise. Watching him walking beside the children, offering encouragement, jokes, and outright bribes, Susanna reassessed her original "nature freak" opinion. Trapped in John's athletic body was a caring teacher and a genuinely nice man.

"Yeah," he agreed, "this is a pretty slow bunch today. Guess I'll work my way up to the front. If I see old Perry falling back, I'll try for an interception."

"Thanks, John. See you in a while."

There was a handful of students trailing behind her, and Susanna slowed down again to accommodate them. They were a heavy group, and all were breathing hard. Of course, she was breathing hard herself, there was no denying it. The only assurance Susanna held on to was that there was no way these stragglers would make it without stopping—and that when they stopped, she was expected to stop as well. Thank God.

Because the road climbed in front of her, Susanna had a clear view of Katrina as she made her way along the long column of students. Considering how

Katrina had railed against the seven miles of the hike, she didn't seem to be having much trouble keeping up. In fact, she'd made it only twenty minutes at the back of the line before she started complaining about how slow Susanna's group was moving. Now she was easily overtaking the rest of the hikers. She would reach Daniel and Terry in no time.

It was still easy to spot Daniel in the crowd, although the distance between them had increased steadily since the beginning of the hike. His tall figure and broad shoulders stood out markedly from the adolescent bodies surrounding him. Then Susanna realized she was watching him again. It had been that way all morning, whenever she let her guard drop. Disgusted, Susanna looked away. At least no one else was there to see it.

"I can't go any farther." With a dramatic sigh, a heavy boy in gigantic sweats collapsed in the tall grass along the road. The other seven children who had drifted to the back followed his example.

Susanna was tempted to urge them back up until she realized it was only to keep Daniel's tall form in sight. Susanna frowned as she found a comfortable boulder alongside the road. Daniel Stephens had made a fool of her once, and now she was showing all the signs of letting him do so again. "Fool me twice, shame on me," she said aloud. A girl with red hair and piles of freckles turned and stared.

By the time Susanna got the stragglers to their feet again, the rest of the group were too far ahead to distinguish individually. Even Daniel's tall figure was only a blur in the crowd. It was definitely better that way.

Eight

It was almost dark by the time Susanna found the energy to stand again. All she wanted to do was to crawl into her soft bed at home and use the tiny bit of strength she had left to press the buttons on the TV remote. Instead, she needed to drag herself up from her warm spot beside the fire and figure out how to put up her tent before she lost the little light that was left.

Struggling to her feet, Susanna stifled a groan—not that anyone would have heard her anyway. The rest of the campers were having a great time roasting marshmallows and hot dogs, and the chatter of the teenagers drowned out any sound that nature, or herself, might make. Susanna just hoped all their noise would also scare away any bears that might be lingering about in the inky blackness beyond the fire. Although no one else in the group seemed concerned, Susanna couldn't help thinking about what might lie beyond the friendly circle of the firelight. And about the fact that she would be just another item on the food chain to any hungry bear or mountain lion who happened along. Susanna only hoped

Katrina had enough sense to stay close to the noisy crowd.

Katrina had not spent five minutes at her mother's side all afternoon, not that Susanna was surprised. She caught glimpses of her daughter here and there, mostly beside Daniel and Terry. Susanna also noticed that Daniel had ended up carrying Katrina's sleeping bag. She had known her daughter would get out of it; Katrina was nothing if not resourceful.

"Katrina!" Susanna had to yell to be heard above the noise, but finally her daughter turned around. "Come on, let's go set up our tent."

"Oh, I'm sharing a tent with Terry and Debbie."

"Katrina . . ." Susanna began and then stopped. What was the point of arguing, she would only lose. "Isn't Terry sleeping in the tent with her dad?"

"Nah." All three girls laughed as though the idea were absurd.

"He already said I could bunk with Debbie and Katrina," Terry supplied helpfully. "He said it was better that way 'cause then he could get some sleep."

Susanna didn't know what to say, so she said nothing. She simply shot Katrina a look that said clearly what she thought of her daughter's desertion, then turned away. Susanna sighed as she picked up her thin sleeping bag and the unopened package containing her tent. Why she had bothered to come on this trip in the first place was beyond her. She could have had three days of peace at home, and taken a nice long bubble bath this evening. "If wishes were horses . . ." as her friend at work always said. She also always said, "When life gives you lemons, make lemonade." Susanna liked that saying the best, but really couldn't see any good coming of this situation.

She found a spot in the clearing where the other tents were set up and tore open the plastic wrapping that contained her tent. It took Susanna a few minutes of staring at the single long piece of cloth and the accompanying piece of string before it dawned on her—she hadn't bought a real tent at all. In disbelief, she looked again at the picture on the front of the wrapper. The picture showed two campers happily stretched out within their Day-Glo green tent. There was no way that two people would fit comfortably inside of this, Susanna scoffed, fingering the thin piece of material. What had ever happened to truth in advertising? It was easy to see that all this "tent" would provide was a tiny bit of privacy. It would not provide warmth, real shelter, or the ability to move around inside. It was a darn good thing that Katrina wanted to share with someone else.

The clearing obviously wasn't going to work; this tent didn't come with poles. So Susanna struggled to her feet once again and stumbled off into the woods, looking for two conveniently placed trees to support her string-and-cloth shelter.

It was dark and spooky away from the campfire, and the thick canopy of ancient pines blocked out the last, lingering trace of daylight. The wind stirred the long branches of the pine trees into whispering voices, effectively muting the sound of the boisterous teenagers, and emphasizing the fact that

Susanna would be an easy target for any wild thing that might be lurking about. The hair rose on the back of her neck, and she shivered as she suddenly remembered, in great detail, every Stephen King book she had ever read. There was no doubt about it—coming on this camp out was the craziest thing she had ever done. But it was far too late for regrets. She was stuck on this mountain until the buses returned for them in two days. And if she wanted to sleep at all tonight, she had better figure out how to set up her tent.

"Need some help?"

Susanna jumped about three feet off the ground. Of course, she recognized the deep voice long before she was able to make out his face in the twilight.

"No thank you. I'm doing just fine." It was a dismissal, but Daniel didn't leave.

"Hey, what have you got here?" He picked the swath of material up off the ground and studied it for a long moment before recognition dawned. When she met his gaze, his eyes were unbelieving, and his voice was sharp. "A pup tent? Is that all you brought? Geez, Susanna, it's going to get really cold tonight; you're going to freeze in that thing."

The fact that she had already come to that same conclusion didn't change Susanna's response. "I'll be quite all right. And if I am cold, I'll be sure not to complain to you." She wished he would just go away. It was difficult enough to get things done without him looking over her shoulder. But it was almost dark and she had to hurry. Trying to ignore him,

Susanna picked up the thin string and tied one end securely around the stump of a pine tree.

"Look, Susanna, I'm sorry that you're still angry with me, but this is really stupid. I can't let you sleep out here. Listen, I have a big, warm tent and Terry already abandoned me for some of her friends. Why don't you use the other half of my tent?"

Susanna let out a very unladylike snort. "Thank you, but no."

"Come on. I'll hang a curtain down the middle, build a wall of rocks, whatever you want. You'll be a heck of a lot more comfortable than you will in that flimsy thing."

Susanna knew that he probably couldn't see her expression in the dim twilight, but she hoped that he felt the heat of her glare anyway. "This 'flimsy thing' is my tent, Daniel, and I will be perfectly comfortable in it. Now, if you'll just leave me alone, I'll get the damned thing set up and go to sleep." She turned her back to him and picked up the other end of the string. She could feel him watching her as she threaded it through the material and knotted it around another tree. Finally, she heard him sigh in defeat.

"Well, my *real* tent is just on the other side of those trees. If you change your mind, the door won't be locked." He disappeared into the darkness before Susanna could assure him that she would be happy to freeze before setting foot in his tent. Then his words sank in. Sure enough, when Daniel lit his lantern, the illuminated orange tent was only ten or so feet from her own.

Susanna cursed again before turning away. Out of the entire forest, he had to be her nearest neighbor. She thought about moving again to get away from him, but decided she wouldn't give him the satisfaction. And it was too dark anyway. For tonight, this spot was home sweet home. She just hoped he had nightmares; his screams would be the one noise she would enjoy hearing in the dark.

It was long past midnight, but Susanna still couldn't sleep. Restlessly, she turned over again and tried to find some part of her body that wasn't bruised and sore from lying on the cold, hard ground. But it was useless; she was freezing. Futilely, she thought again of the selection of expensive sleeping bags the salesman in the store had first led her to. An investment, he had said. He assured her that the comfort and warmth would be well worth the price. And then Susanna had asked where the cheaper brands were. God, she regretted it now and wished, once again, that she had spent more money at the outdoors store. The helpful salesman had also suggested buying a ground pad; she had brushed that advice aside as well. She suspected he had given up making suggestions by the time she and Katrina picked out the tent.

And now she was paying the piper for her choice to spend as little money as possible.

As shelter, the tent was truly a joke, Susanna thought morosely as she tried to tuck her feet inside her jacket with the rest of her body. The thin cloth structure was designed to be simply laid on the ground and wrapped over the string. The sides were held in place by small wire stakes, but both ends closed only with loose flaps, leaving it nearly open to the elements. And Susanna was sure that the wind was blowing from exactly the direction her tent happened to face.

It was a cold wind, bitter with the bite of late autumn, pulling in the damp aroma of faraway rain. And it would get colder yet as night changed to early morning. Susanna had even pulled her head inside the sleeping bag, hoping that her breath would warm the small area. But when the man at the store had explained that this particular sleeping bag had practically no insulation, he hadn't been kidding. Whatever warmth her breath might have provided simply escaped into the night, leaving Susanna shivering in the dark.

The fire had long since burned down completely and only a few glowing embers remained, or she would have moved next to its warmth and given up on the useless tent altogether. Everyone else had retired hours before she did. Susanna remained by the fire until the last straggler had sought his bed, putting off the trek to her lonely tent until the voices around her slowly faded out. The voices were replaced by the sounds of the forest, the sounds of the night, sounds that would probably have kept Susanna awake even if she was warm enough to sleep. And with every creak, every whisper of the trees, every unexplainable rustle from the forest surrounding her, Susanna tensed. God alone knew what else was padding around in the dark. It was too frightening to think about. She'd stayed huddled by the fire until only the embers remained, staring into the suffocating darkness where her tent awaited her.

Tucking her nose and mouth inside of the coat, Susanna found that she could get her feet in, too, if she lay on her knees in the fetal position. It was far from comfortable, but at least the frostbite feeling was fading in her shoulders and toes. It was the most she could ask for. Never again, she promised herself, would she accompany Katrina on any field trip, anywhere. This surely made up for the hundreds of events she planned to miss in the years to come. This trip was paying her dues.

Katrina. If Susanna had any idea which tent her daughter happened to be in, she would have moved in with them, and to heck with Katrina's embarrassment at having her mom stay with her. But Susanna didn't know which tent, in the sea of tents, contained her daughter. Katrina had blithely said it was "a big, green one." What a joke. They were all big and green. There was nothing Susanna could do but wait for morning—and hope the sun rose early.

Daniel waited until the dial on his watch read midnight before he gave up. God! He'd known Susanna Diaz was stubborn. From the very instant they'd met, he'd seen her streak of temper, but he hadn't realized that she was crazy too. As Daniel glanced again at his watch, he was sure of it. It was getting late, and now there was no choice—really there had been none all along. He had been patient, but he needed to get some sleep. For that reason, if no other, *she* was coming inside. Flicking on his Coleman lantern, Daniel grabbed his flashlight and pulled his jeans and coat on over his long johns before stepping outside into the frosty darkness.

The moon was new, and the little light it provided sifted through the branches to the bottom of the forest, giving the forest floor a soft incandescence that was milky and unsure. It was so cold that the mist from his breath hung in the air in front of him, and the night's dampness had lightly frozen on his tent, making the plastic crackle as he zipped the door open and then closed behind him. Daniel flicked on his flashlight and moved carefully through the trees separating his tent from Susanna's, putting his other hand inside the pocket of his coat for warmth. It was really cold out here. Even if she denied it, Susanna had to be freezing. And she was definitely coming inside his tent.

At first glance, Daniel thought Susanna's pup tent was empty. There was no sign of brown hair piled on the white pillow, or of an adult-sized body stretched out within the crumpled sleeping bag. She had to have been awfully cold; maybe she had found Katrina and Terry and moved in with them. Daniel felt a vague sense of disappointment when that thought surfaced, and he grinned wryly at himself—okay, maybe he wasn't doing this strictly for Susanna's sake. Or maybe, Daniel thought, his anger growing, she had gone into Perry Westlake's tent to get warm. Or even John Butler's; he just bet that either of them would welcome her with open arms. And, his conscience added, she had a lot less reason to dislike either of them then she did him.

Daniel started to turn away, and only the final sweep of the flashlight revealed the balled figure curled into the bottom of the sleeping bag. He forgot all about being mad at her over Perry Westlake and John Butler—now he was mad at Susanna again simply for her own stubbornness. Crouching beside the opening, Daniel untied the crossed strings that closed the loose flaps and shook his head again. You'd never even know she was in there.

"Susanna, you are coming inside my tent right now, and I'm not going to argue with you about it. I have got to get some sleep." When he spoke, Daniel tried to keep his voice low, but he was not taking no for an answer this time.

The lump moved.

"Damn it, I'm serious, Susanna. I'm not leaving until you come out here. It wouldn't be fair for Katrina to be motherless, and you just might freeze to death in this ridiculous excuse for a tent."

The lump was moving faster now, seeking the way out of its nest. Like a turtle from its shell, a tumble of brown hair finally emerged. And when a slender hand pushed the hair back, Susanna looked so miserable that Daniel wanted to cry—or laugh. But he didn't do either.

"Come on, Susanna, get up."

She crawled stiffly from the questionable warmth of her thin sleeping bag and useless tent, and rose without speaking. She was shivering violently and wearing what was obviously every piece of clothing she had brought with her. Daniel didn't say anything either. He just picked up Susanna's backpack and sleeping bag and turned back toward the orange beacon of his own doorway.

Daniel waited, crouched in the doorway, holding her sleeping bag hostage until Susanna stumbled in behind him. Then he zipped the flaps closed to save the heat. Throwing down her things in the corner, he motioned to the sleeping bag he had abandoned a short time before. "You can sleep there." Daniel saw Susanna's eyes narrow, but he didn't give her a chance to say what was obviously in her thoughts. "God, you have a dirty mind. The bed is yours and yours alone, Susanna." Daniel paused a second, and then added hopefully, "Unless, of course, you specifically beg me to share it with you."

He was rewarded with the first real smile he had seen since the debacle with Cathy four long weeks before. It was reward enough. As for Susanna, she didn't wait to be asked twice. She slipped off her shoes and burrowed into his Thermo Survivor sleeping bag until all Daniel could see of her was the top of her head and about a mile of brown curls spread out across his small pillow.

"But now you're going to freeze." Her voice was muffled from inside the thick bag. He noticed she didn't offer to come back out—or to invite him to join her.

"No, I won't freeze, I came prepared. I brought long underwear, gloves, coat, hat—the works. With all that plus the skinny blanket you call a sleeping bag, I'll be fine." After a minute, Daniel continued softly. "I'll bet you didn't even bring long underwear, did you?"

Large sleepy brown eyes emerged, and Susanna yawned widely. "I don't own any. I certainly never needed any in Phoenix."

"I guess you wouldn't at that. Is this your first winter in Colorado, Susanna?" Daniel thought he already knew the answer to that.

"Yes. We've been here about six months. We moved here last spring."

"Uh-huh," he said noncommittally.

When her eyelids began to drift shut, he couldn't help asking onc final qucstion.

"And you've never been camping before, have you?"

Another giant yawn. "No."

"I didn't think so." Daniel smiled as he created another pallet from Terry's spare clothes. Susanna was something. She was really something.

Nine

When Susanna awoke, it was to complete silence. She couldn't imagine what had awakened her and didn't even bother to open her eyes. She was sleepy and warm and cozy, and the part of her face that was exposed told her that it was awfully cold outside of the covers. Why in the world would she want to get up? Of course, it shouldn't be cold, her mind registered foggily. Susanna paid an enormous amount for the electric heat in her home, and her house was usually toasty when she climbed out of bed each morning.

Slowly, her eyes flickered open, gradually assimilating the sight of the orange plastic overhead, the pattern of sun and leaves dancing across it, the rough edge of the sleeping bag that teased her nose. Then she frowned as recognition finally dawned. She was in Daniel's tent.

She hazily remembered him waking her in the night and ordering her to come with him. It was an order she'd been happy to accommodate.

Susanna idly wondered what Daniel thought of her acquiescence. After practically throwing herself at him in his home, which thankfully no one knew about but the two of them, she was now sharing his tent and, no doubt, everyone knew it. Katrina was never going to listen to her lectures after this. But for once Susanna really didn't care—she had been awfully, awfully cold last night.

Watching the pattern of sunlight on the roof of the tent, Susanna tried to judge what time of morning it might be. After all, if it were ungodly early, she could always fall back asleep with a clear conscience. But it didn't feel that early. There was also the fact that Daniel was already gone, and he didn't seem like an early riser to Susanna. That probably meant that everyone was getting ready for the day's hike. There was no help for it. As much as she was dreading it, Susanna was going to have to get up.

Gingerly, she pulled one arm from within her down nest and put it outside the covers to see just how chilly the air was. After a moment or two, Susanna smiled and eased the second arm out. It wasn't all that cold—maybe she could manage to get up after all.

By the time she had dressed, and brushed out her tangled hair, Susanna was already dreading the day ahead of her. A hike designed to wear out the wildest of the teenagers would no doubt kill her, Susanna thought morosely as she plaited a thick braid down her back. She would make a fool of herself in front of Katrina and her friends.

And Daniel, her conscience prompted honestly.

But when she finally unzipped the tent and

stepped outside into the forest, there wasn't a soul to be found; the camp was deserted.

"Hi."

Startled, Susanna gave a small cry and dropped the coffeepot into the fire's embers. A puff of soot rose, and Susanna could feel it settling on her face even as she coughed and pulled away.

"Sorry to surprise you." The woman did look a little sorry, but Susanna saw a smile hovering around her lips. Susanna knew that her face was probably coated with the black soot, but she smiled back.

"That's okay. I'd already decided I'd have to find some way to wash, this just speeds the matter up."

"I'm Diane Butler."

"Susanna Diaz." Susanna rose and offered her hand. Then she saw how dirty it was and pulled it back. "This dirt is awful." She gave Diane a quick grin. "You must be John's wife. He told me you were helping him out with this trip. I'm impressed. I don't know how you two do it."

The woman's eyes sparkled with understanding at the dread in Susanna's voice. "I don't go on these camp outs very often. Once or twice a year is usually my limit."

"That would be more than enough for me," Susanna agreed. "Where is everyone?"

"Oh, they left hours ago, just after sunup. It takes most of the day to get to the rangers' station and back. And, as my husband likes to say, 'Early to rise, early to bed'—if he wears the kids out, they go to sleep earlier."

"Do you mean I slept through the start of the hike?" Susanna asked anxiously.

"Well, yes," the woman replied uncertainly. "Your friend, Mr. Stephens, said you preferred to remain behind. I'm sorry if you're disappointed."

"I would have done anything in the world to get out of it."

Diane laughed. "Well, some of us just aren't suited for that sort of thing. I'm pretty glad to have stayed behind myself, though I do hike up with them, on occasion. But this trip, I'm the cook."

"Maybe I could give you a hand," Susanna offered. "Cooking is the one thing I might actually be able to help with. I'd like to feel I wasn't being completely useless."

The woman's face creased into an expectant smile, and she squeezed Susanna's arm in a friendly way. "That would be great. Maybe together we can manage something decent for tonight's dinner. I sure would like to eat something besides hot dogs."

In the end, Susanna made sloppy joes for sixty. It was an easy meal, but the sheer numbers made it challenging. She spent most of the afternoon cutting onions and browning hamburger. Of course, all that she had left *was* the afternoon. To her amazement, Susanna discovered that she had awakened long past noon, and that only a few hours remained before the hiking group would return from their climb, no doubt hungry and ready for dinner.

Luckily, someone had lugged up a kerosene stove

and she didn't have to work over the open fire, but the cooking was still a messy job. By the time the sloppy joe mix simmered in two enormous soup caldrons, Susanna was hot, filthy, and well covered with spots of tomato sauce.

"That really smells great, Susanna. I can't thank you enough for staying to help me this afternoon. It would have taken me all day to get that much food prepared."

"I had twelve brothers and sisters." Susanna stretched her back and massaged the stiff muscles. "Add in assorted cousins, and girlfriends, and by the time everyone got to the table, there were usually twenty or so to feed, so I've had lots of experience with large amounts of food."

"Well, it sure came in handy today."

"Anything to get out of hiking," Susanna replied. "If you know where I could get cleaned up, we'll call it even."

"Sure." Diane's blue eyes crinkled in amusement as she ran her gaze over Susanna. "There's a stream just beyond the last tent. The bank is a little steep right here, but if you follow the stream about a half mile up the hill you'll find a nice, shallow spring. It's going to be a bit cold, this time of year," Diane added dubiously.

"It sounds wonderful. You can just let the sauce simmer while I'm gone, it needs to thicken up a bit anyway."

"I'll do that. Enjoy your hike."

"A half mile," Susanna considered. "Now that's a distance I think I might be able to manage."

Susanna brushed her hands against each other over the fire, but trying to rid her hands of the clinging black soot was useless. She was going to need soap if she ever wanted to be clean again. But a half hour later, Susanna still hadn't been able to find her soap or her towel.

She dumped out her backpack three times in Daniel's tent, certain her towel had to be there somewhere and that she just hadn't seen it. After the third time, though, she was forced to admit defeat. Pushing her clothes haphazardly back into her pack, Susanna stood up and stretched. The towel must have fallen out in her own tent when she had been digging out clothes the night before. Maybe the soap was there too.

But the closer Susanna drew to the pup tent, the slower her steps became, until she stopped altogether a few feet away. To her amazement, the flaps had been closed and tied, and she could clearly see her yellow sleeping bag. Susanna drew in a sharp breath of surprise. Someone was sleeping inside her tent.

Barely breathing, Susanna inched closer, trying to remain absolutely silent as she peered through the tent flaps at the lumpy figure. Whoever it was, they were curled tightly inside the sleeping bag, and only a fragment of white material was visible. Susanna frowned. That white material looked awfully familiar. In fact, it looked just like her towel. Susanna untied the straps and crawled in.

It was towels. Her towel and two others were rolled up and mashed into the sleeping bag, looking for all the world like a body. Anyone just passing by the tent would have assumed someone was inside, just as she had. And they would naturally assume that someone to be Susanna. She smiled and silently thanked Daniel for his thoughtfulness—no one would know she had slept in his tent after all.

It took her only a minute to find the soap in the corner of her tent. No doubt it had fallen out while she was donning every item of clothing she and Katrina had brought with them. Susanna groaned at the ridiculous picture that thought brought to mind and then sighed in resignation. She seemed destined to look her worst around Daniel, she thought ruefully. At least she would look slightly better this evening, when he returned. But only if she hurried.

Suddenly conscious of the fading afternoon, Susanna left to find the spring Diane had spoken of.

"Aren't you going to stop and eat?" She hadn't even heard him coming, but Susanna wasn't surprised. Daniel moved very quietly when he wished.

"I just want to finish cleaning this up."

Daniel's gaze swept the table covered with filthy pans and shook his head. "Nope, you need to eat first. You're too skinny already."

"But, Daniel, if I don't do cleanup now, it'll be dark and the work will be even more difficult." He wouldn't even listen. He just shook his head again and pressed a paper plate into her hands.

"I'll help you clean up later, after you eat. If it's

too dark, I can always bring the lantern over." He picked up two sloppy joes and put them on her plate. "Whoops, watch it. These are the cheap brand of paper plates."

"I'll never eat two sandwiches," she protested as he added a scoop of potato salad to the already sagging plate.

"I'll help you if you sit with me," he bribed her. Susanna gave in. It was impossible to argue with him. And impossible to stay angry when he had been so kind since the trip began. He had even managed to get her out of the killer hike that morning, for which Susanna would be eternally grateful. Of course, he had no way of knowing how woefully unprepared she had been for such a climb. Or how stiff and sore she was from the "easy" leg of the hike the day before. But Daniel had rescued her, whether he knew it or not.

From his seat by the fire, Perry saw her and waved her over. Susanna pretended not to notice.

"Okay, Daniel, I'll sit with you."

Daniel followed her gaze across the clearing and frowned. "Unless you've had a better offer . . ." he began.

Susanna smiled at his obvious jealousy. She shouldn't be pleased by it, she scolded herself, but it was nice to feel wanted.

"No, Daniel, no better offers. I would love to share my sandwiches with you."

"Hey, Dad. Mrs. Diaz! Come over and sit with us."

Susanna followed the voice to where the girls were perched at the fire's edge. To Susanna, who had risked freezing to get clean in the spring, the offer to join them was less than tempting. They were sitting in the dirt, streaks of black soot coating their faces and clothes. When Terry held up her hand to wave, it was stained brown from who-knew-what. Susanna shuddered when Terry picked up her sandwich in that same hand and took a bite. Daniel chuckled. "Don't worry," he whispered, "it won't kill them to eat a little dirt." Then he smiled at his daughter and waved back. "No thanks, Terry. I'm already set up over by the tent. You girls just stay and have fun."

Susanna followed Daniel wordlessly. Whatever he had set up was certainly better than eating in the dirt.

"How did you manage this?" Susanna stopped in awe a few feet from Daniel's tent. Her mind was unable to accept that he'd brought all of this with him.

"Terry and I have *real* backpacks." It was all he said, but Susanna understood. Her backpack was fine for trips to the spa, but when it had come to packing for three days, it had been pretty much useless. It was black and gold, with large purple irises painted on it. A far cry from the aluminum frames and weatherproof packs that Daniel and Terry had worn. Still, she would never have dreamed their packs could have held this much stuff.

"Have a seat."

Susanna chose the camp stool on the far side of the collapsible table.

"Madam, dinner is served." With a flourish, Daniel set her sagging plate before her and retrieved a cold soda from his tent to place beside it.

Nothing had ever tasted as good as the sandwiches and warm potato salad did that night. Or maybe it was just the company, Susanna considered as she took a long drink from her soda. Daniel beside her, sharing her plate, was an intimacy Susanna drank in with all her soul. It seemed natural for him to sit there. When Susanna's conscience interrupted, she pushed the thought of the lovely young Cathy out of her mind. It was just for this trip, Susanna reminded herself. She had every right to enjoy Daniel's company. She just needed to make sure that the relationship went no further than that.

"Oh, there you are, Susanna. I've been looking all over for you." Perry's drawl broke the stillness, interrupting the privacy Susanna had been enjoying. With a resigned sigh, she looked up.

"Hello, Perry. How was the hike today?"

Daniel mumbled something under his breath as he went back into the tent, but Susanna didn't quite catch it.

"Actually, it was a little boring," he replied, nonchalantly assuming Daniel's seat. "I decided to stop partway and do some real hiking on my own. Naturally, I waited for their return to help out any way I could."

Susanna saw the expression on Daniel's face as he

came out of the tent and almost laughed. "Naturally."

"Actually, Perry was a big help on the hike," Daniel said unexpectedly.

Perry preened. "Well, I try to do what I can," he said modestly.

"Yeah," Daniel continued. "He stayed the hell out of the way and stopped slowing us down. He couldn't even keep up with the fat kids."

"Well, I never . . . how dare you—"

"Get out of my chair, Perry." Daniel's tone brooked no argument, and Perry rose stiffly.

"Susanna, when you tire of this bore, I'll be happy to share my company with you." Perry sniffed in disgust. "I can't imagine it will be very long."

"I can't imagine it will be very long," Daniel mimicked at Perry's retreating figure. "What a priss-pants. He should've let his wife come on the trip. She's got to be more man than he is."

"Now, Daniel . . ." Susanna began, laughing.

" 'Now Daniel,' hell! Most of the thirteen-year-old boys with us are more man than he is. Really, Susanna, I can't imagine what you see in him."

"I don't see anything in him," Susanna countered, surprised. "I never even met Perry before this trip."

"You see, there it is." Daniel pounced on her answer.

"There what is?"

"You were calling him Perry from the first day."

"Umm . . . that's his name."

"Yeah? Well, I had to tell you my name a half-dozen times before you would use it."

Susanna couldn't believe the conversation. "Wait a minute, Daniel, are you jealous of Perry?"

"Jealous?" Daniel shook his head negatively, but his eyes confirmed it. "I'm certainly not jealous of Perry Westlake. And that damned John Butler has been hanging around you every chance he gets too."

"Daniel," Susanna reminded him softly, toying with the plastic fork in her hands. "You're the one with a girlfriend."

Daniel shook his head impatiently. "Listen, about Cathy—" he began.

"Susanna?" a voice interrupted.

Susanna could have groaned at the timing. "Yes, Diane?"

Diane's pleasant form appeared at the edge of the light. "I was just about to clean up the dinner mess. Do you know where we put that pile of rags this afternoon?"

Susanna rose. "Diane, have you met Daniel?"

"Well, not formally. We bumped into each other a few times this morning."

"Diane, this is Daniel Stephens, Terry Stephens's father." Susanna tried to hide her enjoyment as she added, "Daniel, this is Diane Butler . . . John's wife."

Daniel shot Susanna a knowing look as he crossed the small distance. "It's a pleasure to meet you, Diane. You and your husband have done a great job with this trip."

"Oh, it's all John's doing," she assured them. "He's a natural with the kids."

Susanna took the washtub out of Diane's hands. "I'll wash the pans. Let me just gather a few things and I'll take them to the spring."

"Well, if you're busy, I can do it myself." Diane looked speculatively from Susanna to Daniel.

"It's no problem," Susanna assured her. "I was planning on doing it anyway."

Diane shrugged. "There's a lot of stuff to carry, but I'll see if John will give you a hand."

Daniel interrupted before Susanna had a chance to answer. "There's no need. I'll help Susanna carry everything." He didn't say a word after Diane left. He simply gave Susanna a look that spoke volumes, then took the washtub. Picking up the lantern in the other hand, Daniel stalked off to the table of dirty dishes. Susanna followed behind more slowly, wondering what he had been going to tell her about Cathy.

"I think it was right down this way."

Daniel followed Susanna on the path. He had both a lantern and a flashlight with him, but he didn't turn either on. It was far more fun following her in the dark. He also didn't mention that they had missed the turn-off for the spring some ways back, or that he could have found his own way there with his eyes closed.

"Gosh, Daniel." Susanna stopped abruptly and

Daniel ran into the back of her. "Oh, sorry," she offered.

Daniel wasn't sorry. He set the lantern and the tub of dishes on the ground. When she turned back the way they had come, she was practically in his arms. He hoped she couldn't see his broad grin in the darkness.

"You know, it was so easy to find in the daytime," Susanna said uncertainly, peering past him at the many paths leading through the woods.

"Things look a lot different at night."

"Yes, but . . ." Suddenly the enthusiasm returned to her voice. "Let me use the flashlight. I think it's right through here."

"No, Susanna." Even in the dark he could see her surprised expression.

"You won't let me use your flashlight?"

"You hate borrowing things, remember?" An elbow impacted with his ribs. "Ooof! Geez, Susanna, that hurt."

She ignored him. "Besides, you're right beside me, so it won't really be like I'm borrowing anything."

Daniel grinned. She was throwing his own words back at him. "That's true. But I still can't let you go walking off that way with the flashlight."

"Why not?"

"Because the spring is *this* way." He pointed behind them.

It took a moment for that to sink in. "You mean you knew where the spring was all the time."

"Well, yes," he admitted. "But you were having so much fun, I hated to spoil it."

"Damn, you're going to drive me crazy!"

"I'd love to try Susanna. I'd surely love to try."

She went absolutely still beside him, and Daniel could feel the heat of her gaze as she turned toward him. Slowly, he slid one hand behind the waterfall of hair, until he felt the soft skin of her neck where it met a nape of curls. He'd wanted to wait, but it felt like he'd already waited an eternity. Carpe diem.

His mouth slid across hers, softly, slowly, seeking entrance, his tongue tracing, probing, and finally meeting her own in an erotic dance that nearly destroyed his hard-won composure.

She was sweet and soft, everything he had remembered, and everything he had imagined. And so much more. It was a kiss of a few seconds, but it was an eternity, a moment so perfect that it lasted forever.

"Oh, Daniel," Susanna whispered against his lips, and the sound set his nerve endings on fire.

The next kiss was far more than just a taste; it was long and hot and consuming. Daniel wanted to devour her, to take her, there and then. Her breasts were pressed against his chest as he pulled her tightly against him, and the softness of her called him with a siren's song—unreal, unmistakable, and unrefusable. But Daniel knew he had to refuse, had to be the one to pull back, had to face the reality of a cold, dirty mountain and the black night surrounding them. His first time with Susanna was not going to be on a dirt path beside a pile of unwashed dishes.

"Oh, man," he sighed into her hair. "You taste so sweet. I could go on kissing you forever."

"Okay." Her soft whisper shot through him. He was hard with wanting her, but it was impossible.

His laugh was shaky. "Come on, honey. We've got dishes to do, remember?" Daniel had always prided himself on self-control; right now he wasn't sure why. "Here, Susanna, you take the flashlight. Just head back the way we came, and I'll tell you where to turn."

She didn't say anything, but he heard her take a deep, shaky breath as she turned away, and he smiled. At least he wasn't the only one.

"Susanna," he said softly as she took the flashlight and turned away.

"Yes?"

"There truthfully was never anything between Cathy and me. She's a friend of my sister's and, well . . . it just looked bad." Daniel stopped, holding his breath. Had he ruined the evening by mentioning Cathy?

"Good, Daniel. I'm very, very glad."

"So am I," he said as they began walking. And he was very, very glad.

"You realize we are going to freeze?" Susanna looked down dubiously at the rushing water. It hadn't seemed so cold in the daytime, but tonight her fingers were icy from just a touch. The thought of getting wet enough to wash dishes was not a tempting one.

By the light of the lantern, she was able to see Daniel's cocky smile. "Just leave it to me, little lady, I'll take care of everything, just like *that!*"

His impression of Perry was unmistakable. Susanna slapped his fingers from in front of her nose. "Just you do that, Mr. Stephens, because I truly don't care much for the idea of scrubbing pans in freezing water, in the dark."

" 'Mr. Stephens?' Ah, see how she wounds me." Daniel clutched the general area of his heart and fell to his knees in the soft sand. "I offer to teach her the secrets of the camping universe, secrets others have suffered and died for, and she sends an arrow through my heart."

Susanna tried to keep her look reproving and not to smile. "Shakespeare you're not. Okay, Daniel, teach me your secrets for washing pans."

"Certainly, my lady." Daniel rolled to his feet in one smooth motion. His bow was off balance and he almost fell, but Susanna applauded anyway. "The first thing you must realize is that until the pan is clean, you use only a minimum of water. For it is the sand you scrub with that is truly the secret to a clean pan."

"Sand?" Susanna wrinkled her nose in disgust. "The pans are already dirty enough."

"Ah, but sand is the 'Brillo pad' of the knowledgeable camper," Daniel insisted, his smile broadening. "With sand you make the pan clean enough for the water to do the rest." He glanced at Susanna; she raised a dubious eyebrow. "Let me show you, oh doubting one."

Picking up one of the deep pans that were heavily encrusted with sloppy joe sauce, Daniel gave it a quick dip into the spring. Then he scooped in a couple handfuls of sand and began scrubbing. Susanna could hear the grinding of the sand against the pan and had to smile at the ingenuity of the idea. It didn't take a minute before Daniel was back at the stream, rinsing the pan clean.

"Aren't you even going to use soap?" Susanna couldn't help it, it was just the way she was raised.

Daniel looked at her a moment. "If you won't tell, I won't tell."

"Oh, I'll tell," Susanna assured him.

"Then we'd better use soap."

Susanna handed him the dishwashing liquid and picked up the second dirty pan. The water almost numbed her hands with just one touch, but Susanna smiled as she scooped up some sand. She was enjoying herself more than she had ever imagined; she had never dreamed that washing dishes could be so much fun. But then she had never thought she would be washing dishes in a cold river in the dark of night, with a gorgeous man beside her. It was a night for surprises. A long moment of beauty that would be forever ingrained in Susanna's memory. The smell of the damp ground, where the spring rose and fell, was rich. And Daniel's good mood was contagious.

"It's incredibly cold," she gasped. And when Daniel laughed in a condescending, macho way, she couldn't resist the splash she sent his way with the edge of her fingertips. Not much, but enough to get him slightly wet.

Daniel yelled something incomprehensible, and Susanna started laughing.

"You won't think it was so funny when I'm finished with you," Daniel promised, taking threatening steps towards the water.

"Bet me." Susanna was laughing so hard she thought she might fall into the spring, but she managed to fill her large pan half full.

Daniel eyed the pan and Susanna sensed triumph. There was no way for him to get close to the spring without passing her pan of water first. She eyed him confidently, drunk on certain victory.

And then he charged her.

"AAARRRRRGGGGHHHHH!" His arms were up, his muscled torso making a daunting adversary. With only split seconds to decide, Susanna chose flight over fight, and threw the bucket of water aside, instead of at him. Then, she tried to scramble away before Daniel could catch her. But the ground was too slippery, and Susanna let out a little scream as she landed on her butt on the tall grass.

"Are you crazy?" she asked him, laughing as he leaned over her. "I could have thrown all that water at you. You would have died of hypothermia."

"Ah. But, Susanna"—he pinned her with his eyes, then with his body as he dropped into an almost push-up position, one arm on each side of her body—"I would have had you to warm me. And I'm sure that would be more than enough." He imprisoned Susanna with his arms, taking her breath away with the promise she saw in his blue eyes.

As Daniel pressed her back into the grass, Susanna noticed that the ground felt so much nicer than it had the night before. That was her last conscious thought before pure sensation took over.

His kisses were divine. Simply incredible. There were really no words that could ever express the perfection of feeling of his body lying atop hers, his weight pressing her down. Daniel's body fit hers perfectly, like a glove, meant to be. Susanna knew without a doubt that she wanted him, now and maybe forever.

The thought did not amaze her. Susanna accepted it with the equanimity that had seen her through good and bad times, allowing her to make decisions without emotion taking control. But what to do about the intense desire—that was the question. And then she forgot to worry about it. His kisses always made her forget.

His hands were cold at first as they tangled in her hair, holding her face for his ravenous kiss. His tongue skipped across her lips, and Susanna leaned upward to capture his mouth more firmly. She pulled him to her, and Daniel held her achingly close as his hands stroked her back, whispered across the nape of her neck, slid into the small gap at the back of her jeans. When one of Daniel's strong hands slid beneath Susanna's sweater, beneath her T-shirt, to rest on her rib cage, fingers stroking featherlight against her sensitive skin, Susanna arched against the now-warm palm, feverish with the desire to feel his body against her own. And when his hand touched her breast, Susanna leaned into it, and knew then that she had made her decision. And she knew that Daniel felt it too.

Susanna's hands slid down the strong muscles of his arms, reveling in the chance to touch what her eyes had so long admired. He was strong, and gentle and quick with his smile, and everything Susanna had ever dreamed of in a man. His knowledgeable touch thrilled her body, and she wanted so much more.

When his knee slid hard between her thighs, so that the heat of his leg pressed intimately against her, tremors shot through Susanna's body and Daniel groaned in response. His mouth left hers to trace a path across her temple and down her cheek. The tips of his fingers claimed her nipple as his hot breath teased her ear.

Then the water hit her in the eye.

"What in—" Susanna half sat up.

"What's the matter, honey?" Daniel's voice was muffled against the skin of her neck. "Hey . . . ! Oh damn, it's raining."

She would have realized that eventually, Susanna assured herself as she tried to pull her thoughts together. With little regard for the moments that had just passed, Susanna pushed Daniel's weight off and scrambled to her feet. "Oh my goodness!" A fat drop landed in the middle of her back, soaking into her shirt and sending a cold path down her spine. "Quick, Daniel, help me get the pans."

"To hell with the pans. If we get soaked, we'll freeze. Get the pans tomorrow."

He wasn't taking no for an answer. He grabbed Susanna's hand and pulled her stumbling after him as they ran pell-mell for camp.

It was a good thing one of them knew where they were going, Susanna thought as they took a sharp turn through the trees and ducked beneath the low-hanging branches. The night had darkened until there was no sign of a moon and a long roll of thunder sounded threateningly overhead. She would have taken much longer to find her way back by herself and would probably have ended up lost in the rainstorm. But with Daniel acting as her guide, it took only a few minutes to return to the camping area. Their quick return only emphasized to her how badly she had led them astray to begin with, but Susanna didn't say anything about that, and, thankfully, Daniel didn't either.

When they reached the clearing, the patter of the raindrops was loud against the tents, drowning out any noise from the other campers. No one remained outside, but an occasional flash of light raked the tent walls, showing that not all the occupants were asleep. The campfire was a miniature volcano, sending small eruptions of smoke and ash skyward as drops of rain hit its banked heat. It sounded like a nest of snakes, hissing in the night.

The raindrops were large and heavy and soaking. Susanna's thick hair was thoroughly wet from brushing against the dripping branches. Susanna shivered, certain she would never be warm again. She wanted to lean against Daniel, to slide comfortably under his arm and let him wrap his warmth around her. But he seemed distant, and preoccupied, and far removed from the desire still heavy in Susanna.

"I guess everyone has turned in."

"I guess." Daniel threw the words back over his shoulder as he moved quickly across the clearing to where their own tents were set. He didn't even look at her. Susanna would have slipped her hand from his, but, when she tried, he tightened his grip, squeezing her hand while his thumb danced across her fingers. Susanna breathed a sigh of relief. She didn't really want him to let her go, but she needed to give him the opportunity.

She knew clearly which tent she would rather sleep in, and who she preferred to sleep with. There was no question in her mind. If Daniel offered tonight, Susanna was going to wholeheartedly accept. Pride said that she should insist on propriety and sleep in her own tent. But it was a whole lot more than just common sense that argued otherwise. It was plain old lust which had her thinking up excuses to sleep in Daniel's tent.

She wanted Daniel Stephens in a way that she had never wanted another man. Well, there hadn't been all that many. In fact, besides her ex-husband there had been only one. She'd been asked, but had never been interested. Now that she finally was interested, would Daniel ask?

As they neared Susanna's small tent, Daniel dropped her hand, and Susanna was afraid that she had her answer. For a second, she wondered what she could do, what she *would* do, to show Daniel how much she wanted to be with him. But, thankfully, she did not get a chance to say anything. He simply retrieved the sleeping bag from inside Susanna's tent, then, just as swiftly, retrieved Susanna's abandoned hand and pulled her back against him. He must have seen the momentary retreat in her eyes, because he slid his arm heavily around her shoulders, pinning her against his body. "Don't even think about it," he warned.

Susanna smiled in the darkness and went meekly, beside Daniel, to the orange haven of his tent. She'd had no intention of remaining behind anyway, and would surely have thought of something to say, eventually. But now that the issue was settled, Susanna thought with a smile, she would let Daniel believe that it was all his idea.

Ten

"Susanna? Are you asleep?" The voice came out of the darkness, weaving its way through the thick silence that separated them.

"No." It was a ridiculous question. There was no way she could sleep with him so close.

"Good."

She felt the word all the way to her toes.

She'd been lying there in the dark for so very long, waiting for Daniel to say something, waiting to summon the courage to say something herself. But he hadn't. And she hadn't either. Susanna knew, somewhere deep inside, that Daniel would never make the first advance; not while they were in his tent. It would be rather like taking advantage of a guest, although this was one guest who definitely wanted to be taken advantage of. But Daniel had kept his distance. From the moment they had returned to the tent, he had been circumspect, only kissing her briefly before moving to the far side of the tent. It left them at an impasse. Susanna chewed her lip with indecision. If she wasn't willing to make the first move, she might miss out on something that she wanted very badly.

There was a long silence.

"Daniel?" Hesitant, breathless, in the dark.

"Yes?" His voice was so deep and so sexy.

"Are you cold?" It was more than a question, it was an invitation. Susanna hoped it sounded that way. But on second thought, maybe not, she worried. Maybe she should be more direct.

"Oh, yes, Susanna. I'm very cold."

Wow! He was much better at this than she was. His answer definitely sounded like an invitation. For perhaps the very first time in a relationship with a man, Susanna knew exactly what to say. "Me too. Why don't you come over here and we'll both get warm."

His laugh, low and husky, was answer enough. Susanna heard the long metallic rip of his sleeping bag zipper, and then the added warmth as the second bag was laid over her.

"I wouldn't want you to be cold."

"I'm sure I won't be . . . anymore."

There was only the faintest glimmer of light inside the tent, so it took Susanna a moment to realize: "Daniel, you're naked!" She didn't mean to sound so shocked, but it was awfully cold.

"You'll like me better that way, I promise." Daniel sat down beside her, sliding his feet, then the rest of his body into the sleeping bag. It was a very tight fit, and he managed to touch every part of Susanna's body as he slid inside. She was already breathing hard. "But you're not, Susanna. I think we'd better fix that."

Susanna gave a brief wish that she'd thought of that before inviting him into the bag. Now she would have to get out and undress in the subfreezing temperatures. Of course, she thought as she ran her hand up the hairy, muscled leg and across the taut stomach, there was an awful nice reward waiting when she got back.

"Okay," she complied, beginning to slither out.

"Wait a minute, where are you going?" Strong arms halted her by sliding around her shoulders and tugging her back. Daniel rolled onto his back, pulling Susanna with him so that she was on top. When her knees slid down, she was straddling him. She could feel his heat pressing for entrance against the jeans she was wearing. "Don't leave yet."

"I was just—"

His kiss stopped the words. The lightest touch of his lips against hers drove all thought of argument from Susanna's mind. His arms around her were no longer imprisoning, but caressing, holding her with the bonds of promises and kisses. She forgot any thought of leaving the sleeping bag.

"Now let's see how this works," he mumbled against her lips, continuing to tease her mouth even as his deft fingers worked the buttons on her thick sweater.

Working her arms from the sleeves became a game. Daniel used the opportunity to touch Susanna everywhere, sliding his hands across her back and under her shirt and through her hair. He pressed her against his chest, while sliding his hands down her pants to untuck the shirt.

Then the sweater was gone, the shirt slipped away without protest, and Susanna's bra simply disappeared.

"You're awfully good at undressing a woman in a sleeping bag," Susanna whispered as her sensitive nipples brushed the thick whorls of hair covering Daniel's chest.

"And we haven't even gotten to the best part yet."

The promise tore through her even as his mouth claimed her breast, his hand coming up to cup it, his tongue rubbing the nipple, sucking, pulling.

"Oh, Daniel." Susanna arched her back to give him better access. She didn't remember it feeling this good, didn't believe it ever had.

Daniel rolled them over again, sleeping bag and all, so that he was poised on top of her this time, resting between her legs. His mouth moved to caress the underside of her breast, then his tongue ran across her stomach, as his hands pulled the buttons loose on her jeans. There was so little room that with every move, their bodies brushed and met and entwined. Susanna stroked his shoulders and ran her fingers through his short, soft hair, touching any part of him available as he disappeared further down into the sleeping bag.

Where her pants parted, his tongue tasted, leaving no skin undiscovered. His lips moved across her hips, his hands pulling at the confining jeans, and finally his mouth heated the place that ached for his touch.

But still her legs were trapped, caught in the fabric of her jeans that now rested on her upper thighs, unable to separate for the questing tongue and fingers that teased her. She wanted him inside her.

"Come up, Daniel," she begged, pulling at his shoulders. But he was too strong, too heavy.

"No way." As he spoke, she felt the heat of his breath at the juncture of her thighs, her thin underwear providing no protection. Then the edge of the underwear slid aside, his fingers holding it away, his tongue claiming her until Susanna was writhing beneath him.

"Oh, my God, Daniel! Please . . . please . . ."

"Yes, Susanna, pleasing you is exactly what I want to do. Do you like this?" His lips captured her and sucked softly, Susanna pressed up against him with a sharp cry, her legs still entrapped in the jeans and underwear. "Tell me, baby, do you like it?"

"Yes, oh yes, oh yes."

With a long, quick pull, the pants were gone, and the underwear disappeared as well. Then his mouth was back, his hands separating her knees as far as the confining bag would allow.

"You taste so good, Susanna."

She felt him part her, his finger sliding inside, just as his lips suckled. His voice was like rich honey, urging her upward as his finger moved in and out. When his tongue moved against her again, Susanna exploded.

But still he didn't release her. He stayed with her as she bucked against him, his hot mouth pulling her into one explosion after another, showing her heights Susanna had never dreamed existed.

And then he was joining her, stopping to rub his tongue across her nipples while his fingers continued what his mouth had begun. When at last he entered her, pressing inside slowly, filling her completely, Susanna cried out. Daniel captured the sound in his mouth, his own low moan moving against her lips. Together they moved, met and released, finding a rhythm that suited them both, driving them over the edge until they shuddered in each other's arms.

"So . . . you were already naked, Daniel." Susanna's voice was muffled against his chest, but she knew he heard her because he laughed.

"Um-hmm."

His finger danced down her arm and over her bare hip, until Susanna grabbed it and pressed it against her leg, holding it still.

"But you would have frozen like that."

"Most likely."

His fingers were moving again, and she was no match against his strength. Susanna gave up the struggle, trying to remember what she had wanted to say. "If I hadn't invited you to join me, would you ever have made the first move?"

"It never would have happened."

Despite the wonderful things his hands were doing, Susanna stiffened. "You mean you would have stayed over there, by yourself, and frozen, rather than try and convince me to sleep with you?"

"I mean, I knew you were going to ask . . . and I was ready and willing to comply." Daniel poised atop her, trapping Susanna's hands above her head. "You wanted me bad, Susanna, admit it."

"No."

"No, you didn't want me?" His cocky grin showed he didn't believe it.

"No, I won't admit it," she corrected.

"Oh," he said, a wealth of understanding in the one word. "I can see that I'm going to have to turn you into a properly submissive female."

Susanna tensed. Surely he wasn't serious—as her ex-husband had been. "You mean I need to do what you want, obey your commands, and always answer yes?"

"Yes, to all those things, especially the part about obeying my commands." His smile was positively wicked. "But only in bed. And I promise to do the same for you."

His lips brushed hers lightly over and over, teasing, not settling, and Susanna was trapped beneath him, unable to pull him closer.

"Stop teasing me, Daniel," she whispered against his lips. She reached her hand down to capture the hard length of him, the satin steel growing beneath her fingertips. With a groan, Daniel's hand joined hers, and together they guided the staff to where both wished it to be.

"Oh, I'm not teasing anymore, believe me. I'm getting mighty serious now."

"Mom?"

Susanna rolled over and a stab of watery daylight

hit her right in the eye. When she threw up her arm to block the light, her arm got very cold, very fast. Susanna came fully awake; she was in Daniel's tent, in Daniel's sleeping bag, naked, and her daughter was at the door. Just as she was about to panic, a deep voice came to her rescue.

"Katrina, you need to go and help Debbie and Terry clean out your tent."

"But I want to talk to my mom."

"You can talk to her after everything is packed up. In fact you can talk to her all the way down the mountain. For now you need to pack."

Susanna could hear Katrina grumbling, but she did walk away. Susanna breathed a sigh of relief.

"Susanna?"

His voice sent a thrill through her. "Yes?"

"It's time to get up."

"Okay. Thanks Daniel."

"No, thank *you,*" he returned softly. She could hear his footsteps walking away.

Katrina obviously knew that her mother had slept in Daniel's tent. There was no getting around that fact, much as Susanna wished otherwise. She had to figure out how to handle the questions that were bound to come. It wasn't wise to face Katrina unprepared. After rejecting any number of excuses, Susanna finally settled on the one that was closest to the truth: It had been too darn cold in her own tent. She could only hope that would be enough.

Sure enough, Katrina was waiting to pounce the moment Susanna zipped the tent closed behind her.

"Mom!"

Susanna whirled to face her daughter, hoping she didn't look as guilty as she felt. "Good morning, Katrina. Did you sleep well?"

"Yes, and I guess you must have slept well too." Luckily Katrina saved her the trouble of replying. "Isn't it just the greatest thing, Mom?"

Susanna looked sharply at Katrina. "Isn't what the greatest thing?" she asked carefully.

"That Mr. Stephens traded tents with you last night so that you could get some sleep. I was really surprised this morning when I went to wake you up and he was in our tent instead. You know," she continued thoughtfully, "he's really a very nice man, Mom. You ought to give him another chance."

Smiling, Susanna offered Daniel her silent thanks and gave her daughter a quick hug. Suddenly, the fact that she'd had little sleep either night, that she was sore and dirty, and that the sun had barely cleared the horizon didn't seem to matter. This camping trip had been a great idea.

"Katrina, I think maybe you're right. I think I will give him another chance."

Katrina's face lit with enthusiasm, and she hugged her mom fiercely. "Maybe we could all go to a baseball game and he could teach me how to play. And we could go out for hamburgers all the time."

This time, Susanna wasn't about to rain on her daughter's parade. It was okay if Katrina thought Daniel was wonderful; Susanna thought he was pretty wonderful herself. "Maybe not hamburgers *all* the time," she said, stroking her daughter's dark hair.

"Okay," Katrina agreed. Then she smiled hugely. "I've got to go tell Terry."

"Whoa, hold on a minute." Susanna grabbed Katrina's shirt to keep her from running off. "There is nothing to tell. Daniel and I might see each other once in a while, but don't be expecting more than that, Katrina. Sometimes things don't work out the way you want them to."

"This will, Mom," Katrina assured her. "Trust me, this will be perfect."

She was walking with John again, had been for some time now. But Daniel only smiled. He didn't have any more worries about Susanna.

Everything had fallen into place. It was completely obvious to Daniel that he and Susanna would have a long future together—and he had felt this way only once before. Daniel was being offered a second chance, and those didn't come along very often. He was going to grab this one with both hands and go for the double-play.

Terry and Katrina were a ways ahead, but every once in a while they would turn back to look at him, and Daniel would see their huge grins. He didn't know what Susanna had told her daughter, but whatever it was, was okay with him. At least now, Terry wasn't dogging his every step.

* * *

"It's hard to believe that you were able to get these kids going so early this morning." Susanna had to shade her eyes to look at John. The sun had finally cleared the mountains and seemed to be traveling directly behind him.

"Well, actually, it's almost eight-thirty. I hoped to be all the way to the buses by now." John shook his head. "It's always rough to get the kids up before the sun clears the horizon. And it's the first time a lot of them have been camping, believe it or not. You have to actually point out all the things that need to be done. They don't just see it for themselves."

Susanna squirmed a little under the sadness in his voice for the kids whose parents never took them camping. In truth, the trip hadn't been as bad as she'd expected. Of course, that was thanks to Daniel. On her own, she would have been completely miserable.

In fact, camping with Daniel had been quite an experience all around. Susanna smiled. She'd go camping again with him in a second.

"Yep, there they are."

Susanna looked where John was pointing. Through the cleft in the mountains, she could see the orange buses waiting side by side on the tarmac below. The teenagers, obviously, saw the buses too. Like horses on the return trail, the line of kids began picking up the pace. Even the stragglers were pulling ahead. Soon, Susanna and John were alone at the back of the line.

"Hi, Mom." Katrina was sitting on a large boulder

along the trail. She slid down directly in their path. "Mr. Butler, your wife needs you up front. Something about dividing the kids between the buses, I think."

"Oh, thanks, Katrina. Susanna, I appreciate the company. I hope you'll be joining us on a field trip again very soon." John looked earnestly at her, and Susanna pinned on a bright, false smile.

"I'll be looking forward to it." It was a lie, but it was the polite thing to say.

"Mom," Katrina admonished her when John had gone, "do you really think you should be spending so much time with Mr. Butler when Terry's dad is right up there? What if Mr. Stephens sees you?"

Katrina was biting her lip and truly looked concerned. Susanna laughed. "There are a lot of men in the world, Katrina. If Daniel and I have any future together, he'd better get used to seeing me talk to some of them occasionally. It won't be any good otherwise." But Susanna was confident that something very good was on the horizon. Her future had never been so certain, and Daniel was the most promising piece of it.

Katrina was clearly exasperated. "Gosh, you're going to ruin everything, Mom. Can't we at least try to catch up and walk with them?"

Susanna shook her head. "I'm supposed to bring up the back of the line. I can't abandon that assignment just because I would rather be somewhere else. Don't worry, we'll talk to Daniel and Terry on the bus. Maybe they'll save us seats."

* * *

"Glad to see you made it."

His smile warmed her as she slid past him into the window seat. The hike was over; she had survived. Susanna settled back against her cushion with a relieved sigh. "I wouldn't have missed this for the world."

"I know what you mean," Daniel agreed. "It's been a great trip. I love camping with the kids."

"I was talking about the ride home."

Daniel laughed. "Come on, Susanna, you know you enjoyed yourself. It certainly was the best camping trip I've ever been on." He lowered his voice. "Of course, I've never tried sharing a sleeping bag before. Makes all the difference." He waggled his eyebrows at her, and Susanna was caught somewhere between a laugh and a blush.

"Shhh . . ." she admonished. "Daniel, you're terrible."

"Wait until tonight. I'll show you just how wonderful I can be."

"Tonight?" Susanna hadn't thought that far ahead. Surely that was pushing things—she didn't want him to grow tired of her already. "I don't know, Daniel . . ."

"I'll pick up dinner along the way." At Susanna's halfhearted protest, Daniel shook his head. "Hey, you've got a boyfriend now. Get used to it. I'm bringing dinner, and I'll be there at six."

Giving in, Susanna smiled and settled back in her seat. "That sounds great." She had a boyfriend now. It would take some getting used to, but it sure sounded good.

Eleven

They found a parking space directly across from the junior high school. Susanna frowned. It figured that they would, since this time she had worn jeans and tennis shoes. When she mumbled something about that to Daniel, he nodded absently and squeezed her hand. Susanna didn't mind—she knew she wasn't making any sense.

Katrina and Terry were chattering away in the backseat and had been like live wires since the four of them had left Daniel's house. It seemed that Susanna and Katrina practically lived there now; they still went home every night to sleep, but that was about it. The girls had become inseparable.

"Mom, no puedo creer vamos a estar en secundaria en el próximo año."

"Yo tampoco."

"What can't you believe?" Daniel asked, turning off the car.

Susanna smiled at him. "Your Spanish is getting better. Katrina said she can't believe they'll be in high school next year."

"I understood the 'year' part," Terry piped up from the backseat.

"Good for you, Terry," Susanna said approvingly. "Your Spanish is getting better too."

"It should be," Katrina bragged. "I work with her every day at lunch."

The change that had come over Katrina was nothing less than miraculous, Susanna thought with a smile as she locked her car door. Now, instead of shirking her heritage, Katrina had embraced it wholeheartedly—and insisted that Daniel and Terry do the same. In fact, the girls had matching dresses for the *Quinceañera* Katrina insisted they share. Not that Susanna minded; it made them all more of a family. And Daniel and Terry seemed to be enjoying their constant class in Mexican culture. Katrina even ate what Susanna cooked without complaining, at least most of the time. Of course, Susanna knew that Katrina's acquiescence was probably just to get to the ballpark with Daniel sooner, but whatever worked was fine.

"We'll see you guys inside."

The girls did that a lot these days, running off unexpectedly and leaving Susanna and Daniel alone. Where they used to remain by their parents' sides, now Katrina and Terry had each other. Together they bravely faced anything—even the eighth-grade social strata.

"Just promise me one thing, Susanna." Daniel put his hand on her arm and pulled her to a stop only a step away from the doors. He sounded serious.

"Sure, Daniel, what?"

"That if you ever decide to make cookies, they won't be butter cookies."

"Well," Susanna admitted slowly, "that's not exactly the promise I expected. I suppose you have some reason for that strange request?"

"Don't worry. You'll find out," Daniel assured her. With grim determination, he pulled open the doors to the school.

"It's your turn, Daniel. I argued with them last time," Susanna reminded him softly. Daniel frowned; he was really beginning to hate this. Mentally preparing himself for the fight, feeling as though he was going into battle, Daniel reluctantly crossed the room to the growing throng of teenage girls.

"Come on, Terry, we have to get going if we're going to visit your teachers."

"Just a minute, Dad. I promise we'll be right there."

He'd heard that one before. "No, seriously, Terry, it's getting late. You girls come on, now. If we get out of here early enough, we can go have dinner somewhere."

"Oh, we're not hungry," Katrina assured him. "Why don't you and Mom have some of the cookies?"

Terry shot Katrina a look that said her suggestion was a mistake. She was right, it was.

"*Now,* Terry, Katrina." Daniel pinned each of the

girls, in turn, with a look that was meant to be intimidating. He could only hope. "Right now."

Grumbling, the girls muttered hasty good-byes to their friends. Daniel and Susanna quickly herded the two of them out of the cafeteria as though they were conducting a roundup, heading the girls off from any potential diversions or side trails. The girls grumbled all the way out the cafeteria door, but Daniel and Susanna ignored them and finally made it back into the hallway. Daniel gave a sigh of relief. His stomach was rumbling already, and all he could think about was where to stop for dinner. Steak sounded awfully good. He'd bet that with a few words he could change Terry's and Katrina's minds about not being hungry.

Now began the process of visiting the girls' teachers, while trying to avoid the friends in the hallways. As they went together from teacher to teacher, a definite pattern began to develop. Daniel was grinning by the second teacher, but it took Susanna until the third to catch on.

Susanna and Daniel would walk in and stand with their daughters in the line of waiting parents. The teacher would see Terry and beam happily while raining praise upon her head; it was no wonder Terry liked Open Houses so much. Daniel would listen with the smug smile of a doting parent. Then it would be Katrina's turn, and the teacher's enthusiasm would visibly drain. But, truthfully, all of the teachers said that they were pleased to see how much Katrina had improved during the year, and Susanna was content with that. Katrina was coming into her own now. She was doing fine.

It was on the way to visit the auditorium that they passed the door labeled ROOM 10—MR. CURTIS. Susanna stopped.

"Mr. Curtis? Isn't he your homeroom teacher?" At Katrina's less-than-enthusiastic nod, Susanna turned to Daniel. "I've been meaning to meet him all year long, but something has always come up and Katrina ends up dragging me away."

"Oh, come on, Mom, we'll come back to his room later," Katrina whined.

"Yeah," Terry concurred. "I want to make it to Mrs. Irving's room before she's all out of candy."

"Nope." Susanna braced her weight against Katrina's attempt to pull her forward. "If this is the guy that had to keep you two in line all year, he deserves my thanks at the very least."

"Okay, then my dad and I will meet you in the cafeteria later. See you there." Terry grabbed Daniel's hand and was off—at least until she reached the length of his arm.

"Hold on, Terry, let's go in. As a matter of fact, somehow I've missed meeting this guy all year too. I didn't know he was your homeroom teacher." Daniel raised his questioning glance from his daughter to meet Susanna's gaze. Susanna could tell that he had the same thought she did. The girls were up to something.

The classroom looked just like all the others: straight rows of desks, class work posted on the walls, a young, smiling teacher at the front of the room, greeting the parents and children as they approached.

"There's my desk, Dad."

Terry enthusiastically led Daniel across the room, and Susanna followed Katrina to a desk near the front.

"See, Mom, there's the family project I did last weekend," Katrina said, pointing to a thickly hung wall. "And there's the report Terry and I had to do on recycling. We got an 'A,' " she added proudly.

Katrina was relaxed as they went through her desk, and Susanna could see Terry leading Daniel around the room just as happily. Whatever it was they had been nervous about, it was obviously forgotten now.

"Okay, Mom, that's about it. Let's go."

Susanna laughed. "But, honey, I haven't had a chance to meet Mr. Curtis yet."

"Oh, he's much too busy right now, Mom. Look at that line. We could be here for a long time. Maybe we could stop back later to meet him."

"Be patient, Katrina. I'm not going to go the whole year without a chance to introduce myself. Come on."

Susanna moved toward the small crowd of waiting parents, a tight hold on her daughter's arm to keep her from escaping. From across the room, Daniel smiled at her, then nudged Terry and pointed. His arm around Terry's shoulders, Daniel guided his daughter to where Susanna and Katrina waited in line. Terry's face was white. Her forced smile faded the minute that her dad looked away.

Susanna had picked up on Katrina's nervousness as well. Obviously, Katrina was in trouble for something with this teacher. Susanna almost hated to find out.

"Oh, how nice. Two of my favorite girls." The teacher's smile seemed genuine and welcoming as the foursome finally reached the front of the line. "I'm David Curtis," he said, extending his hand to Susanna and then to Daniel. "It's a pleasure to meet you both."

"And you," Susanna said. "I'm only sorry we missed you at the last Open House."

"I'm glad you could make it this time. Terry and Katrina have done extremely well this year."

And Katrina? Susanna wanted to ask him to repeat that, but she figured it would be too obvious.

"Of course, I had to separate them to opposite ends of the room," Mr. Curtis continued fondly. "They started talking and just couldn't seem to stop. But as long as I keep them where they can't chatter in class, they do fine. And their projects have been way above average. This has been one study-partner arrangement that has worked out very well." He beamed at the girls.

"Yes," Susanna agreed, "it certainly has." From behind the teacher's shoulder, Daniel's eyes met Susanna's. The look he gave her was so hot that it practically singed her. Susanna lowered her eyes and cleared her throat, redirecting her thoughts to where they belonged. "Truthfully," she told the teacher, "I was a little shocked when you paired Katrina with Terry as study partners." She laughed in remembrance. "You were certainly taking a chance, as much as they hated each other."

Beneath her hand, Susanna could feel Katrina's shoulders tense. The teacher looked confused. "Oh, I would never dream of picking the study partners for the kids. It's a decision I try to leave entirely up to them. I intercede only when one of my students simply can't find anyone. With these two, there was no question. Your daughters chose each other, right from the beginning. They certainly never hated each other. They were best friends from the very first day of class."

"They pick their own study partners?" Susanna repeated slowly. She saw the awareness dawning on Daniel's face as well. Terry looked repentant, but Katrina was smiling. It was the smile that got to Susanna. It had all been an act. She had been set up.

With a flash of recognition, Susanna saw the constant chance meetings, and the "accident" phone calls in a new light. Even the visit to the principal's office had obviously been orchestrated. Katrina had never hated Terry. And she had never truly wanted another study partner. It had just been a game. Anger warred with embarrassment as Susanna realized she had been tricked by her thirteen-year-old daughter.

"Mr. Curtis, it has been a pleasure to meet you. Unfortunately, Katrina and I need to be getting home."

"It's been a pleasure to meet you, too, Mrs. Diaz.

And you, Mr. Stephens. You're fortunate to have such tremendous daughters."

Susanna smiled until he turned away, and somehow managed to control her temper all the way out the door. In the hall, it occurred to her that she was always angry when she left Katrina's Open House.

"Mom?"

"Don't even talk to me, Katrina. I don't want to hear another word from you." Then Susanna immediately contradicted herself. "You have got a lot of explaining to do, young lady."

"Susanna?" His voice came softly behind her. Daniel. Susanna was so embarrassed. Daniel had been tricked into dating her. All those times she had happened to meet him—at the grocery store, at the Open House, and on the camping trip—had been no accident. He might even believe that *she* had been part of the deception.

Daniel caught up, holding Terry tightly by the arm. Terry's eyes were downcast, and Susanna thought the girl looked like she might cry. It was certainly a better attitude than her own daughter had adopted. Katrina was no longer smiling. Instead, she looked mutinous.

"You girls get into the car. We'll talk about this later." There was no arguing with that tone, and both girls hurried to obey Daniel's command. As the car doors slammed and the stillness of the night settled around them, Susanna turned to Daniel, hoping to make him understand that she had been made as much a fool as he.

"I'm so sorry, Daniel."

"Please, don't apologize."

She shook her head. "You know as well as I, that it was probably all Katrina's idea. I can't believe she would do something like this. All this time . . . they manipulated us . . . even the camping trip. I'm so embarrassed. I don't know what to say."

"I think I like being manipulated."

"But Daniel—"

"You know, I think about that camping trip a lot," he continued, ignoring her protests. "I sure liked that camping trip." His voice was warm with the memory, and Susanna blushed in the darkness. Daniel leaned forward and kissed her hot cheek, his strong arms pulling her against his chest. As always, Susanna felt safe and comfortable, and happy just to be touching him, holding him. She began to relax.

"You're going to have to forgive them, Susanna. Terry and Katrina gave me the greatest gift of my life, and I can't be mad at them for that. If it weren't for being called to the principal's office, I might never have met you. After all," he added, "how often can you get a beautiful woman to rear-end you in traffic?"

Against his chest, Susanna's groan turned into a laugh. "I didn't rear-end you. And it would have been all your fault if I had." She didn't lean back to look at him as she answered. She liked arguing with his chest.

"Hmmm . . . you think so?" Susanna felt his hands tangle in her hair, and he pulled her face back to look at him. "I think you girls should spend the night at my house tonight, and we'll settle this argument the only fair way."

"What way is that?" Susanna asked warily, already warned by his matter-of-fact tone.

"Wrestling, of course."

This time the laughter spilled out of her. "Wrestling? Gosh, Daniel, do you think you'll win?"

His lips came down to settle on hers, soft but searing, branding Susanna with his mouth until she forgot their conversation, and forgot their daughters, and wrapped her arms tightly around Daniel's neck, determined to never let go. When he pulled back, his heated words nestled against Susanna's neck, sending shivers through her body.

"I think we'll both win, my Susanna. You see, there is a place on the stairs I've been wanting to try out."

Susanna didn't wait to hear any more. Taking his hand, she began pulling Daniel toward the car, his soft laugh floating behind her on the night breeze.

CUESTIONARIO DE ENCANTO

¡Nos gustaría saber de usted!

Llene este cuestionario y envíenoslo por correo.

1. ¿Cómo supo usted de los libros de Encanto?
   - ☐ En un aviso en una revista o en un periódico
   - ☐ En la televisión
   - ☐ En la radio
   - ☐ Recibió información por correo
   - ☐ Por medio de un amigo/Curioseando en una tienda
2. ¿Dónde compró este libro de Encanto?
   - ☐ En una librería de venta de libros en español
   - ☐ En una librería de venta de libros en inglés
   - ☐ En un puesto de revistas/En una tienda de víveres
   - ☐ Lo compró por correo
   - ☐ Lo compró en un sitio en la Web
   - ☐ Otro____________________
3. ¿En qué idioma prefiere leer? ☐ Inglés ☐ Español ☐ Ambos
4. ¿Cuál es su nivel de educación?
   - ☐ Escuela secundaria/Presentó el Examen de Equivalencia de la Escuela Secundaria (GED) o menos
   - ☐ Cursó algunos años de universidad
   - ☐ Terminó la universidad
   - ☐ Tiene estudios posgraduados
5. Sus ingresos familiares son (señale uno):
   ☐ Menos de $15,000 ☐ $15,000-$24,999 ☐ $25,000-$34,999
   ☐ $35,000-$49,999 ☐ $50,000-$74,999 ☐ $75,000 o más
6. Su procedencia es: ☐ Mexicana ☐ Caribeña________
   ☐ Centroamericana____________ ☐ Sudamericana________
   ☐ Otra____________________
7. Nombre: ______________________________ Edad:________
   Dirección: ______________________________
   ____
   Comentarios: ______________________________

____

____

____

Envielo a: Encanto, Kensington Publishing Corp., 850 Third Ave., NY, NY 10022

ENCANTO QUESTIONNAIRE

We'd like to get to know you!
Please fill out this form and mail it to us.

1. How did you learn about *Encanto?*
   ☐ Magazine/Newspaper Ad ☐ TV ☐ Radio
   ☐ Direct Mail ☐ Friend/Browsing
2. Where did you buy your *Encanto* romance?
   ☐ Spanish-language bookstore
   ☐ English-language bookstore ☐ Newstand/Bodega
   ☐ Mail ☐ Phone order ☐ Website
   ☐ Other______________
3. What language do you prefer reading?
   ☐ English ☐ Spanish ☐ Both
4. How many years of school have you completed?
   ☐ High School/GED or less ☐ Some College
   ☐ Graduated College ☐ PostGraduate
5. Please cheek your household income range:
   ☐ Under $15,000 ☐ $15,000-$24,999 ☐ $25,000-$34,999
   ☐ $35,000-$49,999 ☐ $50,000-$74,999 ☐ $75,000+
6. Background:
   ☐ Mexican ☐ Caribbean__________
   ☐ Central American______________ ☐ South American_______
   ☐ Other__________
7. Name:______________________________ Age:_______
   Address:______________________________________
   ____
   Comments: _____________________________________
   ____
   ____

Mail to:

Encanto, Kensington Publishing Corp., 850 Third Ave., NY, NY 10022